七等生全集〔3〕

僵局

七等生 著

《僵局》早期封面版本及雷驤精彩插畫

七等生
冷眼看繽紛世界
熱心度灰色人生

《七等生全集》總序

七等生

黎明前，詹生駕車來到進城的那條道路上停下，無數的日月他駛過平原田疇和爬山越嶺，經歷許多的鄉村街巷，意欲想回到城市，探望年紀老邁的母親，以及分離許久的妻子兒女，但他不能確信除了他自個孑然獨身之外還有什麼親人，或許他盼望重見老友。他停下車是因爲前面有車擋住，灰灰濛濛的霧氣中，他沒有看到城門，蜿蜒的山路上停靠著一排長龍似的各形各色車子，不知綿延有多少距離。他下車向前走到前面去，一部大卡車的車窗裡，一個斜頭坐睡的人朝車外露出一張錫白的面孔，當詹生走近時，半睡半醒的他緩慢地微開眼皮，裂出眼瞳的一條黑線和一點晶亮的白光，沒有說話，司空見慣似地有種幽深隱埋的表情，眼皮又合上像他先前的休息和等待般的樣子。詹生再走前幾步，注視另一部車子的景象，有一男一女睡著很熟，他沒有叫醒他們，感悟不會探問到任何什麼事，只好往回到他自己的車旁。他想他們和他們的車子都是在等候天亮預備進城，但這景象的意味是他所料不及的，好像回到了久遠的古代。在這黎明的時刻，他是最後到達的一個。他無法可想將來進城是否要有手續，他不能明白將來會遇到什麼事，爲何前面那些人只顧睡覺，沒有聚集談論事情，也沒有任何跡象好教他能夠了解狀況。或許根本就沒有情況會發生，只是詹生個人的一種疑慮而已。一個熟悉的聲音在他耳膜響起：「你總以爲這個世界的人誤解你，其實是你對這個世界充滿了誤會。」他回想起許久以前他是如何離城的，那時刻他年輕，現在他年老了；十年前，二十年前，三十年前……他有些記不清楚，無法可想他是什麼原因出城的。那時似乎是在一個人潮擁擠的車站，他搭上火車，然後火車移動後就迅速消失了城市的踪影。而現在由這山區的隘口進城似乎有些離譜。他自己什麼時候像大家一樣開起汽車來也有點糊塗了。時光或時代在不知不覺中移轉了，他懷疑自己的存在和記憶，似乎個人活命的感覺是無法言傳的……

這段話頗像我寫小說的開頭，我曾經寫過「離城記」，陳述想像和眞實搞不清楚孰是孰非。我們知道在現實生活中是不能有任何含糊不清的事體，否則會有爭執和打戰。但是在思考的世界裡，語言變得十分詭譎和有趣。譬如我總是由現實出發，以免讓人搞不清狀況和分不出頭緒，而有的人的閱讀習慣很頑硬，當小說由現實轉入虛構時，他們不肯跟隨進入，以致大叫荒謬和違背語法倫常。但所幸還有一些認眞和能掌握感覺的人，他們明白沒有幻想的部分是無法釐清現實眞相的。經過了這半世紀的努力和陶冶，人們更爲認清存在的現象是一種單獨、短暫、變幻和多樣的事物，而這一切事物似乎越來越快速地往前行邁，感覺現實和想像是一體的兩面，互爲裏外和互爲眞假，經由電的傳導，知悉宇宙的事物，經由符號而獲得普遍的知識。我們吃食物，是在吸收各種的元素，我們是由元素發酵而成長和演化的不同軀體，個別由意志形成不同的容貌表情。然後由感覺產生了快樂和痛苦的意識，我們意圖在痛苦的意識中尋覓途徑去追求快樂的人生意義。

我的一生徬徨和掙扎於思考和寫作，由年輕到年老力衰，這些思想的記錄累積，似乎歸不到任何的結論，僅只約略而勉強踏出一個平庸者苟且存活的方法而已。如果人生的目的是在追求快樂的感覺，那是純粹的幻想，就像我們藉助短暫的生涯遙想永恒，想到要全靠這虛無的幻覺去體會眞實存在，不免悲從衷來，有如百姓期盼聖君帶來和平和幸福。此番生存的境遇，重憶過往種種情事，一切屈辱和承受都拋諸於腦後而不復遺留。我的存在意識不外保留一份擁有的醒敏，但這層意涵與酒醉沉迷或昏昏噩噩沒有兩樣。我一直感激於我的父母賜給我這份涵容的軀身，讓我流連在寫作和繪畫的天地裡自由自在獨來獨往。好笑的是，我在鄉下的教職退休後，意想天開地遷來台北，這個城市曾是我受學和遊蕩的所在，年邁的我依然如故，喜歡縱情聲色，想和這打扮起來的都會一同邁向二十一世紀，想到這個，有詩自我調侃一下：

粗茶淡飯人猶在
夜遊酒廊入庸塞
高麗歌女唱哭河
站看雲裳天使懷

最後，全集的出版要歸功和感激兩位特別的人士，一位是夢幻出版家沈登恩先生，一位是資深的台灣文學的文評家張恆豪先生。後者說好高興義不容辭地負起編輯的責任，前者表示有始有終地出版七等生的作品是一種對台灣的愛。呈現一個大略的全貌給二十一世紀的新興讀者，我自己也有提前告別的意味，尤其想在此刻向陪伴我度過貧賤半生的尤麗（百合）致敬和感謝，她辛勤而負責任地養育三個子女長大成人然後隱居身退，我常想起她年輕時美麗的樣子，在早年艱困的日子裡如果沒有她為伴，不會使我持續不輟進行幾近苦行般的寫作。還有少數幾位不嫌和我飲酒笑鬧的朋友，祝你們健康快樂。

二〇〇〇年七月

編輯說明

張恆豪

一、本全集包括《初見曙光》等十卷，蒐集七等生一九六二年首次在「聯合副刊」發表的〈失業、撲克、炸魷魚〉，至一九九七年「拾穗雜誌」發表的〈一紙相思〉，歷經三十五年的創作及論述作品。

二、全集的分卷，不以文類做區隔，而是以寫作年代來劃分，此一編輯構想來自作者七等生本人，自是有別於本公司過去出版的版本，是作者親編的新版本。

三、第一卷《初見曙光》，蒐有小說與散文，是七等生在一九六二年至一九六五年作品，即寫作於二十三至二十六歲。

第二卷《我愛黑眼珠》，蒐有小說、散文與論文，是七等生在一九六六年至一九六七年作品，即寫作於二十七至二十八歲。

第三卷《僵局》，蒐有小說與詩，是七等生在一九六八年至一九七一年作品，即寫作於二十九至三十二歲。

第四卷《離城記》，蒐有小說與論文，是七等生在一九七二年至一九七四年作品，即寫作於三十三至三十五歲。
第五卷《沙河悲歌》，蒐有小說、散文與論文，是七等生在一九七五年至一九七七年作品，即寫作於三十六至三十八歲。
第六卷《城之迷》，蒐有小說與散文，是七等生在一九七七年至一九七八年作品，即寫作於三十八至三十九歲。
第七卷《銀波翅膀》，蒐有散文、詩與小說，是七等生在一九七八年至一九七九年作品，即寫作於三十九至四十歲。
第八卷《重回沙河》，蒐有散文、小說、講辭與詩，是七等生在一九八一年至一九八三年作品，即寫作於四十二至四十四歲。
第九卷《譚郎的書信》，蒐有小說與詩，是七等生在一九八四年至一九八八年作品，即寫作於四十五至四十九歲。
第十卷《一紙相思》，蒐有小說、散文及序文，小說與散文，寫於一九九〇年至一九九九年，是七等生五十一至六十歲作品。

四、每卷七等生作品之後，大多附有評論者與該卷作品相關的論文，這些論文都由七等生選定，論文之後，都附有評論者簡介。

五、每卷本文之前，都蒐有相關的照片身影，提供讀者對照參考。尾卷作品之後，另附有七等生生平年表及歷來相關評論引得，以便於有興趣的讀者查閱。

《僵局》目次

小說：

附錄：

僵局

僵局

鍾獨自一人低頭默坐在起居室的沙發椅，細辨著樓下傳來的斥責的嘮叨聲。這種對小孩子們所施的尖銳而帶者強硬的訓話，鍾已經聽慣二十幾年，自從他八歲入學之日開始，情形彷若日夜電台的播音，意義和音調從來不變。他來只是爲了一件小小的任務，他認爲犯不上必須在此地等候晚餐。他自己也不知道爲何會被留下來，困頓在這間華麗得可笑的屋子裡，始終沒有人上樓來和他說話。

他開始有一種感覺，當他抬頭時，他注意到那張長桌和圍著它排擺的十二張椅子，有若一群小組織正在那裡磋商計劃。他聞得到一種流蕩過來的陰詭的微風。在這幽黑且窒悶的室裡，長桌的上空有若電流一般流竄者貓眼的光亮。一隻壁鐘貼在鍾對面的牆上，這是一隻新穎的電鐘，鐘面同樣流轉者無數三角形的螢光。鍾站起來，猶疑一下，開始在屋子裡輕愼地走動。

他從那些椅背後面走過，手指輕輕地撫摸那些一根跟著一根的粗簡的橫木。他踱到一面壁櫥之前，朝者排列整齊的玩偶和杯盤審視。他覺得玻璃飾物和咖啡杯之間不能產生調和，那些一排又一排的咖啡杯看來不是爲了要飲用時所需，那些人會到這裡來飲咖啡，而且它們並不是精製品。鍾對它們的用意感到費解。他從壁櫥轉身踱回來，他看到他剛才在那裡默坐多時的沙發（對面還有一張），發覺它們也並非爲了聊談休息所用。

當鍾穿過一道特別設計的圓門，進入鄰室時，這是一間臥室，這間臥室種類繁多的陳設，整個情調馬上使他悟知一點。她是爲了讓鍾從這些裝置上確認她是美好和快樂。但是鍾非常明白，這是地球的一角，人們在幸福的象徵上已經從表面的架構移去。她在色澤和樣式上顯示著她的無知和落伍。鍾靠近一架大型收音機面前，扭開開關，他轉身著，想從它收聽現在外面的一點消息。除了一種性質凶烈的音樂流出外，沒有其他。他繼續來回扭轉，最終那個移動的指針停止，整個機器也告失靈。

他膽寒地回到起居室，重新坐在沙發椅裡，埋著頭思索。貞已經死亡。今天是清明節，鍾依誓言必須離城到郊外掃墓，昨天突接上司命令前來辦事。當貞患肺病的時候，有一天晚上，他陪她涉過一條小溪，希望抵達彼岸的一座果園。他們行抵一堵石頭築成的堤防，他先上去，然後俯在石上伸手給她。他緊握著她冰冷的手，拖拉著她，但貞沒有上來；她的手愈拉愈長，始終看不到她的身體浮上來。

一個男孩和一個女孩陪鍾吃這頓晚餐。屋後不斷發出東西抓門的響聲。那個女孩心情愉悅地說：

「明天有人要來牽走莫利。」

「我不敢吃狗肉。」她又說。

「我敢吃狗肉。」那個男孩說。

「莫利是誰？」鍾問女孩。

「莫利是我們養的母狗。」

「莫利應是雄狗名。」鍾說。

「妳不救牠嗎？」鍾又說。

「不救。」那個女孩笑著說。

「爲什麼？」鍾又問她。

「我不救。」她迴避他說。

「妳是個教徒爲何不救？」

「母親是，我不是。」

「但是妳和她到教堂去。」

「她去，我不去。」

「妳不是說她到那裡妳都會跟著她嗎？」

「她去教堂時，我沒有。」

「妳應該救救牠。」

「我不救。」她又笑著說。

「妳眞的不救？」

「不救。」她又迴避他。

「妳救牠可以……」

「不救。」她笑著。

「假如妳救牠……」

「不救。」她又笑著。

鍾望著那盤炒豬肺生惡。兩個小孩嬉笑地開始他們的交談。鍾沉默直至餐食完畢。

虔誠之日

那個禮拜天，我從昨夜躺臥至翌日晌午。一股刺鼻厭惡的煤煙打斷了一切。我躍起上身爬向窗邊，臉孔一直迎衝著經由敞開的窗戶滾進的白煙，從那條隙縫，再透過一層紗網，經常在那塊地方生起爐火的婦人蹲在那裡，我對那敞露著的雪白的腿肌和祥和低垂的面目瞥望一眼。

窗戶關閉，自我悶禁在黑漆的斗室；我經常如此，為使巷道上的污染不致侵入室內。當我扭亮電燈時，始知桌面和地板上昨夜所演的混亂的殘跡。我思索著，從抽屜掏出那封禍因的書信，重新把契約和信文冷靜地展讀一遍，感受已異於昨日受辱所暴發的痛怒。一向受我信託和仰賴的那人，竟然如此卑狡。我省悟到事實上我將不會損失巨重，從一種難斷的偽善的交誼圈中撤退就可藉此機會。那人一向高人一籌，使我始終在他居高的聲望傲視之下佯裝著卑小；從有一度我認清他那虛架的榮譽之身開始，便在心中存有阻礙；這種現世偽詐的友情的存在，也應歸咎到初衷體帶的幼稚的憧憬，讓那人的誘惑乘隙而入。

我著衣外出，有幾件事必須在今天去做。首先我搭公共汽車到城中心。我按照收據上的日期走進修理店取回一架小型的相機。他曾索價高昂，前天我與他激烈地議價。今天他的和善與那天的倨傲雖是判若兩人，其實是商賈的一個同涵而多變的面目。他好意似地贈送一盒價廉的軟片取悅我，我本想再陳述一番那天價錢的爭執，卻因口吃而終止。

當我踏進公園門口對面的那家冷飲店時，第一眼便察覺她那拙裝的嬌羞。不出所料，她會等候在角落的同一座位，她從啜飲中抬頭，對我迅速而詭密地勾瞟一眼。這種蕩魄蝕魂的啓示，正好提醒我有信心會在今天裡贏得我所意願的一切。我頗表疑惑地坐在桌的另一面審視她，她那起伏不已的癡笑始終掩不住兩顆又大又白的門牙。在這第二次的印象裡，她像一隻又肥大又溫淑的鵝，伸縮著那管細長而會轉折的頸子。我暗地質詢自己到底在第一次遭遇時產生了什麼難以控制的心顫？她與所有商店裡的女郎有何異處？我選擇她爲何不選擇另一位？爲何我如此自我埋沒和侮辱？

我想到了我把那天血液沸騰的企慕壓抑延遲至今，我不應該駕馭我自己服膺秩序。我變得如此冷淡和空乏，那位本想與她共同做成一件轟烈的事體的我未曾帶來，完全不可能喚回熱情和一切。在此深謀與對立之時，我想到了既往和將來，感覺到本地扼重的習俗，和對她那單純的人格的恐懼。無疑地我信奉的自由，重建和維持已久的孤寂的樂趣將會毀棄；我已經預先看見她即將在未來在我面前顯現的尖酸刻薄的面目，她的巨臂的冰冷將刺戟我且扼困我使我遂漸窒息。

我在思考中長時維持的靜默，已經使她產生變化；我在這奇變的過程中，目睹她由狐疑而至恚憤，至於以潑罵揚裙離去。隨後我也離開那間不可能再重臨的冷飲店，穿過公園，走過數條大街，走進一家公立托兒所。

小兒看見我出現在門檻，他那搖擺自戲的小身體頓然靜止。嵌在那白色臉面上的小而黑的眼眼釘視著我的移步，我從他的面前經過，聞到他一聲卸重般的巨大嘆息，我走向壁爐，他隨我側轉，我在壁爐前的石磚上坐下，他迅速地攀附著木柵把自己移轉到我的面前。我靜靜地觀察他逐漸上漲的激動，他的小手綿柔而精緻，從木柵條縫間伸出來，祈求而戰動，他悲憤而哭號。

是的，當我一旦由懷抱中放下他離去，他照樣號哭不已。他的傷痛由哭泣來顯示。通常我每星期日下午來看他一次，照例傾聽看護婦對我陳述他的一些劣跡，然後我抱他在另一室咿啞戲談至黃昏。

我樂意讓小兒在我們戲耍時對我攻擊，他報復般地凌辱我，使我的外表至爲狼狽。我可由他的運動中體察他在這禁室裡的煩悶。他長時總是獨自在柵條邊沿搖擺身體以度光陰。我教他一些我童年時姑母教我的手語，他也會在高歌時咿啞唱歌。他的一切因我而生而改變，他只是我不幸的延續。這就算是延綿生命。

這一天的事大致已經辦完，只剩下一件輕鬆而平和的事做爲餘興。回家我總是走著同一路線，而且絕不搭車。由托兒所走過一條街，有一所長老會教堂的尖頂豎立在兩旁的官廳建築物之間，當時我從牆邊走過，已經瞥望到幽暗的教堂裡景象佈滿奇異；在講壇兩旁，並列著白色巨大的蠟燭，身材魁偉的長老套著白色罩衫，詩歌的聲音比往常更加徐緩地流出，我走上台層，立在門口中央，我像往日一樣走進，意料之外地爲一位面不奇特的人阻止。

我是這所教堂忠懇的教徒以外的闖入者，我習於在此刻依附一群人唱首聖詩爲時並不久遠；

眞的，當我離開我兒，我需要一點慰藉緩和情緒。阻擋我進入的人我未曾在此地看到，當他對我搖頭和注視我時，我突然醒悟他是誰。他相貌平凡和粗糙，並非一般狂烈者所宣傳的那種修飾過的漂亮和浮傲的神態，他的衣著簡陋沾有塵土而非秀緻和潔淨，他是個削瘦有臂力的工人而非肥弱的書生。他把守在那裡看來是爲了嘲諷和維護，彷彿一位小丑守在猛獸的檻門。那些在現世以名譽代表他的人，此時莊嚴地坐在高階的講壇上，瞟搖著浮幻的眼珠；象徵他的精神的燭火，在這日落的城市顯示暗澹和脆弱。他眞正的神奇，乃在於他善於多變，無所不在；他是突然降下擋住我走進，我一退步，他即形消失。

眞的，我承認微妙的詩歌也不能慰人。一切都不能，我早知如此只是無力否認。唯一我能再活下去的理由，不應是那些在往日纏絆我的習俗和倫情。我必須一點一滴靜悄無聲地把它們遺忘，把現有的一切都拋棄而不驚擾和觸及到別人。在我的無比微小的世界裡，痛苦自嚐，快樂亦只縈繞在心中而不溢出。

我的戀人

一

當我的背部靠在紅水槽汲水站的磚牆守候我家的水桶時，大部分時間我朝著另一個目標注視；類似一隻極爲清潔樸素的鳥的女人，她的身姿和容貌在近鄰的一間矮窄的西藥房裡吸引著我的雙睛。我的生活全是單調和枯燥的勞役，並且由衷地厭惡我的同輩們喜愛做的結黨打戰的遊戲；在他們眼中，我的狀況似乎顯得孤獨相無趣。

我不改變姿態，沉默地耗費了幾年的時光觀察她；她的羽彩在四季中變換著，充滿著青春適舒和誘人的容姿，我看著她懷孕；產下一個女嬰……她的一切都印記於我的腦中，我的手握著小刀在水槽石壁挖鑿，刻劃者她的造形。

假如我有憎惡的人物，那便是她的丈夫——那位勤勞而吝嗇的黑矮的男人。白天我見不到他，便專心於我的守候；晚上，我獨自迎著風沙在街道徘徊，窺視他和她面對面談話，緩慢地吃著晚飯。他站起來達不到她的高度，膚色黑白對比；我異常恨透他。

有一天晌午，我膽寒地拖著挑水的扁擔朝她走去，心裡疑惑她突然向我招手要親自對我說什麼？在她的身側的籐車裡安睡著她的女嬰，當南風吹起來時，我常見她怠倦瞌睡，但是，這時她對我親善底微笑是爲了什麼事？

「來，來。」

她對我頻頻招呼著。

我僵立她的面前，心裡感到慌張。突然她的雙掌伸出迅速捉住我細瘦的肩膀。

「你看我做什麼？」

她並不粗暴，細聲溫柔地問我。

我開始掙扎，膽怯地望著她。她貼近我的臉孔的黑色的眼球在閃耀，雙唇在微笑，她原來纖白的臉頰紅潤了起來。

「告訴我，」她繼續溫柔地問著：「你爲什麼立在那裡盯著我？」

我說不出話來，逐漸在心中充滿了害怕。我扭動著身體極力擺脫那雙有力的手，但那是兩隻固執而牢固的肉鉗。

「告訴我，」

「不，不……」

我恐慌地喚著。

「難道你不在那邊天天注視著我嗎？」

她終於顯出焦急的態度，開始搖震著我。

我在她的手肘皮上咬一口脫身。當我回頭看她時，她還是立在屋子裡面不解底朝我發笑，惋惜般地搖頭……

二

當我懂事的年齡已屆，我是如何驕傲自滿地回鄉來，誇耀地走向她，對她自薦是個畫家。

她在紙上的形象，已經是個豐熟沉著的婦人。她的款腰弄姿的態度已經消失，她的頭在碩大的身軀的比例上顯得小巧；但是她的眼睛審愼地觀察我，心中似在思索，臉容露出詭獪的微笑，要求我把她的七歲愛女也繪在同一紙上。

我不能分辨是她誘我或是我誘她，當我們共同去看戲的時候，有時是她出錢買票有時是我。這全然不是因爲禮貌的關係。在兩個人就座之間，我和她的手相互握住，壓在條凳上；但僅止於此，互流著曖昧而憂鬱的心聲。

我沒有問及她，她反問及我：

「你爲什麼會喜歡我？我有什麼値得你這樣待我的地方？」

我感覺這是彷彿她的魂魄調換著我的魂魄的對我的問詢。深恐她會從夢境中醒來，自尊蒙受嚴酷的傷害，我不能以相同的問話反覆。但是她卻焦慮了起來，她的內心似乎爲恐怖的陰影遮蓋；她說：

「你還擁有許多光陰和遠大的前程，你的面前的廣濶的道路有多豐熟的果實，」我默默頷首。——「你能如此耽溺於無望的愛情，改變不能改造的事實？這樣相配嗎？你心中不曾陰懷著懼慮？你眞能長愛不疲？你看我是不是老了，像那個陪伴我終身，做我奴僕的小黑老頭，老實告訴我……」

我莫名其妙地對世界忿怒著，手和唇都在顫抖。

「我爲什麼要去顧忌世俗，跟我走罷，離開這個陋鄉。」

她堅決地搖著頭；我終於離開她，不忍讓她如此苦惱。

三

一切事物的展變我能忖度意料。堅硬不敏的膝足拖著我回邁紅水槽舊地。這座已經被廢除的汲水站的磚石佈滿著綠苔，唯一的漏水口龍頭不見了，木栓緊塞著鐵管。他們想把它去除掉，工人圍攏了過去，磚牆遂遭受到大鐵鎚的打擊而裂開粉碎。

除了我，沒有任何人能隱約辨明我的戀人的雕像，我駐足發楞，一加我的童年的守候。

突然昨日吸引我的眼睛的事物再度奇幻地引誘著我；那間昔日矮窄的西藥房，以脹腫的姿態聳立於我的眼前，它的規模驚嚇著我，而那位青春一如尚未開花結子的果樹的女郎，對我搔姿舞眉，使我的心情在瞬息間轉化。

我的心撲撲地跳躍；一把原始的火燄未曾熄滅。

我知道事情應該怎樣去做，因爲我有許多經驗；我曾以率直蒙嘗許多挫折，我便懂得一些委婉的方法捕回我的獵物。

「年輕現代的女郎，妳還記得妳的童年和兒車嗎？」

「我記得。」她回答。

「妳一定記得左鄰的紅水槽的可笑模樣？」

「雖然它已毀掉，我相信永遠記得它。」她回答。

「妳曾擦過紅色的磚牆，發現一個女人的雕像妳也在那上面模仿。」

「我做過。」她回答。

「妳記得妳的母親？」

「爲什麼我會忘記她？」她裝得生氣而高聲大嚷。

「很好，妳相信妳的面龐和身姿像她嗎？」

「一模一樣。」她回答。

「那麼妳一定記得一張畫卷女郎，」

「什麼畫卷？」她困惑不解地望著我。

「畫著一個母親以及一個七歲的女孩，紙張或與已經變黃。」

「啊，我知道了……」

「那位畫者便是我。」

她開始微笑，貼近我的臉孔的黑色眼球在閃耀，雙纖在微笑，她的臉頰逐漸紅潤起來。

她受到我莊嚴和年紀的保護，她在我的諂媚的掌握中；我的雙臂輕輕地摟著她，在月下或臥室裡吻她；我沒有看出她有半點疑惑。

爭執

他們告訴戴先生她在大廟裡；他們看見她和一大群人擁進新廈落成的廟寺去朝拜那個神。祂很靈驗所以有許多人相信祂會幫助他們。廟寺從路的這一邊朝望顯得很偉大，圍牆很高，屋頂非常華麗。無數的車輛駛到左側的空地，步行而來的人擁進那個設了玄關的側門。戴雜在那些衣履整潔的男女之間，他看到玄關附近走動著數名警察和憲兵。有人朝戴的面孔推舉過來香紙和禮品，他搖晃著頭頭，舉手拂開那些東西說「不」。

戴毫無辦法似地站在走廊，瀏覽著廣庭上熙攘和蠕動的人們。離戴不遠幾位衣衫襤褸男人扶膝坐在石階上。庭院上，他們把禮品和水果之類的東西擺在桌面，幾乎有六十張方桌整齊地排列在那裡，還有無數的長凳。他們手裡握著點燃的炷香拜向神殿裡的神像。擁擠在神殿前庭上和走廊幾乎有一千人以上。戴步向石階，然後就像在一片雜草的荒地愚蠢地走轉著。

戴畢遵行此禮貌，這裡畢竟不是生長雜草的荒地，但是他們也有些令人厭煩之處。他有點慚愧，他對他們總有些騷擾；他們注意到戴的眼光在索視他們每一個人的臉和身體；戴在特別擁擠的地方扳著他們的肩膀，強硬地在他們柔軟的肌膚之間穿擠過去；戴會說：「對不起。」他心裡開始產生忿怒。她到底在那裡？戴不知道，也找不到她。他繼續行走尋視。

他到洗手間和廁所的地方，那裡也有許多人。人們不斷在流動，他那不斷轉動的頭和表情，令人看來頗爲可疑。他自己感到有些愚蠢。當他又回到庭院邊側的走廊上，他抬頭望望那些高大直立的柱石和雕刻的文字，他朝向橫樑和頂穹呼叫者：「這裡存在著多麼大的空洞啊。」那些單調的柱石彷彿放大的火柴棒似的無價值。他們不是爲美麗它是爲了什麼？此時戴連她的影子都看不到。

他被祂（神像）嚇了一跳，當他走到神殿的廊下，向裡面的神龕朝望的時候。「你太巨大了，而且太威嚴。」他逐漸由心底昇起一股恐懼的虔敬。他站在圍柵的前面，不敢隨便移步，以一種審察的表情注視那張充滿漆光的臉孔。

會懲罰我嗎？

戴恢復了鎮靜，而且漸漸有一點侮褻的心思。他以爲在那個戲劇化的裝飾裡面藏有一個木料的實體。現在，他的眼光直視那張非常突出的面孔，祂的臉集相學上所稱的優點。假如你是這等模樣，這豈不是雕刻師的錯誤嗎？

你裝扮成這樣是爲了威嚇，

威嚇是一個起點；一切的起點。戴從理念中昇起對祂的批評。

我非常抱歉，我的意思是指摘雕刻師。

我知道他們盲目信仰你，但他們也獲得報驗。

她在那裡？告訴我？

你知道她在那裡，祂說。

我？我知道，你豈不在開玩笑。

戴看祂又歸爲沉默有點惱怒，他瞪著祂，想把自己心中僅剩的那一點忌慮也排擠出去。

你敢情就是一樁欺騙

願不願被欺決定在你，老戴，祂又說話。

我非常抱歉當然，決定是在我。

他們對祂的崇拜不是戴所能干預的事。我是這樣的可笑和自大，戴自己這樣想著。決定在我，祂說的的確很公平和合理。決定在我，這一點我要牢記在心。

祂能嚇倒人，連戴在內，也被祂所嚇倒。戴四處觀賞，用手指摸摸石柱雕刻的龍鬚，那些在戴的眼中充滿虛假和蒙騙的事物，卻根植在他們衆人的心底，相信祂的眞實。戴也能寫籤條裡的詩句，但相信戴所寫的勸告握在他們的手裡就不會產生任何反應。

有你就沒有我，有我就沒有你，對嗎？的確是這樣，老戴，祂說。

你和我是同等高。

但把你交給我，你就省得自己煩心。

把我交給你，也許，但我對他們的卑視這怎樣說？

你也是他們中的一個。

戴回頭望望庭院的人們。

這一點我不願，我不是他們之中的一個。

那就沒有什麼可爭辯的了，老戴，不過我要提醒你，自己料理自己有多大的不便啊，現今不比往日。

的確，你的話有道理，但還是讓我試試我的辦法。

隨你的便，老戴。

神殿前的庭院發生了巨大的騷動，那裡的人有些散開，也有些人圍攏了過去重重包圍。警察和憲兵成爲一組迅速跑進來，把一個男人捉住，兩位警察扶起一位癱倒在血地上的女人。戴由神殿的這一頭走到那一頭。原先坐在石階上的幾位衣衫襤褸的男子自動站起來離去。戴聽到擴音器翁翁的聲音，庭院恢復了平靜。擴音器發出模糊而滯重的口音說著：「各位善男信女，本宮定本月十五日祈求平安……」聲音繼續反覆宣佈這個消息。戴想她也許藏在那些埋首跪拜的人中，那些人站起來，證明並沒有實。他在離去之前不由自主地又回頭望望那個偉大和居中的神像。

喂，老戴，怎麼不多停留一會兒

我必須去找她，你知道。

假如你願意多注視我一分鐘……

我知道你的詭計，你想懾服我。

你只不過是他們中的一個，老戴。

這點你說得太多了。

呆板

E秘密地結婚去了，他始終不知道這件事。那天他在屋外採集花朵，各色各樣的花握成一束帶回屋裡。他未想到屋裡居然連一隻花瓶都無備置，事實上他踏出屋門之前並沒有計劃去採集花朵，甚至從來未曾想在這暫居之所裝飾。因爲一切在現代的生活中所應具備的資財都沒有，當然也不在乎這間屋宇的簡陋和幽暗。貧窮和不義的打擊結果使他不願在這俗世的活命中去做各種各樣的計算。當他踏出門檻，心中因長期的等候所疊積的焦慮和困頓才爲竄流在曠野間的清新空氣衝散。在那片爲冬季的寒冷凍僵的土地上散步才愕然發現春天長出的野花。想到友人將開始陸續在這一日的黃昏到達，歡欣漸漸擴大展開，使他付出竭誠的行動採擷。但是，他匆匆回來，手中握著花束，發現憂鬱原來屯積著整個室內，就像看見自己披髮污面望著他站在門邊。囚居整個的冬天，終於明瞭自己的面具是如是地霉爛。

哦，天啊，看看這所居室吧，這個罪過再也不能委諸他人了。

他靜靜地坐在黑暗裡，不能明白現在的外界到底發生了什麼，促使得約諾的友人一直未達的原因是什麼。整個冬季的僵立，漸漸使他懷疑爲什麼他會單獨一個人寓禁在這所孤立的房子。今晚他的心急遽下降，變得無比的心寒和冷傲，一強許久不會騷擾他的思緒的熟識的女性面孔在想像中如是地溫柔美麗，逐漸取代了友人不一的面貌。在這樣持續不已的黑夜中，他第一次變得加是地軟弱而無法阻擋一切襲來的幻想。

第二天他棄屋而去。他走進電信局打電報告訴她，他想只有一個冬天的分離，她是不會那麼快遷徙他地。在電文中，他簡單而扼要地寫著：一切請寬恕，我將回去。

再回到市街，整個城鎮的街道，每家屋前的旗竿中間都結著一面色彩鮮明的旗幟，空際中瀰漫著低氣壓的溼氣，每面旗卻象垂頭沉思的樣子。他一時記不起來這種習俗是代表者什麼意義。他一面走一面感覺，整座城鎮彷彿陷進一種無比的嚴肅和沉默之中。終於他遇到了解答這種氣氛的行列，他退避在人群的後面躡腳抬頭察看，首先堤樂隊整齊的步伐和莊嚴的樂聲，一張與E的相親相似的巨大照片架在汽車上過來。他注視那張漂亮而威嚴的照片，兩顆與每一個人都交視的眼睛，突然對著他拉下了眼簾。他一時精神陷進一種預兆進入的困思之中。他正與這群葬禮的隊伍相遇，彷彿逆著一次又一次的水浪前進。匆匆趕至E的家裡，才知道E已離城多時。

他輾轉回到家裡，不料她已先他席捲逃逸。他踏進家門，屋內一切彷彿經過盜賊洗劫一番，歡躍以及悔痛的淚水被這種狼狽景象嚇回肚內。他癱軟在一張蒙塵埃的沙發，這時，一條草蛇從壁洞伸出，經過零亂散置的家具，輾過他赤裸的腳背，再從門口舒舒滑去。他頓時明白她逃去的緣因，他彷彿在一暗室，目睹著平日相互毆打凌辱的凶貌的映畫；無疑她會這樣相信——在家等候他，無非是再迎惡魔歸來重扮惡戲。

他跪在地上，將一片一片爲她撕碎散撒在地板上的電文紙屑撿拾起來，湊合在桌上，他細細去觀察思辨她洩於電文紙之無底的痛恨。無論如何，他這樣決定著：必須追尋到她，將痛悔的眞情親自向她表露。

但是他將到何處去尋找她呢？誰會助他，相信他將以無比的馴良抵償往時的殘暴？人們的虛情所共塑的畸嬰，將復以殺害毀滅爲快，如何能了解他現在將以成全回報昔日所受的摧殘的意志呢？以牙還牙是誰說了這樣的錯誤之言呢？

是的，他必須告訴她，讓她完全清楚他的壞脾氣不是因她的錯處而發；她沒有任何一點愚蠢之處。他必須讓她明瞭，她應是他的一切思想的見證人，而不是他的瘋狂行爲的指控者。

他沉靜片刻，然後才推門走進，她早以無比勇氣之眼神守候這道最後的門檻，望著他終於抵達。她睡在病床上，好像埋在冬季的白雪裡，僅露出喘息用的頭顱。一張枯槁蠟黃的病容已經取代了最初邂逅時的美麗豐頰，長而且密的黑髮也已經轉灰脫盡，露出與他彷彿同胞的寬藑的前額。他緩緩傾俯在她的身軀之上，以及雙臂摟著她付給了代價所剩餘的瘦體。

護士拿著一張貨品單走過來請他簽字，他的眼睛由手拿的紙片移到一空床上堆積如山的慰問品和花束。

「那些是什麼？」

「是我所見最多最珍貴的禮品。」護士說。

他走過去仔細觀看那些被裝飾過的紙盒，用手指撫摸著它們，他隨便寫下了姓名在貨品單上遞還給在身側等候的護士。他靠近窗邊，把百葉窗拉開，眼睛刹那間被突然射入的光線刺激不能張開，他的眼簾迅速地顫抖者。後來他驚訝他是站在極高的地位，眺望遠遠離開他的城鎮風景。他的外表以一種不變的表情持續在那窗邊。

想像中E騰達了起來，E的哲學之表現彷彿兆億的蠕蟲啃食一切靜靜不反抗的肉軀。有一個雨天，他正要衝過街道，一部汽車突然在他的邊側煞車。在那一刹那，他停在路面中央望著汽車窗裡的那張面孔，當那隻滑稽的棒子在玻璃上掃劃雨水之後，那張戴眼鏡的臉孔肌肉像被硫酸蝕落，不斷地往下滴流。E娶了一位身材比他高很多的美麗女人，如他一向在學識淵源中所不可忽視的，這個女人是出自名門。這個矮子的一切欲望皆可在那位時髦女性上看出來；E的善惡心彷彿那個女人的狹窄臀部和粗曳的喉音。但是E的妻子是許多人們仰瞻的偶像。至此已經明瞭；沒有所謂共有之物，那些從不理會個體之痛疾的至高的德尙和倫常，爲什麼個體要去無畏的肩負它的義務呢？E博學多聞，他的地位與日繼增。

他上著草坡，迎面的逆風使他想起那天在街道上遇到葬禮的人群，彷彿逆著一次又一次的水浪前進。回到棄屋，情景如昨。那天夜裡他等候至天明，之中他沉睡了光刻，醒來時聞到遠處的犬聲，他嚇然從椅裡站起，打開窗戶，一片清晨的落葉被風吹進室內，他疑爲一封信箋，仔細地端詳那些如符號文字的葉脈網紋。現在那片樹葉已經腐爛在桌上，留下枝脈，彷彿安睡在泥土裡，最後僅剩下骨骼的愛人。他離去時爲衣裾拂掃翻倒在地面上的破碎的杯子，散亂的玻璃片依然故態，水已被地板吸乾，花朵變成枯萎的黑泥。他坐在椅子裡彷彿等候友人的坐姿迎候竟昏，夜裡亦靜靜地坐著，一切幻想都集中在她由醫院的病室推出，乘著電梯下降，然後移到草地上落葬的景象；因爲所有的悲狀都化身爲眞實。

空心球

柯在祈望車輛駛來的時候，發現隊伍越排越長，那位鄰旁的女人的肩臂不斷地撞著他，使他一直往後退據。柯終於明白，使他的位置距離牌柱越來越遠的原因，是人們紛紛從中插隊。那些從黑漆中冒出來的人像是沒有停止，站在隊伍中的人呼叫他們到他們身旁去。就這樣柯始終是隊伍中站在最末的一位。

柯舉步住前走，察看一張一張陌空的面孔，這些面目無一是柯所熟識的；他從無和他們有過接觸，平常柯是不屑去訪晤他們，或與他們進行交易。柯仿照插隊的人擠身於他們的臂膀間，但是他的身體彷彿爲彈簧彈了出來。「我原是第一個來此的人」這句話絲毫不能得到他們的信認。然後，柯使用了祈求的語聲懇求他們讓他插入，但人人向他做出卑夷和辱罵的面孔。

柯擒住了一個插入者，指他破壞了秩序使他遭受到損失，他們異口同聲保證他，他們聲言本來早有約定，所以先先後後前來。假使柯也有朋友在此；亦可以這樣做。柯憤喪地踱回來，想向那個女人申訴一切不合理的情形，但是他發現兩個即將在明天結婚的人，正閉住眼簾互摟在一起。

柯有職責陪他的病人持守到最後一刻；仁懷心使他衡量到，不使他的朋友感到臨終的荒漠，似乎要比一時一刻陪伴他的妻子更重要。他與別人的不同就在他那自設的德操對他的派使。柯感到世界僅存他一人在挽持亙古傳來的高貴美德。他自飲在這種精神的堅忍愉悅裡。有了它，他不像別人有著名目衆多的物質享樂。他當然也有各種類型的欲望，但是一貧如洗的柯不能做到；他沒有把時間充分地利用來爲大衆服務，他寧願把自己貢獻給少數的人們。

可是他終必捨棄那位與死神契談至此仍未蓋下眼皮的人搭車回家，時刻已經不容柯繼續呆坐在那裡，那個人已經不能再操人類的語言，也無所需求，柯從椅裡起立，朝著那張清淡的面孔，沉痛地說：「抱歉，我的朋友，我們遲早又會相碰在一起，像在這個冷酷無情的人間一樣成爲最好的朋友，我們結伴在一起是爲了抵禦人們的不義，我們自願捨掉所有許多應得的權益，在寂寞與貧苦中過著快樂而嚴肅的生活。但是現在我非回家不可，白晝我們在一起，晚上我們就得分開個自歸巢；你非常明白，否則我不能獲得她任何的諒解。」那人並不做任何表示，他根本不能動彈，他的身體已經先他的知覺死亡。柯捨近就遠，他不能夠獲得雙方面都對他諒解，但是他自持相信他會做到。他離開那個人時，事實上比所謂儘量持守的最後一分鐘要早半小時。

他走過一片曠地，夕陽把他的身影拖得異常的扁長，柯停站在一根豎立著的牌杜旁邊，單獨一個人，直到日落，才有一位女人同樣對這根車牌杜子走來。

柯自動而禮貌地把自己的第一位讓給她。柯想：輕車輛駛來後，她無疑可以第一個走上車廂。他這樣做是爲了博得她的好感，他欲想和這位美麗而年輕的女人談話。雖然不這樣做，他也可以和她談起話來。柯的臉上露出無比慈藹的笑容，這種態度是他裝扮出來的，爲了誘使她相信他是如她親眼見到的那樣良善。

「我自以爲這班車止我一個乘客，這已經是最末的一班，我想妳想到過在黑夜乘車越過漫長荒野的味道。我猜妳要回到梅鎭，妳一定是梅鎭東區的人，否則我不會不認識妳，我住在西區。妳到這裡來訪親或會友，妳一個人來一個人回去嗎？」

「我可以確信，這班車不止我們兩個人乘坐，我雖然是到梅鎭，可是我既不是梅鎭東區的人，也不是西區的人，我是道道地地這裡的本地人……」

柯打斷了她的說話，他呵呵大笑時感到突出的兩頰有一陣溫熱。

「你不要欺騙我，妳有梅鎭女人專有的特色，這一點我非常熟悉。」她讓柯往下說：「梅鎭的女人有梅鎭式的髮型，梅鎭式的時裝，梅鎭皮鞋和梅鎭手提包，就像梅鎭有歷史博物館。但有了這些並不能代表就是梅鎭的眞實價値，最重要的是她們的氣質，我特別清楚這一點，她們都是我看到過的最高尙的女人，這才是梅鎭的驕傲。」

她完全了解爲何他會說了這些話。要是在另一種時刻，她或許無疑問地會被柯的媚諛迷惑。她清楚做爲一個梅鎭的女人，是値得女人們高傲的，因爲她們能享受到由男人中獲得的一切。可惜這一切對她已經是過了時代，有一個完全確定的理想即將接納她。想到對這位禮貌周全的紳士的即將來臨的打擊，她感到無比的抱歉和同情；可是至於柯的性格所必然導致的宿命，她處於盲然和鎭靜中，這時從黑漆中走來一個男人。

「這是我的未婚夫，明天我們將在梅鎮教堂中舉行結婚儀式，今晚我們就住在梅鎮旅舍的同一房間裡。」

「呵，我衷心地祝福你們倆位……」柯喪然笑著說。

最後車終於駛來，人們陸續按序上車，柯站在最末緩緩跟進。當車廂裡位子坐滿，空間也排滿了人後，未上車的人開始向那狹窄的車門擁擠。柯在後面推著那個女人的背部，他像一個賣力的裝貨伕，額頭和項背冒出大量的汗水。柯的前胸此時應該乘機緊貼著那個女人的背部，但是他甚至在此刻也有所顧忌，他不能讓她察覺他是一個下賤的人。柯的情形彷若送行幫助她擠上車廂，他自己被那拉上的門排拒在外面。

浪子

這個七歲女孩昨夜在老祖母的懷抱有一個很溫暖的睡眠。

因爲是清明節的關係，這個女孩很幸運地在她的誕生地遇到了她的祖母；老太婆是老遠從臺灣的北部省城回到中部家鄉去掃她大兒子的基，這個女孩的再嫁的母親領著她由南部趕回到小鎮來掃她父親的墓。平時是難得見面的，因爲這個古老的節日，巧合地使她們相逢在一起了。

老祖母一向疼愛者這個年幼的孫女，看到她長得如此美麗淑靜，更感傷地想到那位因肺病在生命的中年死去的兒子。

老祖母和女孩已經兩年沒見面。掃墓的事完畢，她們又要分手取道各回各的棲居地的時候，老祖母問著這個女孩是否願意陪她一同北行，還是要和母親一起再回到南部的繼父那邊去。這個女孩竟然選擇了老祖母，而不願偕母親南歸。

她的母親內心也十分樂意這個女孩暫時離開她一段時間，去滿足老人家的一片慈心；她自從嫁到這裡，丈夫死了，守寡一年，再嫁出去之間，未曾有機會報答這位慈藹的老人家。

因爲在這個女孩更年幼，她的父親還未去世的時候，他們原是一起住在小鎮上的，老祖母一貫的工作就是撫餵她，因此感情本來就十分的親熱。要非命運擺佈著這個家庭，現在也許還融洽地住在一起。

老祖母懷著悲傷和喜悅的兩層心情，牽著這個女孩走上火車，回到女兒的家裡。老太婆自從大兒子死亡，家庭拆散後，便隻身投靠在嫁出去的女兒的家庭，做著傭僕看顧小孩的工作。

晚飯後，在狹小的客廳，擠坐著家庭所有的人，談起今年家鄉的清明節的見聞，以及追憶往日的故事。

約將近夜半，他們已經說得疲倦，準備就寢的時候，那位浪子出人意外地回來了。他站在風雨的外面，像一個乞丐前來敲門。他以狼狽的模樣踏進客廳，倦乏地跌坐在沙發裡，他一面解開鞋帶，一面多嘴地詢問各人的近況；他的樣子雖令人憐惜，但他發出來的語聲卻溫暖著別人的心；他那張滄桑的面貌，顯露出回到家的無上喜悅。

那個剛剛來這裡不久的女孩，正羞怯地站在隔開客廳與臥室的紗門後面，靜靜地觀察這位音調形貌酷似她的父親的叔叔。

這個女孩想說出話來，但客廳的每一個人都幾乎因爲這個浪子的突然歸來，再度把萎靡下來的談話熱興揚昇起來。她沒有機會說話，心裡期望她的叔叔會轉頭看到她。

她這樣悶默地等候一刻鐘，她的叔叔一直沒有發現到她，客廳的聲浪告一段落停頓下來的片刻，她才羞短地叫聲：

「阿叔，」

這位浪子被這句由左背傳來的短截的熟悉音調震盪起來，他揚眉急轉過頭去，看到紗門後面彷彿禁閉著一個小囚犯；原來一個身穿紅外套，黑長褲，留著長頭髮的女孩很落寞地站在那裡。浪子喜悅得用左手把紗門拉開一條裂縫，招呼她到他的身旁來。

這個女孩像一個成熟的婦人一樣緩步前進，羞顏地低垂秀麗的小頭顱，讓她的叔叔的手揉撫著頭髮，拂開遮擋在面部的散髮，審查著面孔。

客廳屏息地注目他們兩人，這個浪子一時羞臊起來；因爲看到這個女孩的緣故，內心觸及了一件不能告曉的往事；他抑止了那個欲望，不敢在衆目的監視下，摟抱和親吻這個女孩。

這個女孩在夜裡做了一場夢：她夢見赤裸著身體坐在床上談話的大人們，那些肉膚和景物都充滿美麗繽紛的色彩，一個小女孩站立在她的小手掀開的布簾門邊，然後她夢見那個女孩被大人們抱起來；互相拋擲傳遞著……

這個女孩黎明時和老祖母一同起床。她站在梯口對樓上望著，樓上的沉寂使她想上去看著她的叔叔。才踏上了一階，老祖母瞧見她，招手叫她到廳堂去，姑母的四歲小女孩也叫著她，要她一齊坐在雙座的三輪童車上，讓她們的老祖母來餵稀飯。

這個女孩和小表妹一前一後地坐在童車座位裡，老祖母公平地一人一口輪番餵著她們。一會兒，這個女孩聽到叔叔走下樓梯的腳步聲，從盥洗室發出他濯洗的音響，之後，再傳來他喝開水的聲音。

浪子到客廳來觀望一下，摸摸她們的頭，再退到餐室吃早飯。

關於她的叔叔的一切早晨的習慣，這個女孩腦中記憶猶新，但爲什麼不能繼續住在原來的家呢？好像會有一個魔鬼在暗中拆散了她們的樂趣……啊，她對繼父的一切是不能習慣和忍受的……

這個女孩的父親逝世的那年夏天，她的叔叔回來和她們同住在一起。

浪子是個天才的滑稽家，他能使一個哭得很慘痛的小孩笑起來；他有一雙魔術的手，會變小孩們喜歡的東西；他看來眞算個慷慨的大富翁，只要小孩們對他有所要求；他也像一個小孩，白天都和小孩在一起。

叔叔像她的父親，有權阻止母親不隨便打罵她，使母親不偷懶，勤於做家事，而且他和她和母親在晚上睡在同一張床上……

這是一場古老的好夢了……

這個女孩和小表妹吃得很慢，當她的叔叔吃完早飯上樓換衣服時，老祖母才宣佈她們已被餵飽。這時，小表妹已經不肯讓她再坐在她的車座裡了。

這個女孩一步一步上樓的時候，小表妹也跟著她一步一步走上去。老祖母驚訝地呼喚著，她不准小孩爬那座樓梯，害怕小表妹不愼跌滾下來，因此再把這個女孩連帶叫下來，不要她做小表妹的模範。

這個女孩十分溫馴地聽著老祖母的話，牽著小表妹小心一步一步移下來。可是她也小小抗議著；她不要小表妹纏著她。老祖母急忙過來，從她手中抱走了小表妹。

她現在獨自一人留在餐室，徘徊在樓梯附近，她發現嬰兒車裡躺著一個洋娃娃，她走過去，像抱著一個眞的嬰孩一樣，用著雙臂把它環抱起來。她坐在一把靠背椅裡像一個母親讓她的嬰孩站立在合攏的雙腿上一樣，小心扶持著。她一面凝注那個面貌和她一模一樣的洋娃娃，一面前後搖擺著自己的小身體。

這個女孩的外表現在十分的沉靜，她實在是個異常美麗的女孩；有兩個大眼睛和長睫毛，秀挺的鼻梁，兩片微翹的紅唇，臉框的線條非常柔圓。可惜，因爲舌頭太長，說話有些模糊不清……

浪子穿著異常整齊的衣服步下樓梯，看起來又要出門遠行了。這個女孩不敢再抬頭看他，把視線固定在娃娃的臉上，身體也不再前後搖擺了。這個情景彷彿父親逝世的那年夏天……

這個浪子走近這個女孩，彎腰低頭親吻她的臉頰，手放在她的頭上，溫柔地把那些垂下頭，便會落下來遮擋在面前的髮絲掠開。這個女孩靜靜地不加拒絕讓他這樣做。

「和阿叔一起走好嗎？」

浪子像是開玩笑地說出來。

「去那裡？」

這個女孩模糊不清的語音聽起來像已經哭泣很久。浪子突然猛醒過來。

「哦，我也不知道，但總有吃有住……」

「去那裡？」

這個女孩的聲音變成一種急切的央求，抬起頭注視她的叔叔。

「啊，也許和祖母一起比較好罷？」

浪子羞慚而不安地說。他站直身體，躲避那雙索求答案的大眼睛，轉身急走到客廳。

浪子的手握住門把，突然躊躇著，再回身走到餐室。這個浪子的眼睛也紅起來了，那是因爲被這個女孩的可愛的臉頰掛著的兩行粗粗的淚痕傳染。他羞愧地問她：

「媽媽安好嗎？」

這個女孩點點頭，才像受到安慰一般羞澀地垂下頭顱。當這個女孩再抬起頭來的時候，這個浪子已經走了……

跳遠選手退休了

我們條件談妥了，你們回去，也告訴所有的人，要他們不要再干預私人的事。

一

一個初到城市來的青年，在城市中心的五樓租了一間單獨的房間。他的身體很疲倦，心裡很恐懼很寂寞。他也不知道有什麼理由要拋掉他以前的生活環境；他像一株被洪流漂來的草根，擱淺在一處寬蔓的河岸；沒有人確切會爲了什麼這樣做，總是時間在往前推進，無能阻擋自然的趨勢。

初到之時，他去訪晤幾位朋友，到附近的郵局去寫信給遠方的親友們。他還未找到職業，也不知道將會獲得什麼工作機會。他和朋友們在一起以便度過這些閒空的時間；朋友們以盛情款待著他：請他吃飯，帶他去看戲，帶他在四處遊覽，讓他熟悉這座大城。他們一起去遊樂去喝酒，但他並不快樂。疲倦和煩躁的重壓使他終於無法負擔，他藉故告別了他們，回到租賃的房間睡覺。他單獨一個人在屋子裡，反而覺得自由適暢，他臥在簡陋的床上，很快睡熟了。

酣睡了二三小時，他的意識漸漸被一陣一陣陸續不斷的激昂的呼號喚醒。睜開了眼睛，幽黑的夜色在大落地窗外與他面對著，星星與他的距離分外地接近，閃著奇異的小光芒，像是伸出手臂便能摘擷到。他聽到貓類的咪嗚近在數呎之內，聲音十分的狂烈和憤怒。

他躍跳起來，衝出的身體被兩朵綠色的電光煞住在落地窗邊，與窗齊的貼近過來的屋頂上豎立著一隻黑貓，狀貌狂暴，無畏地與他敵視著。他在這片刻中膽寒了起來，退身找到一隻長柄掃帚，開窗揮打牠。這隻黑貓伸長牠彈性的身軀跳開，溜進黑暗中消失了。

經過這陣心旋的騷擾，他的睡意完全喪盡，他留在窗邊觀賞與心境不謀而合的幽寂的夜色。在他眼前所有的都是黑色的世界中，很迅速地就被遙遠數丈遠的一口相對的亮窗吸引。但他的眼睛並非被普遍皆是的亮麗的光層所擒；那魔惑著他的卻是窗裡的一組動人形態。這個發現，解答了他心中的一個恆久艱難的問題：他窺見了「美」，窗框內的線條和色塊並沒有確切構成現實的某物，但它們的組合卻足夠曉喻了意義。

轉眼間；當他走入廁所再轉回來的時候，天色已經曉白，城市揭去了黑市，顯露它坎坷波折的原形，視野內的許多類同的窗框，辨不出那一個確實匿藏了那個「美」的事物。

二

數天後，他獲得了在物產公司工作的機會。他的人緣很好，外表有著體育家的英挺風貌，他和別人一樣懂得修整和清潔自身，他也博得許多女子們的愛喜。

但是夜夜他終必目睹那幻境；當狂嘯的貓鳴把他吵醒後，他便躍起來趕走牠且憑窗凝望。白日裡因爲工作，他幾乎完全忘掉了這件事。

有一個星期天清早，他到可能的許多許多棟樓房去查訪，人們對他的無邊際的形容不得要領，對他那不可意指的事報以諷笑。朋友們在他的屋宇裡守候整夜，終究一無所見。

他的見解無非與孩童看見月亮裡有兔子舂米一樣的荒謬。

他不相信沒有這個事物存在，他感到這些朋友顯見的不能與他的心靈相互交通。他們解釋說：人類的理想是有的，樣樣都是可達之事，一切的名銜、金錢和享樂都能以辛勤的工作換得；人人這樣做，信守爲生活，而且這樣做感到無比的滿足。他們紛紛對他警告著。他陷入於沉思。

他的痛苦促成他要獨自去造訪的行爲。

跨山窗檻，躍在黑貓慣常站立的所在。他在那些相互銜接的屋頂上，上上下下走著，漸漸趨近了那口亮窗。直到相距數尺的時候，一個深黑的巷衖阻住了他。只要他跳過眼前的缺口，有一個小小的陽台可以承接他的落腳，那一口亮窗就在陽台後面。他立在那裡。仰望它，讓色和線的組合在他的眼前不可觸及的顯現著。

他沒有信心他有躍過缺口的本能，這個巷衖看起來異樣的黝黑和詭險，他的心被自己的意志和險深的情況之間的相互牽扯驚盪著。害怕終於使他感到軟弱，他轉身往回走，跨過窗檻，回到屋子裡。

一會兒，他那不懈的意志，使他攜帶一根量竿，再度往前出發了。……

三

白日的工作結束，一進入夜，他換穿了運動用的棉褲衫，雙腳套著布鞋，帶著量竿走到附近的一所中學的運動場。量竿放在沙坑的旁邊，帶來的石灰粉灑成一條起跳線。那個角落幽黑而寂靜，他便開始專心地練習跳躍。

他這樣做，使他與朋友們斷去了往來。除了日常的工作，他幾乎斷絕戀愛、友誼和一切的玩樂。別人看出他漸漸轉入孤獨和沉默，但是他自己是很快樂的。那隻夜盡前放聲做號的黑貓對他從未失信。他對那要去叩開的亮窗的希望，日日的熾烈起來，與他日日進步著的跳遠成績編成了正比。

他勤奮於練習的行爲，漸漸地引起人們的注意和關切，周遭的人們對他抱著極大的希望，無奈地卻拒絕於在競爭的運動場上比賽；人們早已在他的練習中知悉那項驚人的成績，但衆人的誤解他總以緘默來婉拒。

他的成績雖可打破運動會的舊紀錄，但和自己的量竿標誌的紅點相較，還有一段小距離。

他仍然繼續在那個運動場一角練習，而其違願衆人意志的行爲顯然已經遭來不堪想像的後果；他的緘默終於惹惱朋友們以及城市執政官的憤怒。

不爲自己的鄉土種族爭取光榮的藝術家、運動員……的努力，都將爲其自己的鄉土種族所唾棄。

當他愈甫近他的理想，他的生活與生命則愈近於受難。而這樣的一天終於到達了：他被迫遷出那間五樓的房間，他的工作被解除，他的朋友不再眷顧他；他間接地被下逐離開這座城市。假如他想延緩一個小時離開這座城市，似乎鐵路車站的售票員將接到命命，不准賣車票給他。

「為何糟糕到如此程度，」他惜嘆著：「至此為止，文明的象徵就是總體制啊！」

宇宙的旅程也許沒有終點，但鐵路的行程不可能沒有終站。

一覺醒來——他的身體感到寒冷，火車停在一處火車站邊軌的漆黑中，這部火車已經熄火不再開行，什麼時候到站，他一點不知道，也沒有人來叫醒他；顯然乘客和司機都走開了，他疑惑身在何處？帶著久睡的腦暈走下車廂。他的行李放在腳邊，立定在石子鋪成的地面，望著一百碼外火車站月台的孤燈。他揉一揉剛睡醒視力模糊的眼睛，再極力注意懸吊在屋篷下的牌名。字跡的筆劃漸漸地被他辨認出來了；牌上簡潔地寫著「北站」。他驚愕地呼叫了起來：

「天啊，這是怎麼一回事？我來到了一個正相反的地方。」

他不想走到蕭寂情調的車站去找麻煩。無論如何，現在對誰都解釋不清楚自己的身分。事實上，一個人活著本不必為自己確立什麼身分。現在唯一的辦法就是自己照顧自己。他帶著與這個世界同樣荒謬的心情翻過鐵道附近的石柱柵欄，走到這座新城市裡去。

這座城正在為著什麼節日慶典在歡騰著；他走到市街看見許多一伍一群的奇裝的人們，在明亮的路燈下散步，他們充滿著體力充沛精神興奮的活潑模樣。這些人們和本城的人顯著地可看出分別。他對一張運動會的海報瞥視一眼，低著頭謙虛地潛進了一家小旅店。

他洗了熱水澡，吃了一頓豐盛的食物，最後他想要好好再睡一覺。至於前途如何他抱著樂觀的態度。當這個城市的人們在熟識他，且因爲熟識而要管制他之前他起碼可以過一段十分適暢的生活。他身邊帶有一些昔日的積蓄，要不然他也可以去找一份不大勞累的臨時工作。總之：有一天，他還要回到那個城市去訪晤那口亮窗，當那個城市的人們因爲時間的遮蓋而忘掉了他之後。

他打開皮箱，翻檢著衣物，在那個放文件的小袋裡，意外地發現了一張褪色已久的卡片。這張卡片簡單地寫著：

劉易士：北城冷街二五號。

他想不起誰是劉易士。他想也許他的記憶有所喪失。他重新穿起衣服，心中帶著蠱惑出去了。

四

路上的行人對他打聽冷街的位置頗表驚奇，有一個人告訴他：冷街是上世紀的舊名，現在這條街代以數目字稱呼。他依照這一個人的指示向前走。

他經過市中心的噴水池，然後走著一條林蔭大道，兩旁的房舍靜靜地豎立著，圍繞著許多楓樹和木麻黃，他斷定這是肅穆的學校建築。以後路盞的數目愈來愈少，終於爲一道河流的堤岸阻斷了前進。他向左邊轉彎，街口的路燈照明著一排磚石疊築的頹舊的屋子，這排房子漸漸延長到黑暗中去，看不到它的盡頭的長度。

河道對他吹來寒顫的冷風，他沒有遇到一個行人，在昏明中，他心裡帶著懸疑的警覺沿牆壁行走，一面數著門戶。

這些門戶緊閉或洞開如廢墟的住所，使他連想起沒落的王孫、流氓、賭徒、藝術家以及乞丐這些不幸的人們。有的門戶漏出微小的光亮，裡面有提琴和鋼琴合奏的音樂。他突然停步，好奇地貼近一個門戶，由細縫望進屋內，正看見一個靜凝的驢頭，由於視界的限制，他不能再看見什麼。他頗感疑惑，不知這裡發生了什麼事，會如此的靜寂和離奇。他的心中無形感染著哀悽的情緒，只得繼續移步前進。

他在第二十五個門前猶疑片刻，且左右觀察，兩旁的蕭索情調包圍著他。他諦聽裡面是否有可查覺的任何聲響，以幫助他回憶起那些逐遁的事物。但寂靜使他像一隻沙漠中的鴕鳥。他的身心彷彿一隻沉空的瓶子。他嘗試著叩門。

門戶應聲地開了，就像裝有自動機關。乍然在那一大片白光中看不見任何一物，幾片模糊的色塊和線條固定於一個角落。漸漸地，他的視覺清晰了起來，屋中一個長髮女子端坐在一張木椅裡，靜靜而直立的身軀像是恆久在那裡等候著誰。他戰兢地輕步走入，那女子一無言語，而眼睛亦一無所視。

這間決不可能是什麼劉易士單方面意義的住所，他也無從在這個盲眼和啞嘴的女子以及空洞光亮的屋子回甦什麼記憶。他突然有一種毛髮直豎的意識，使他驚訝於他的存在的眞實；他領悟那張字條是個本身無意義的索引，引發他的到達。他害怕而退縮出來，順手關了那扇門，急急走回喧嚷嘈雜的市街。

他在旅舍門前被幾個男人揪住了衣領，他被他們認出是逃逸了幾天的跳遠運動員。他無從辯解自己事實上不是他們要找的那個臨場怯懦的運動員，可是仿若那位逃逸者的身高、體重、照片和比賽項目，這些符合的條件和才能，使他也相信自己就是那個他們要找的人。

「諸位先生，禮貌一點，請放手。在任何一種意義來講，我都是一個不折不扣的跳遠選手。你們要的是我為你們爭得榮譽，以便在歷史上可以記錄；我會使你們滿意，但我個人所要的是絕對的自由意志。當我已為你們盡力，也祈望你們放手不再干預我。我們條件談妥了，你們回去，也告訴所有的人，要他們不再干預私人的事。」

數日後的一個晚上，他穿好了衣服走出旅社。運動盛會已經過去了，街道沒有那些奇裝異服的人在散步，情景顯得很冷清。他低著頭走著，有時偶爾抬頭瞥視牆壁上缺了一角的運動會海報。缺乏歡樂的心起於現在又是單獨的一個人，任何人都與他毫無干涉，他終於感到孤單和寂寞是最大的遺憾。掙脫束縛後的結果是孤獨——無意義的孤獨。眼前的一切事物都因為寡歡的心靈而覺得遙遠乏味。他像一個別人看不見的幽魂在街道行走，腳步所歇落之處都是一種空洞。假如沒有責任的意志自由是一種虛無。他經過噴水池，不知不覺在林蔭大道走著，他望著兩旁肅靜的校舍，終於想起久遠的許多事物，然後這些樹木和牆壁變得像愛人一般密起來，這條街也是清楚熟悉的，他像童年時一樣在行走了；那極欲擺脫掉的童稚，原來卻是現在極欲回返的眞實。在那個童稚的世界裡的欲望是所向無敵的，其內在的想像是絕對眞實的。河道吹來的冷風，他已經感覺到了；他在堤岸前面轉彎，他突然想起劉易士是一個久遠的人名，一隻半閉著眼睛靜凝的驢頭，一個暗中窺視的靈魂。

他立在門前叩門；盲啞的女子依舊端坐在那裡，他走近她，牽著她的手；他靜靜地與她度過這改變了的世界的難以奈何的黃昏，他和她似在進行一種交談，但沒有語言發出。

每當他走到冷街，由那個門戶的隙縫洩出的音樂（猶如那漏出的燈光）從未間斷。他每晚必來，直到有一人，這個城市的人突然感覺他不知在何時失蹤；他的行李依舊留在旅店。

結婚

一

楊鎮旗山街和仁愛路口那塊街角有間紅磚砌築的兩層古樓房豎立著，從樓下敞開的門一直深進內壁所堆集排列著的物品看來，便知道是個很大的雜貨總滙。這間雜貨店代表著這個小鎮的歷史；守舊、雜亂和古老。靠近走廊的幾個方形的瓷缸，表面上清晰地寫著它盛裝的物品的黑色方體字；那是各種的米、鹽、白糖和黑糖。粗糙的木桶盛著豆類。木框盒子充塞著骯髒的各種乾蔬菜，另一邊是大小不同的繩索圈和麵粉袋。一箱箱的洗衣肥皂，香肥皂和毛巾牙刷等類的物品排列在玻璃櫃內。兩面牆壁的木架框上，排列著酒類、醬油及醋，紙標鮮明，整齊有如列隊的士兵。木架的下一層，靠近地板，要彎下身體才能拿到的是一些矮胖的瓶子，那是農藥酒精和殺蟲劑之類的東西。角落還有桶裝的米酒。那張橫在中央的巨木櫃長一丈高四尺，一端的上面放置的玻璃箱是當時公賣局出品的各種香煙。五年前，巨木櫃的另一端通常站著一位短頭髮的活潑少女，她的名字叫曾美霞。她勤奮地走來走去，取貨品給買客，把錢折摺後塞進櫃面的小方窄洞，需要找回零錢時，她便翻開一截櫃板，在腰腹折彎，把頭探進幽黑的櫃裡摸索銅幣。每天早晨到中什這一段時間，生意很好，她來回不知疲倦地爲客人服務。當然，這麼龐雜的店舖一定還有其他的家人；那便是那位壞了一隻眼睛的父親，以及家族中閒空的人都會在店裡照顧生意。買客對她的印象很好，她總是露出一種喜歡聽人吩咐的笑容，這和她天生圓形的面龐顯得很適切。她剛過十七歲，初級中學剛畢業不久，長得豐滿健康，附著在她身上面孔上的平庸卻比美麗更得人緣和親切感。

同一條街，與這間雜貨店僅隔著一條讓行人走路的小巷，豎立著鎮上的標誌——一座新建的新樣式的農會大樓，白色的細石牆壁閃躍著陽光，國旗飄揚在屋頂之上，襯著美麗的青空，象徵著鎮轄管區農業的興盛。雜貨店的左邊，屬於仁愛路的第一幢房子，則是一間木板釘成的日本式的優雅兩層樓房子，黑色厚重的瓦，板牆漆成墨綠色，它是一所十分高尙的醫院。於是，以雜貨店爲中心，座落在兩條主要街道的這三座比連且互相異趣的房子，正是這個鎮上的代表和存在的光榮。

隨著曾美霞的長成不可避免地發生在她身上的事的當時，雜貨店裡居住著的正是一個典型的大家庭，維持著傳統的生活習慣，卻不堪新的思想的侵襲而顯露著日漸的崩潰。由於老曾的失聰，三個兄弟間都逐漸顯露著敵意，尤其是老大、老二的女人們間的裂隙十分顯明。是老曾在日據時代開創了這間雜貨店的，那時三個年輕兄弟還未娶妻，表現得十分融洽合作；得興和得財在店裡幫忙他們的父親，他們的小弟得智學業很好，被送到新竹大城市去讀書，現在他也在新竹成家，時常回到楊鎮來。他們的母親做全部的家事，一切的主意都得聽命於老曾；他能幹，和藹且帶點商人的詼諧的性格，和鄰居鎮民相處得很和諧。楊鎮那時初長成，雜貨店是鎮民一切生活必需品的供應所。

老曾的老伴，隨著早年老曾初開雜貨店的艱苦和操勞，以及負責管束三個男孩，使她變成一個愛好嚕囌多嘴的女人。她膽怯，小心謹慎和過分的節儉，於是以她狹窄的心胸管教孩子時，那種氣氛就是一味的嘮叨，缺少理智、技巧和幽默；她的觀念就是屬於對的一切。不過，她本性慈藹，那樣的心胸正好也容納不了罪惡和暴力。當晚年，老曾因血壓高成了一個呆癡的無用老人時，她親見一個龐雜的家庭的日漸多事和紛擾，使她煩亂得成了一個苦惱，患著偏頭痛的歇斯底里亞的神經質老婦人。她的指責的語聲對於家庭中的女人和小孩像是一種日常聽慣的市街的噪音。她的兒子們也變質了（在她看起來一定如此），她唯一的慰安是鄰居們還十分願意傾聽她對日常家事的述怨。好在，老曾已經什麼都置之度外了，否則，我們相信這位昔日奮鬪過的老人，一定會牽著他的那位高大乾扁而病黃色的老伴離開這間不再屬於他的雜貨店。

曾美霞被聚集在農會休憩室的年輕男女們稱爲羅雲郎的愛人。那一天午後，羅雲郎手中握著曾美霞遞給他的肥皀，他倚靠在雜貨店的櫃台和她談話，告訴她一個令人興奮的消息。

「妳猜今天誰回來了。」

「我怎麼會知道呢，到底是誰？」

「黑狗。」羅雲郎說。

「那一位黑狗？」美霞問著，腦中掠過許多鎮上被稱爲黑狗的年輕男人。

「我的同學，那位搬到台中做生意姓邱的兒子。」

「喔——我記起來了，那個調皮鬼，以前喜歡毆打女生。」

「是的，他帶了女朋友一起回來。」

「女朋友？」美霞被這個名詞逗得興奮起來。

「她美麗嗎？」她再關心地問著。

「看起來像個太妹。」羅雲郎表示了他的觀點。

「黑狗是個太保，正好相配嘛。」美霞高興地說。

「晚上他會帶她來農會。」

「我一定去看看她長得怎樣。」

「黑狗還帶回來許多新唱片。」

「他一定變得很多了，那是什麼唱片？」

「舞曲，他要教我們新的舞步。」

「他幾點鐘會來？」

「大概七點左右。」

「我看見他們從門口經過時，我就去。」

「好的，一定來啊。」

「我一定去。」

他離開櫃台，走出雜貨店，回頭再對美霞微笑一下。他常藉故來雜貨店買東西和她攀談。羅雲郎出生在農村，距離楊鎮五里遠的北勢窩。他的父母以及附近的農夫都是勤儉的客家人，沒有受過多少教育，十分迷信。他的母親罔市尤其保守固執，是位能幹如男人的健壯婦人，所以他的父親相反的異常沉默和羸弱。羅雲郎從高農畢業後依然還如此樸實和溫和，那張英俊的面孔看起來顯得鄉氣愚傻，都是他的母親嚴苛管教束縛的結果。楊鎮的農會雇用他，是學校推薦的，學校認爲他樸實可靠。他在校學業成績優良，本來可以再繼續到大城市去考大學的農學系，但他的母親捉住著農會給他的這份有薪水的職位，認爲教育太多並沒有大用處，反而學壞了。

有一天晚上，金妹親自走到農會的休憩室窗外，對裡面雜亂而有趣的情形親視一番；她看見無數的未婚男女集在那一間寬敞的室內談笑和跳舞，一架落地的電唱機囂鬧著音樂，她輕聲叫喚她的女兒，把她從羅雲郎的手中叫回到家裡。

「他是誰？」

「羅雲郎，農會的職工。」

「妳不是告訴我妳不會跳舞？」

「現在大家都在學著呀，我也學學。」

「妳早上在店裡做生意，我准妳晚上出去，但我不許妳學跳舞，不要再被我撞見了。」

「好的，媽媽。」

美霞長得酷似她的母親。這是一個非常嘈雜和猜忌的煩亂家庭，所以金妹對待美霞常常是過分的約束，連帶美霞的一位弟弟，也整日慣地被她關在她的臥室裡讀書寫字。

許多日子之後，美霞也感覺到她自己是雲郎的愛人了。有一個早晨，媒婆阿里出現在雜貨店門口，她看見她直往內室，且拉著她母親的手臂走進臥室，她開始逐漸感到羞嚇和顫抖。阿里告訴了金妹兩個年輕人相戀的事，金妹有些困惑和惱怒，她不相信美霞能逃過她的監視，偷偷地與一位農夫的兒子戀愛。金妹否認了這件事；她說：羅家的罔市喜歡她的女兒做媳婦，她感到榮幸，不過她的女兒年紀還很輕，店上也需要她再幫忙一段日子。這是她在阿里詳細的回答有關羅家的一切狀況的詢問之後表示的意思；她婉轉地辭退了阿里，心裡很不快樂那種把她的女兒和粗俗的農人家庭連親的說法。她一聽到羅家是客家人，住在深山裡耕農，她的女兒要住在泥土塊做的屋子裡，她感到一陣陣的嫌惡。阿里也不快樂地走了。金妹馬上呼叫美霞進來臥室，她的心和肢體都在顫抖，她反應著內心懷著受刑的恐懼，她有點兒遲疑不前，她早在阿里走出雜貨店時的面目表情獲得了警告。金妹衝向她，在她的大腿皮上擰了一下，她在她的威脅的逼問下承認了那件事。隨著是一陣幾近瘋狂地宣洩憤怒的毒打，第一次引起全家族的震驚。

這件事情騷擾之後的轉變便是：羅雲郎不敢白天再跑來雜貨店和美霞攀談，甚至買東西都跑到另一條街的小舖子買。美霞被關在樓上一間幽黑的室臥室幾個晚上，不准外出。當第三天她再在櫃台後面出現時，便接到由農會的另一位職工偷偷遞給她的一封羅雲郎的信箋，信裡面充滿這位初戀的男人的哀傷、忠懇和對愛永恆不渝的信守，這樣的信使她第一次獲得親屬之愛以外的安慰和勇氣。由於那位天性好事的職工的幫忙，美霞和雲郎間的情愫就靠著信箋的往返傳遞著，使這位少女的思慕之情藉著拙笨簡單的文字，也發揮到無比貞潔和崇高的境地。

於是人們開始漸漸發覺櫃台後面的美霞，代表著青春和坦率的笑容逐漸被一種更豐富而奇妙的表情替代，除了那位愛沉逗在報紙的獨眼父親外，來來去去的顧客都有這樣的感覺。有時，美霞會躲在香煙櫃後面，坐在一張圓木凳沉思起來，把手托著腮部。她的父親關於子女的事總聽命於金妹，媒婆阿里來後，他也認爲金妹這樣做並沒有什麼錯誤。不料，連信件的來往也被金妹發覺了；首先，金妹發覺那位傳信的職工也步著那位農夫的兒子的後塵來和美霞談戀愛，對於這位矮小好事的農會職工，他是鎮上無人不曉的清道夫啞叭松的兒子，金妹當然更看不起他這種貧賤出生的男人，所以上前來干涉，不料就這樣意外地揭穿了這幕隱情的戲劇。金妹把美霞拖進臥室，要她把所有的信件都繳出來，美霞曾冒著一陣毒打的危險堅持著說：除了那一張，不再有其他的信件了。後來當她反抗她的母親時又說：即使有我也不拿出來，那是我的，不是妳的，或其他人的。全屋子的人都爲了這件事再度掀起了一陣爭論，藉著這個機會，女人們之間的事都搬出來互相攻擊指罵，這時，老曾的老伴的規勸沒有人願意聽從，老大得興出差到彰化，老二得財——美霞的父親，不願加入這場爭論，他只無效地叫停他的女人，當沒有獲得絲毫的反應時，便捉起報紙坐在雜貨店門邊，像在把守裡面的騷亂免得引起外人的窺視。老曾獨坐在這幢樓房的最末一間臥室，臉孔紅潤，僵硬地把身體靠在椅背上，絲毫聽不到震動全屋各角落的吵鬧聲。美霞忍受不住無情的竹棒的拍打，且親睹全族的暴亂起源於她身上，才把信件搬出來。她的母親燒掉那些信件後，整個家庭仍沉浸在吵鬧中。

第二天，全家庭決定把美霞送到新竹的叔父家去，且安排在新竹做事，甚至希望以後在新竹覓得高尚人家成婚。

至於羅雲郎的母親罔市，聽到媒婆阿里的讒言之後，斷定對方是在嫌棄和輕視著他們羅家的家世和環境，罔市懷著被卑視和欺辱後的憤怒警告她的兒子。可是這種記恨在當時並不能影響到熱戀的當事人；雲郎僅僅口頭答允他的母親，鬱鬱不樂地回到鎮上，依然沉溺在思慕的哀痛中，從此很少回家。倒是美霞離開楊鎮的消息震驚了他，他悵亂而悲觀，直到一星期後接到她從新竹寄來的信，才像赦免般從絕望中釋放出來。

美霞在新竹，她的情感意外地受到叔母惠珍的尊重；惠珍叔母受託要爲美霞在城市中找到一個上等的家庭結親一事，當親自聽到了美霞坦率傾露事實的眞相之後，不但放棄了對二兄嫂金妹的承諾，反而大加讚許美霞的勇氣和高尚的情感。於是，當羅雲郎在一個月後偷偷赴新竹與美霞會面後，美霞的笑容再度像花朵一樣地綻開了。羅雲郎受到惠珍叔母的款待，惠珍叔母並且答應保密這件事，等到美霞的法定年齡到來，擺脫了父母的監護後。可是有一個條件，惠珍叔母羞赧而莊重地暗示他們不可偷偷做那件事。

美霞被介紹到一家百貨商行做店員，她開始留長頭髮，注意服飾，也開始再學跳舞。從此，除了信件無阻的往返外，羅雲郎瞞著母親，每一個月請假二天，那是星期五和星期六兩天搭火車趕去新竹和美霞會面，如此繼續有一年。可是，突然羅雲郎的母親罔市另擇了一女子要他早日成婚，當然他是拒絕了，敷衍著他的母親；金妹也要求惠珍答覆美霞的近況；這樣的事開始打擾兩個年輕人的順利的愛戀，他們不得不迅速計劃結婚，於是，互相立下了永遠相守的誓言。兩個人都頗具信心要以行動來說服雙方的家長。他們以這樣的心況擁抱在一起時，不免沉溺在一些結婚計劃的美妙幻想中。

「我們一定要好好地去蜜月旅行。」

「我們到我們都不曾去過的地方——」

「那裡？」

「東部的花蓮。」

「喔，蘇花公路。」

「還有台東……」

「眞美妙。」

美霞高興地喚起來。

「我們一定要做這件事。」

「死也要去那個地方走一趟。」

有一天，得智叔叔帶著美霞回到楊鎮，得智是個又高又胖的男人，看起來有點書呆樣子。他（她）們下火車，美霞過去的同學都看見她好像大小姐帶著城市的摩登回來，不似離開楊鎮前的那種天眞稚氣的模樣。她帶回來許多衣服，她去了一年三個月，自己積了一些錢，但她的身體裡面也帶回來三個月大胎兒。後面垂披著長髮，她看起來就像少婦一樣地成熟。她的得智叔叔一點兒不知情。他常常一個人回來楊鎮，因爲現在他是雜貨店的合夥人之一，平時他在縣政府做事，他的外表就像一個不會容納煩惱的人。夏日的黃昏照著他（她）們的背影，他（她）們走進雜貨店，家庭中沒有人不高興，對美霞變得像個有教養的高尙和好看的女人感到快樂。除了老曾獨居在後房，永遠是呆癡僵硬的姿態，家庭中由於美霞的歸來，突然像增如了幾倍的人一樣地熱鬧。美霞走進後房老曾的臥室，握著祖父老曾的手，老曾點點頭，莫名其妙地望著美霞，然後他移開了眼睛，便不再理睬她。晚上，家庭的情緒平靜下來了，美霞走進母親的臥室，一會兒，金妹氣呼呼地衝出來，找得智叔叔，她毫不客氣地指罵他。

「我不知道啊——」得智喚叫時愈加顯露他的呆癡模樣。

「你不知道！」

「我一點兒也不明瞭到底曾發生了什麼事。」

「你看見過他嗎？」

「連他的樣子我都記不得啊。」

「我要惠珍替我負責。」

「這跟惠珍有什麼關係，嫁給他不就行了嗎？」得智天眞地說。

「什麼嫁給他，沒有那麼便宜。」

「那麼妳能怎麼辦？」

「我要按告他。」

「這樣做是不好的，不能小題大做。」

「我還要好好教訓她一頓。」

「唉——」得智嘆息地說。

金妹說完走進臥室，家庭中的人都從牀上再起身，身上披著衣服出來包圍得智，得智一點兒說不出話來。視力不好的得財衝進臥室，告訴他的妻子金妹好好修理她一頓，然後他氣憤地走出來，在雜貨店的櫃台後面走來走去。老曾的老伴，孩子們的祖母，面孔憂戚地走進金妹的臥室，但馬上被金妹罵出來。整個家庭開始漸漸掀起一陣的爭辯，只有老大得興出差回來，喝醉了酒，躺在牀上，其他的孩子們都坐在牀沿等候著，聽到美霞被金妹拖上樓上堆積雜貨的那間幽黑的臥室去，始終期望著能聽到美霞有反抗的聲音。

二

潘森警長從玻璃窗看到一位婦人走向警局門口，他從她的模樣認出那是雜貨店老曾的第二兒子的妻子金妹。金妹選擇了一個早晨，走進警察局，她顯出一個有教養的女流降臨於官廳所慣有的輕蔑的態度，但她一看到潘森警長好像早已注意著她時，她羞澀而謙恭地微笑。她和警察局長潘森晤談了一小時，潘森警長作了結論說：

「讓我和妳的女兒美霞談一次話，我能依據的也是當事人的口供。」

潘森警長就法律問題對金妹說得很清楚。在和她晤談之前，他早已對羅雲郎和曾美霞的戀愛有所聽聞。當天下午，潘森在自己的宿舍裡休憩，金妹帶了躊躇不前的美霞再來找他。金妹感覺在私人的宿舍裡和潘森商談這件事比在官廳上要自然容易一些。潘森警長直截了當地問了美霞一些眞實問題：

「羅雲郎曾對妳強姦嗎？」

美霞抬起她困惑的眼睛回答：

「沒有，他沒有。」

「那麼妳爲何會懷孕，嗯？」

美霞感到警長有些逼人和故意，她低下頭沒有回答。坐在美霞旁邊的金妹內心的震怒顯現在那張血液湧上來的肥大面孔上，潘森注意到她的表情，不過他想再捉住這個時候美霞能夠坦白回答的一刻，再加問了一句：

「妳的母親要控告他，妳也表示願意這樣做嗎？」

「我不要那樣做。」

潘森轉過來注視金妹，他再對美霞審視一下，注意到美霞赤裸的手臂上顯露出來的傷痕，那些紫黑的痕跡像是佈滿她全身的一種色彩。潘森好像一直都故意扮著一位邪惡的幫凶一樣。

「妳不願考慮一下嗎？」

她遲疑著，怯怯地回視她的母親一眼。金妹因爲看潘森的在場，這時才對美霞寬懷地投著暗示的笑容。金妹說：

「要是妳答應合作，對妳對我都好，那個不負責任的羅家是應該受法律懲罰的，是不是，潘警長？」

潘森顯然並不讚許她對他的這一個問話；他不迎合她，把頭擺回來，注視在他面前垂頭羞怯的美霞，他的眼睛再觸到了那些手臂上的紫色傷痕。

「站在我的立場，我是不贊成這種控訴的，這樣做對美霞沒有好處，妳僅僅是想挽回做母親的面子而已，這個我是了解的，可是這使她損失太大。」

「那麼你的意思要怎麼辦比較好，潘警長？」

「那是妳們的事，不過，我想還是嫁給他是最好的了。」潘森警長說。

「我還是要控告他，我不能忍受。」

美霞聽到她的母親嘶喚了起來，像受到閃電的襲擊一樣地震跳一下。

「這樣做，我告訴妳，恐怕會成爲一種笑話的。」

潘警長站起來警告她說。他看一看手腕上的錶，他的動作顯示著要送走客人，金妹和美霞走到門口，潘森再補上一句說：

「這件事最好是雙方冷靜地商談。」

媒婆阿里由鎮上步行趕至北勢窩，一路上她自覺好笑，前些時她是代表羅家向曾家提親，事情不成，現在她反而代表曾家向羅家說親了；同一件事，弄得她也自知是個諧戲的無聊揹客。她是個天生的步行家，乾瘦如男人的高大身軀，經常穿著整齊的黑色古裝，走路時上軀前傾，棕色的面孔，像永遠沒有憂患降臨於這寡婦的身上，從她的背後可以看見早已爲女人家捨棄的插著金簪的結實圓形髻。冗長炎熱的路途，迎著她的是遍地的綠稻，放牛的孩子們看見她撐著黑傘向林子走過來，都知道那是什麼事，已經搶先去通報了。

罔市看見阿里的登臨，笑嘻嘻地迎著她，心中預覺報復的日子顯現在眼前。阿里受到罔市的好款待，阿里說出她的來意，這個早已被罔市猜著了。她們私談了整個下午，也因爲黃昏時再趕回鎭上可避去了午後的烈陽。當阿里晚上走進雜貨店，仍然在金妹的臥室談起她帶回來的口信時，她慣有的沙啞乾燥聲音顯出有些差異。

「羅家今年已經沒有時間再由農作物上撥出來辦理這件婚事的閒空，罔市也這樣說：他們耕作人也沒有鎭上的人家一般富裕，田稅是年年要繳納的，這件事也要預先準備兩三年呢……」

「妳沒有特別在這一點上說我不計較嗎？」

「說是說了，她可能敬重你曾家，她說要給對方太沒有面子是不應該的。」

阿里搖搖擺擺地走了。每當金妹爲美霞的事遭到阻難，晚上，她便在樓上那間幽黑的臥室鞭打著她。金妹在她所處的環境中，帶著虛榮般的尊嚴來愛她的兒女，她鞭打著她，想從那個懷孕蒙羞的肉體挽回這份莊嚴而又無知的母愛的報償；她幾乎每一次都想鞭死她，以完結她自己的苦痛和羞憤。她的美霞自從由新竹回到楊鎭就一直在瀝血，從開始，她的傲慢和驕橫獨斷就選擇了這條崎嶇的道路；她自己每一次都爲鞭聲震驚顫抖，鞭聲由那個佝僂的背脊傳到她的心坎，血一滴一滴流著，從她的心以及從那皺扭的背脊上，可是她不能停止；直到她那位受命運擺佈著的可憐少女昏迷了過去。樓下各處都響起怨責的吵聲，一陣接著一陣，家族的喧鬧遂又開始了它騷亂和不快的一幕。

至於媒婆阿里，已經和金妹清楚地約定，不管婚事說成或說不成，來回從鎮上到北勢窩的辛勞，是一定要酬報的，因爲這一件親事已不比尋常的親事了。

三

自從美霞肆意的嘩笑，以及她不停歇地自創舞步，成了許多人的笑柄後，她唯一能震嚇羅雲郎，揚言要飲下一瓶農藥的藉口也失效了；羅雲郎以爲她僅僅是想對他和許多人表演不停口飲下一瓶汽水，裝模作樣地嚇唬他們而已，像在許多人面前表演舞蹈一樣；黃昏的時候，農會的職工下班之後，年輕的男女們依樣集在那間寬敞的休憩室，美霞和他們都在跳舞，有時晚上也在那裡，羅雲郎也在那裡，但有時他會避開，當他看見她要比那些人更瘋狂地舞動著時，且隨時要教他們她臨時想出來的花步的時候。她總是隨時隨刻注意他，她瞥視到他的離開，便像著魔一般騷亂了起來，她身上的花裙常常揚展開來，像一張打開又翻過來的傘布，把結實凸出的腹部露出來，她的姿勢彷彿要儘量地抖動那個滑稽的半圓型腹部，要使它從裡面滾落下來似地，直到使大家都感覺到過分的難堪。最後，她狼狽而失望地獨自走到外面的階台，深深地嘆著氣，抬頭望著那雜貨店樓房在夜下的醜惡模樣，一陣恐懼和怨惡掠過她沉靜下來的蒼白臉孔。她整理一下衣裳和由新竹回來後已經更加延長的垂直的頭髮——要是不，在暮色，在月亮的虛幻映照中，的確酷似許多人描述的那種模樣——之後，像一個溫馴的少女走進家門。一會兒，在樓頂間，間隔地，尖刻的咒罵和悽惻的鞭條聲交疊地傳出來。她已經學會在疼痛時不哭號，面部的表情平靜得像周圍從來沒有發生什麼事，她跪在地板上，眼睛望出窗外的藍天，凝注著某一星辰。鞭條再度打在她赤裸的背脊上，那些舊傷疤裂開，再度滴血，每一次鞭抽下來，像電掠過她心胸，迅速而辛辣。那位獨眼的父親漸漸察覺到了，他走上樓梯，從那位洩憤的女人手中搶奪了鞭條，強拖著她下來。當她被遺留在那裡，她才撲倒在地板上發出微弱抽搐的嗚咽。當許多人不忍當著她的面稱她爲瘋女，但要是正巧當著羅雲郎在場，故意嘲笑他，指著有這樣的一位女友時，那是簡直對他的一種巨大的刺戟。他在這種情感的抗拒中，唯一有效的是他母親罔市昔日對他所說的憤怒的警告：「他們拒絕我們，記住，他們在對我們卑視。」這也是他的母親不允許他的請求漸漸感到抑鬱的原因。於是，他哀憐她的感情就被這種記仇的憤怒淹沒，以便脫去當前難忍的羞恥和懦弱，並且，他安慰起自己的時候，就憶起他也親眼觀察的，她那種的確像他們對他說的那種樣子，因此，他逐漸地冷酷起來，從不再把她的話當作是眞情話看待。

有時，她會忍不住跑進他的臥室，要求他和她再度媾合以求解脫。在平時，在大衆之前，羅雲郎總是在羞憤中隱退了他對她的感情，這一刻，他再度單獨擁抱著赤裸的她，他會對她說：

「請妳不要那樣，美霞，我快要想出辦法了，但不要激怒我，我請求妳。」

「我到底變成怎樣了，雲郎，告訴我，我做錯了什麼？」

「請妳不要再跳了。」

「無論如何我要，否則我快要悶死了。」

所以，他只有矛盾地在他的臥室怯怯地和她做那一件事，在公衆的地方他便不再理會她。那一天，距今有三個年頭了，午後五點鐘，農會的休憩室像往常一樣集著那些年輕的男女們。電唱機的開關被扭開，放下了唱片，羅雲郎沉默的埋在沙發的一隅看一本新書，其他的人同時看見美霞笑著臉孔進來，羅雲郎連頭都沒有抬起來。美霞的左手藏在裙裡，像藏匿著女人們喜愛的偷來的東西，她和他們打招呼，一如往常的樣子，她走進來後一直不停地說著話，好像心情很好。當她從裙子拿出玻璃瓶時，大家都笑出聲來，連她都傻傻地跟著笑著。羅雲郎更加抑制自己不要抬起他的頭。美霞握住瓶子走向他，讓他看清楚那隻農藥瓶子的標紙。

「羅雲郎，你看。」

他沒有抬頭。

「羅雲郎，你看到嗎？」

他抬起那張十分羞憤的面孔，嫌惡而帶著指責的眼光瞪視她，同時向休憩室的人掃視一下。

「妳想做什麼，想死嗎？」

他憤怒地說。

「是的，我要喝下它。」

她頗爲冷靜地回答他。全室的人再度笑起來，連帶她被帶著笑出聲來。

「不要激怒我！」

他怒吼起來，但馬上沉默下去，低下他的頭。

「我要求你……」

「什麼事？」

「……在大家的面前……」

「怎麼樣？」

「……說你愛我。」

他沒有理睬她。

「否則我要喝下它。」

又一陣讚美似的笑聲。她走開，退到一張桌子旁邊，把玻璃瓶中的液體倒進杯子。屋裡籠罩著觀看表演的興奮情緒。她手握杯子，把身軀倚靠在桌邊，對著角落的羅雲郎說：

「你要說嗎？」

他依然沒有表示。

「看看啊，我要一口飲下它。」

他再度抬起頭，而又忍耐地低垂下來。

「你是個懦夫，羅雲郎。」

她有些激動起來，許多人喧鬧地等待著。

「你只會在我身上得到媾合的快樂，但你還是個遺留在這個時代裡的標準懦夫。」

她最後說。那些旁觀的男女們又掀起一陣快感式的歡樂聲。她靜停了一會兒，等他依然沒有任何表示時，舉杯到唇邊，她的眼睛從那個透明的玻璃杯專注那個變成不合比例的羅雲郎的人影，等候著他有任何悔悟地表示，幾秒鐘過去了，然後她像飲開水一樣地灌下最後一滴的時候，她的喉頭咽了一下，面孔浮現出從未有過的哀怨的表情。許多人從沙發裡站起來，拍著掌聲，爭論著說那是汽水——開過蓋子後沒有氣泡的汽水，其中有一位女孩子上前拿到那隻瓶子，在鼻下嗅嗅那味道，一股麝香和漬漬沉沉的藥味撲著她的呼吸，她大聲喚道：

「這是眞的農藥——」

「眞的?!」

大家齊聲喚出來。羅雲郎的面部遽然縮成一張彷彿蒼白的狐狸的面孔，他躍起來，撲向嘻笑的美霞。她開始逃避他，在一張巨大的方桌旁演著一幕追捕的遊戲。有幾個人因怯懦驚慌地奔出們外，女孩子們在巷口大聲叫喚著，有一個少女跑進雜貨店。羅雲郎爬上方桌，她卻由一道門逃向農會的辦公廳，幾個人在羅雲郎的要求下同時衝進辦公廳追捕她，最後她突因一陣腹痛而跌倒在一張椅旁。

謝醫生宣佈灌腸無效，美霞赤裸著下身，躺在手術台上，高高地隆起容納六個月大的胎兒的肚皮。金妹當場昏倒在手術台旁邊。潘森警長衣著整齊地也趕到了。整所平時靜穆清潔的醫院擠集了許多觀睹的男女，鎮上的人們來來往往，把外界和手術房之間當成一條自由的走廊，他們全都帶著一些泥沙留在醫院的地板上，留下他們好奇的感傷甚至是批評的溼溼的腳印。羅浮雲被潘森警長帶到警局裡。

半個月後，葬禮也過去了，羅家和曾家的人都重新恢復了平靜。媒婆阿里又出現在雜貨店。她在北勢窩和楊鎮之間來回地奔走著，而且事情迅速地具體起來。有一天早晨，兩家的人約好會集在潘森警長的面前，討論起婚禮的事，堅決地要潘森警長也充當一名介紹人，把潘森警長弄得啼笑皆非，自己都沒有主意。這是因爲潘森警長根據那天黃昏在場的人的確實口供，判了美霞是自殺，羅雲郎除了道義上，刑法上是無罪的，所以羅家的人要謝他，送禮給他沒有確切的理由，只好叫潘森警長當介紹人贈給他一筆豐富的介紹費。阿里依然是雙方商定的媒婆，且擇日安排了迎娶的日子。黃曆八月十五日中午，羅雲郎打扮成新郎模樣，領著一頂花轎和親戚趕到雜貨店門口，隨即曾美霞死後安設在供桌上的神主牌，就當做她本人一樣送進轎內，用著紅色緞帶綁牢在坐墊上，搖搖擺擺地抬回北勢窩羅家的農莊去了。

第二天，羅雲郎攙帶著一個包袱——裡面就是美霞的神主牌，來到楊鎮的火車站，準備啓程赴東部旅行，以便履行美霞和他的心願——死也要去那個地方走一趟。羅家的人和曾家的人都站在月台上看著他乘火車離去。

俘虜

一個男孩把書包埋在沙裡
他搬動一塊石頭壓在沙上作標記
他走近海灘那裡一道鐵絲網阻著他
他把身體貼住地面穿過鐵絲網
爬過鐵絲網他在涇淺的海溝行走
退潮不久，不過潮水一會兒總會重來
整條海溝他看不到有拾蚌人
在午陽之下他繼續前走
白殼的沙馬蟹紛紛鑽回洞穴
他向後看，木麻黃樹下面風掃著散落在沙上的針葉
那些高大的木麻黃樹林沿海岸連綿不盡
他望得到高凸在沙地上的碉堡

他的視線移到碉堡後面的兩間低低的褐色茅屋
他想：那些生活與鄉人不同的駐防的士兵現在大概躲在茅屋裡午睡
溼溼的沙地給他的腳板一種適快的感覺
他一面走一面踢水
在他的前面沙丘呈著一條很長的白色
沙丘上空水蒸氣在浮動
炎熱一直上升，他清清楚楚聽到腳踢起水的聲音
踱完了約一百公尺的海溝腳開始落在乾沙上
他鼓起勇氣要衝過眼前燙熱的沙丘
奔跑的時候腳板深陷在柔軟而滾熱的沙裡
他奮力地跳躍奔跑腳心又燙心裡又狂亂
他的模樣彷彿由背後被槍擊而跳躍的猴子
他跳上一隻半埋在沙裡的破損的竹筏
他還在不停止地跺著兩隻　發散沾黏的熱腳
坐下來把腳板翻過來看看
用手撫揉腳底一番
他的眼睛注視浪頭很高的海水

脫去身上的衣服
他向捲滾過來的海浪急奔過去
他和一個浪濤相撞，他仰倒而浪濤碎開
用手在淺水中划著自戲
他抱著頭衝著每一個浪濤
——
這是一個夏季燥熱的下午
他找不到任何夥伴同來游泳
他實在不願在遊玩的日子到學校補習課業
去年他曾經在這個海灘和一群大人一起拉網捕魚
他們說：像他這樣的年紀工作總帶著一半的嬉戲，只可以分到一些小魚帶回家去，有時他們發放很低微的工資，那麼晚上他便可以買張半票看一場電影
自海岸打起鐵絲網，到海邊來拾蚌和捕魚便受到限制，那些較他年長的男孩女孩都到城市謀生工作了
——
很奇怪，他聽到那些年紀大的捕魚人說，自從沒有捕魚以來，這段沙岸也不再靠近任何魚群
他轉回來時，潮水已經灌進海溝

潮水把沙丘包圍
他懂得一點潮汐的常識，也是由捕魚人口中聽到
他把衣服舉到頭上涉水回來
海溝的水深到他的胸部，他瞥見
由碉堡裡冒出一名衛兵
喂，小孩，走過來
衛兵雙手端著槍枝，刺刀閃亮著陽光
後面又跟著走出一名軍官
喂，聽到嗎？走過來呀
他一面加快腳步轉開，一面望著到水邊來的衛兵
你不走過來，我用槍打死你
那位軍官對他喚叫著
他向他們走過去
他穿好衣服跟著軍官走進木麻黃樹林
又跟著他由碉堡走到茅屋前的一片空地
他看著幾個衣衫不整的閒散兵士圍過來
他們臉上都帶著嬉笑

你叫什麼名字
軍官坐在椅子上
我問你，你要回答
他望著面前的軍官不回答
不回答就不放你回家
蘇永輝
住在那裡
信義街五號
幾歲
十二
你到沙丘那邊做什麼
游泳
你沒有撒謊
沒有
索查他的身體
其中的一個插嘴，軍官蹲在他的面前摸索他
由他的口裝裡掏出幾粒貝殼

他對軍官手裡的貝殼看一眼
你會游泳
會的
還有其他人嗎
沒有
你的膽子很大
是的
看到沙丘後面有人游泳嗎
沒有
你知道不知道不能到海邊來
不知道
不知道
知道
爲什麼要來
有人說可以
誰說的
記不得了

你一定要說出是誰
眞的記不得
那個人也許是匪諜
鄉公所的人
他們大概指持有入海證的人
他們曾經說過可以
你有入海證嗎
沒有，小孩不能申請證件
沒有入海證不能到海邊來
我來撿幾粒貝殼
他又對軍官手裡玩弄的貝殼看一眼
軍官低下頭細看見殼上的花紋
我撿貝殼是爲了送給我的妹妹
不許可
軍官搖搖頭
你家裡有幾個人
六個人

父親做什麼

他是瞎子

他以前就是個瞎子嗎

以前不是，以前是工人

還有什麼人

母親，兩個哥哥，一個妹妹

哥哥做什麼工作

在城市做工，我必須照顧妹妹

我要把你關起來

讓我回家去

我先打電話問鄉公所的人

我沒有撒謊

假如你說謊就用卡車帶走

那位軍官瞪著他露出獰笑

把衣服脫下來

軍官命令他，他赤裸著臂膀和胸部

褲子也脫下來

圍觀的士兵發出細細的議論
快脫下
軍官眞的動怒了，站起來在他的臉上打了一巴掌
他把褲子脫下來
軍官有趣地察看他赤裸裸的小身體
把他的衣服和貝殼放在桌上
跟我來
他跟軍官走到碉堡，背後的士兵發出一陣一陣嬉樂的哄笑
軍官命令他走進碉堡裡
用手推他的背，他踉蹌地滾下去
他聽到軍官吩咐衛兵看守著他
在黑暗的碉堡內他迅速淌下了眼淚
——
他倚靠在窄小的槍眼窗洞望著海溝的漲潮
沙丘快被海水淹沒了，像一隻海龜浮在水面
黃昏來臨，他才稍微平靜地在裡面走來走去活動
黃昏來臨，正是潮水高漲的時候

他細細觀察海水由綠轉紅
看見太陽光把海水染成血紅的色彩
他面向牆壁偷偷地小便
他想：現在學童都已經放學回家吃晚飯
他聽到頂上衛兵走來走去踏壓沙子的聲音
由碉堡進口能看到衛兵的大鞋和朝下的刺刀
喂，小孩
是那位軍官的聲音
上來
他由碉堡羞怯地走出來
軍官現在沒有任何威嚴的儀表，軍官蹲在碉堡旁邊好像大便的姿態，軍官只穿著準備吃晚飯的內衣，軍官沒有帶帽子
軍官把衣服和貝殼還給他
軍官看著他穿上那些破亂的衣服
軍官的臉上又浮出戲弄般的獰笑
我打電話去問了，根本沒有那回事
他根本就沒有打電話，或者他打了電話那邊根本就沒人接，今天是星期日，鄉公所沒有人辦

公，小學生繼續上學校補習課業，他只是把對付一個有意的成年人的事拿來試用在一個無邪的小孩

他穿好衣服靜靜地站立

本來打算用卡車把你帶走

軍官繼續蹲在那裡嚕嗦，爲了克盡職責保衛國防他應該如此，但是

他把他釋放了

誇耀

在數里外湯家數代都是農夫。近年來市區的地價高漲，本來是一個很小的城市，觀光事業逐年發展，周圍的鄉鎮劃入市區，那些本來是農作物生長的土地，現在漸漸蓋滿了式樣劃一的公寓住宅。湯老頭把土地賣去了一部分，現在只剩下一條與他同樣老邁的水牛。天未亮他摸索到低矮潮溼的畜檻，「起來——」他猛力地拖拉靜靜垂睡著的老牛。牠很艱苦地用前肢支架起沉重的身軀。湯老頭牽牠到外面來，牠昏昏慵慵地跟隨著他走一條陌生而陰險的星路。春耕已過，間息半月，每天只有一束枯黃的雜草，已經不像往日年輕時優待。

一位名叫靜雄的沉默青年，整日價地沉迷於古典音樂。他背靠牆壁，翻上眼皮望著鄰室瘦弱的妻子在換衣服。她把長髮向腦後綁牢，穿上一件白色無袖的舊式長衫，隱約可見貼肉的同色襯衣。幾分鐘前，她做完了家事，現在準備外出去工廠做工。音樂繼續凄厲地纏綿著。她有一張姣美高貴的臉孔，出門應該配上一部自用汽車。

他（牠）們已經來遲，湯老頭替牠掛號一百五十，把手中繩索交給管理員。另一位管理員匆忙而隨便地在牠的背腹處蓋了一張紅色泥印，牽著牠走進一間燈火白輝的屠宰室。角落那裡堆積看大堆的牛骨，血腥瀰漫滿室。屠宰人出其不意要給牠一棒，牠嚇了一跳，把頭閃開。牠回轉身體，低首向外衝出，地上拖拉著那條永繫在鼻端的韁繩。在走廊上撞倒第一個人，那是牠的主人湯老頭。牠繼續踏躍，朝向敞開的大門，兩隻灰色彎曲的角指著聚集在那裡議價的豬牛羊肉的販子。

她開著敞頂的乳白色跑車，從巷子駛出大路，左彎右轉離開城市，奔向鄉下，目的地是自己的娘家。

由蘭州街到民權西路，左轉重慶北路，牠撞毀了七部腳踏車。十幾個清早的行人見狀閃避在電線桿柱子後背。牠直闖環河北街，衝入菜肉攤位中，霎時雞飛狗跳，尖銳的女音和男人的吆喝，人聲嘈雜的中央市場，一個女菜販的屁股在混亂中受傷。

她踩踏油門，不斷地加快速度。遠處紅色的山坡，兩旁綠色樹木，同樣景色也同樣太陽，十幾年前是感傷，今天是無上光耀。

西寧北路派出所趕到十餘名警員，一道清晨追緝令，使河邊堤防警方武裝。牠見勢不利跳河逃亡。電話通知對岸，河邊開始設置防線，中央大橋橋上水面派出一支巡邏隊。

車子停在新竹街道旁邊，她下車走進一間店舖選購特產食品。那位天生沉默的男人，繼續沉迷收音機播出的古典音樂。他不願插嘴不願動手。夾在兩個大人中間的男孩，五官端正，皮膚潔白，頭上戴一頂過大的遮陽草帽，一點也不像身邊的父親當年村童時代的模樣。這時他把那頂遮住眼睛麻煩他的草帽扯下，但是走回來的母親又重新把它蓋在頭上。

牠由江子翠渡河上岸，現在染著一身的憤懣，瘋瘋癲癲經過桂林街。守候在華江大橋的便衣警官見影開槍，牠全身顫動了一下，鼻頭淌下了鮮血。牠抬頭注視晨陽，它的光原來公平地照明大地也照亮牠堅韌的皮膚和平衡在頭蓋上的角。現在牠為邪惡的欺詐所迫，以平生最快的速度闖過沒有回頭的單行路。

車子後座已經堆高許多紙盒。她發動馬達重新上路。她的心臟漸漸急跳，手腳發抖，握不穩方向盤，車頭一分一寸傾向路旁，向巨大的樹幹撞去，突然煞車停止。

「怎麼樣？」

「沒有什麼。」

原來翻過了前面山頭，就是家鄉的鎮落。

人群跟隨在牠的尾巴追戲。經過介壽路，轟動整個中華商場，商家急忙拉下了鐵門防患。牠偶爾在奔跑中稍停駐足，轉動帶血絲的巨眼，尋找凌辱牠的對象。爲何生來你是一條被稱爲溫馴的牛，上帝也給你兩隻尖硬的武器，用來保障個人的創造和幻想；你不必靠野蠻和儒弱維生，因爲大地到處是河流和綠草。

抵達家門，她幾乎癱倒。老祖母像一隻皺皮火雞，依然蹲踞在門前曬陽光；越過一層一層群童的污髮，那位瘦小的後母娘走出廚房，臉上綻露尷尬的喜笑；年老的父親也同時變樣，無光的臉頰抹了一道虹彩。

一位攝影記者適時趕到，他跳下摩托車，手持照相機，到底是利用還是同情；牠看不順眼，擺姿對準他衝去，嚇得他轉身拔腳奔逃，正義在商店門前絆一跤。

一千隻的手接住那個男孩，許多臭嘴巴印在他柔嫩的臉頰上；他迷惑掙扎和哭喚。那位沉默的男人被奉迎到廳堂，無數的眼睛帶著光鬚，從許久以前已經對他注視，怎樣？終究傷不到他混身的孤傲。

牠繼續橫行和報復。各路口已設下了埋伏。當牠跑到保安處，幾枝零點四五紛紛吐出火蛇。牠轉到昆明街電影區，散場的大批觀衆擁到街上，彷若東方的禁固和欺矇，藉一隻老邁的狂牛，爆出了西式的狂歡。他們跳上了汽車，從車上向下瞄射，一顆子彈射穿牠的左後腿，牠勉強跛行至兒童戲院，紅彩淋滿整個龐大的灰軀。頭蓋上又中了數彈，終於不支倒地，遂告死亡。

這種模樣十分動人；余徐月霞不是不會束緊腰帶，可是她還是讓多肉的腹部凸出來。她的身上穿著質料細軟的淡紅衣褲，拖著軟底膠鞋，和鄰居的婦女走過街道，站在廟前廣場人群之中，抬著頭望著孩童上臺唱歌。結吊在竹竿上的燈泡照耀著她，就像照著一個健康而俊美的青年；她的頭髮剪得很短，向後梳著，明朗地露出男性的額頭和誠摯的短鼻子，去年十月，街道轉角那間西藥房，那個誠樸的矮男人終於把經常和來配銷藥品的售貨員通姦的妻子拖出街來毆打的時候，余徐月霞也站在走廊下看熱鬧。

她永遠對注目物投以沉思的表情。同時，余徐月霞看起來頗爲閒逸。沒有人會批評她的壞話，因爲男人再也不多看她；她早已知道男人就像一些盲目的蠢物。但是她直覺地感到森在賞賜她，她遇到他時，她的肌膚像觸電一樣會抖擻發癢，或著當她有此特殊感覺而眼睛並沒有看見他時，她會相信森一定在某一角隅窺視她。

就是世上僅有森一人讚賞她，余徐月霞已感到滿足和驕傲。所以反爲多數人喜愛的這件事並不重要。她的丈夫就肉體而言僅僅是次等的賞識她的男人，一直保持著十六歲第一次經驗時的那種淺淺的騷動。自從感覺森的眼光帶著崇敬與佔有注視她之後，愛情像皮膚發癢一樣使她快慰。眼光即使多麼邪也像磁鐵一般引誘著。愛情本來就是讚賞的事件。實質上她是鄉村最具魔惑的女人，這一點僅僅一個不向世俗妥協的森知道。

森手持的電光在黑漆的崖上找到余徐月霞和她的弟弟。森和余徐月霞第一次在崖下的沙灘散步，有她的弟弟陪伴著。當他們經過碉堡時，都不約而同地停下來，余徐月霞的手在那粗糙的石頭上撫摸了一番。碉堡裡面有一層平坦的凝沙，柔軟而且冰冷。在黑夜中，森幫助余徐月霞爬進碉堡，扶持著她從黑色而無法見底的入口落進裡面。海潮在碉堡外面伴奏著，漸漸移近來凶暴地打著堅硬的牆壁。赤裸的余徐月霞在幽光中像活的塑像開始蠕動，在森的軀體下面像蛇一樣地扭曲著。

「這個碉堡在去年一次的颱風中，浪潮割去崖壁的許多泥土時，我奮力推落了它。」

余徐月霞獨據一隅，竊竊地笑起來，嘲笑著森。

「沒有我……它遲早也會滾落下去……。」

森實情地說。

「我已經爲你佔有，你給我什麼？」

余徐月霞固執地問他。

他的頭從入口伸出來，像要頂起夜空，他左右環視讓給浪聲歌曲的寂靜海岸，然後又回縮他的頭落入碉堡中。當那位農會總幹事被他的妻子高揮木屐追到街心來時，余徐月霞是那群跟著熱鬧奔跑的人中之一。她的淺淺笑容掛著卑蔑的神態，望著那位乾癟的男人在黃昏中流離顛沛。

「你是為了解釋某些信念與有關的事物，而不得不履行我們這種形式吧？」

余徐月霞追問森。

「這是一個與夢有關的事實。」

「帶我走，我不要我的丈夫。」

雖然如此，森在另一個黃昏，看見余徐月霞從城市回來，手中提著携著蔬菜走下車廂，他匆忙地上前去對她說：

「妳把我給妳的錢買了些什麼東西，余徐月霞？」

余徐月霞的丈夫在她的後面走下車廂，余徐月霞的表情很鎮靜，滿臉佈出疑惑之色。

「什麼錢，月霞？」

她的丈夫下車搶著問她。

「沒有，什麼也沒有。」

余徐月霞說。道路上圍攏過來一大群人。

「有的，一些錢。」

森爭辯說。

「說罷，妳認識他嗎？」

她的丈夫催促她說出來，余徐月霞轉向群衆：

「你們認識他嗎？」

她憤怒地說，且反抗和嘲弄她的丈夫，她繼續說：

「任何人都認識他是教師，瘋子森，他教我們的子弟。」

幸災樂禍的群衆馴服地分開一條路讓余徐月霞驕傲地走回家，她的後面跟著她的丈夫。好奇的人群帶著嘩笑和失望散開。

第二天，學生們找不到他們的老師森。颱風過去之後，漁夫們站在崖上望著靜息下來的混濁海灣，有人感覺那個碉堡在這次的風暴中被捲移了位置。碉堡現在半浸著海水。捕魚的時候，漁夫發現森的屍體躺在碉堡裡，森的學生圍繞著那座可怖的碉堡，漁夫在檢察官和警察的命令下把他拋出來。

余徐月霞站在圍睹的人群中，看見森蒼白的臉上那一對煤粒般的眼睛正朝著她。她永遠對注目物投以沉思的表情。之後她像那群村婦和小孩跟隨著被抬走的屍體在街道上奔跑看熱鬧。被漁夫認爲森的鬼魂出沒的碉堡，從此在沙灘中孤立地存在著。森在世時像這座碉堡一樣被冷待，沒有人敢靠近它，除了余徐月霞。當她的肉體因愛情而發癢的時候，她是夜晚中碉堡的訪客。森似乎沒有眞死，森的聲音在碉堡裡面還是如此清澈，面孔依然秀麗，當肉體冰冬和腐朽，有一種東西還存在。余徐月霞常在沙灘上散步歌唱。

你越看余徐月霞，她越像個女瘋婦；她是街道發生事情喜觀熱鬧而奔跑的人群之一。昨夜，一位祖母用刀砍殺了日夜與她相伴的孫兒。早晨，這位苦悶的老婦人被警察帶走從街道走過時，余徐月霞在看熱鬧的人群堆裡跟隨著奔跑。

天使

一

席米的信他塞在衣袋裡。那個早晨，他在人群擁擠中尋找席米的父親。那個地區有一座彩瓦和雕柱的廟堂，要在那些嘈雜的婦女胸前臀後跨前一步自始困難，她們似乎不理會他請求讓路的呼聲，只能貼著她們豐柔的身體緩緩地蠕動移步。當他猛然投視到席米的父親的時候，席米的父親模樣彷彿早有意站在那個角落等候著他，且似乎已經注意他的行止許久了。

那隻發紅破損的左眼斜睨過來，席米的父親且有一張灰黑的面孔，在那幽暗的廊柱旁邊變成藍色。回憶席米的影像，絲毫沒有這位父親的投影。當他以看他兒子般羞惱的表情看他時，他顫抖地站在他魁梧的身軀面前。他發出一種擔負勞苦而使一個非勞力階級在他面前感到畏縮的神情，他臉上充滿的這一類傲慢一定在排斥著他；他對他的來意發出一串急躁的聲音。

他們變得是在吵架；他說他不再負擔義務，他指出席米在這個窘狀的家庭中過著特殊身分的生活。一個人在短促的生命有三分之一的時光去受新式教育，像這樣的人，不是有一種過分貪婪的想法嗎？他已經不再單獨指責席米，而變得向社會做激昂的抗議了。

「我想會見他的母親。」他打斷他說。

「不要理會他的這件事。」

他發紅的左眼看起來像在燃燒。他牽著腳踏車在前面領路，這一次，在那些紛擾的人群中，他和他行無阻擋；那些撇轉過頭來看到一隻泥污的車輪接近她們赤裸的腿肚的婦女，都自動地避開讓路。席米的父親那種有點怒斥意味的低低的喉音，並不比他先前路過時請求的呼求更響亮。穿過他腋下張開的空間，他看到席米的母親的那張親切的面孔，已經以一種期待的閃爍而動人的眼神候立在遠處。看到她的臉，就像看到在世間忍辱負責的A城的母親們的臉。他站在她的面前時，她已經激動得不得去拉扯著那條做買賣圍在腹部上的染溼的白巾。

「我來是關於席米——」這句話變得情意深重。「無論如何，他的意志……」聲音於是塞在他的喉間。

她把她含淚的面孔轉開，迴避火光一般拒絕他的注視。在年輕時斷定那是一張十分美麗的臉孔；同時那是如同席米一樣的多情和犧牲的個性的臉孔。

「什麼叫研究所？需要很多費用嗎？」她回過頭來問他。

「只要你們贊同他這個意志，在精神上鼓勵他，」情勢使他的腦中迅速有這樣的假設，「他自己已經籌足了那筆款子，在戰地他有點儲蓄，早先已經匯寄在……」他抬頭觀看晴朗的天空和艷麗的廟堂。

「不是和初級中學一樣一年有兩次的繳費嗎？」

「將來他可以一面工作一面讀書。」

「什麼工作能適合你們這樣的讀書人？」

爭吵又再度開始。那位感激他的母親臉上出現悔痛的表情，彷彿昔日失敗的戀情在她的面前掠過，她不斷地感謝他，而那位變得羞辱異常的男人，則在斥罵席米這個糊塗蟲。他辯護說席米是個可愛的人。最後他請求他們把席米的證件交給他——那些信中指出鎖在閣樓的書桌抽屜裡的證件。席米的母親說不在那污暗的閣樓，已經託寄給湯君。

二

他很想再去攀登那座污暗無光的閣樓。它是席米和他們暗淡無光的生命的象徵。他在街道上經過，迅速而怯懼地朝屋門瞥望一眼，看到那座通往樓上的木梯，像是一條通往黑色天堂的通路。沒有任何人的幫助，攀登那架筆直的木梯是一項莫大的艱難。但木梯對習慣於它的席米是一條自如的通道，像田鼠的涵洞。屋頂上的一塊玻璃經常透進一縷白色的光帶，那縷光線早晨照射在床板上，什後移到書桌。

那些沉默地等候火車駛來的人，長相顯得疲憊和蒼黃，他們的身體令人感覺到一種不均勻發展的畸形，面貌帶著為生活操勞的痕跡，眼光呆癡而眉間帶著怨恨不悅的表情。當他送席米入伍時，在車站與他告別。席米站在車門，他的容貌黯然神傷，就這樣不隨己意地被火車載走了。在一個龐大的體制之下的現代人，都是這般的溫馴和服從。這種告別，除了傷感，對他們實在尋不出任何解釋的意義，而且席米竟然是去一個他也未知位置的地名。整個上午，他和他到處奔跑，詢問S縣是否有大林這個小鎮。在地圖上，T縣才有大林，而且是鐵路線的一站。他們回到鎮公所的兵役課，他們回答他們說不知道，也不知道這件事錯在那裡，車站站長也感到莫名其妙。不久席米來信，他身在前線，那時正是敵方無理性地以密集的砲火猛擊的時候，就是至今，其砲火並不停歇？

三

那些拖動的風景，舉目所見，A城似正處於自我誣蔑的鼎沸之中。一張多麼富於容忍的面目掛在他投視的窗框裡，席米的父親，不像他平時易於衝動的模樣。顯然相反地，一個不會發脾氣的人一定是非常的危險。他那破敗的左眼，黑圈和眼下的浮腫，正是自我犧牲和忍辱的證據。固然他對世界的事物知道有限，若是腦中熟知全世界的事物而沒有一顆好心，於這人間又有何益？在一個污鄙如閣樓的和平和安靜，在那類外表有壞脾氣的人的保護之下存活，正是他們活在世界一角的好命運。

他的視線移開，落在一張婦人的美麗臉孔上，那是一張他在電影中常見的端莊而艷麗的女人臉孔，她的頭髮高高盤結在後腦上方，也正如影片中的女人一款的式樣。她上身穿著鑲花邊的白襯衫，腰下圍著一條紅色裙子，一雙紅色的新鞋。在裸露的白色肌膚上佩戴金鍊條，手指著鑽戒，手握著米色的皮包。有一隻手把花生糖送進嘴巴裡。但是這位美臉婦遺憾有一雙佝僂般的短腿，懸吊在座墊下面。她且在胸前摟著一個嬰孩。她的身材實在難能配合那張驚訝人的臉孔。他對她的觀察直到心中充滿著窒息的遺憾。她的眼光實在沒有電影中的女人那樣的狡黠和閃誘惑男人，那是一對幾乎可以代表她的極低的智慧的魯鈍的魚眼。但是她給人的最初一瞥卻能驚訝人的視覺。爲何她要打扮成這樣的明亮和瑰麗呢？那是紅色、白色、粉紅和黑色相配的一簇花叢。無疑，在這簡陋而骯髒的車廂裡，她引人注意的是因爲一種不調合的存在，她存在那裡，一點也沒有美感。

四

火車沿著一條污濁的河流行駛，他扭轉身體斜朝著窗口，凝望那片水色。席米的聲音在他的耳邊響亮起來：「看水是爲了看水平——」

他下車去找阿隆，阿隆不在家。然後他想去問湯君關於席米的證件。他跑進路旁的一所警察局詢問中學的地址。那位值日巡官的不友善使他畏縮著，他經不起他再三的問詢；他很含糊地告訴他，他不得不再問他清楚。他坐在靠背椅上愈來愈顯出煩躁，他感覺要是再問他，他將暴跳起來隨便以一個罪名逮捕他。他想他會以騷擾官廳來逮捕他，在A城這是常聽說的事，他們常在禁閉室內毆打人犯，尤其對那些喝酒滋事的青年，常以過分嚴厲和毒辣的手段懲處他們。

他步行約十分鐘，再詢問路人。他抬頭看見分岔口的上方佈滿著樹木和草叢，一座小教堂場落的屋頂露出樹梢。這座空洞的屋子模樣像骷髏頭，好像還留著死者最後一刻痛苦悲憤的表相。他停步望著還留在前門牆壁尖點的十字架。這座落在此位置給他不勝詫異的感覺。它不是一種向天空祈求和哀告的表情嗎？他分開草叢走向它，發現庭前的石階已為泥土和小草覆蓋了。

現在它面積的小又驚訝了他。他從洞開的門進去，裡面空洞一無所有，有一面牆壁已經倒塌，許多磚瓦堆積在角落。他一直走，走到所謂放置聖體的面前。他開始被一種荒漠所包圍，四周靜寂得像深淵。抬頭仰望天空，像身在天井裡，觀看掠過的晚秋的飛雲有著驚心動魄的行姿。漸漸那有限的天空在旋轉，他漸漸感到恐懼和戰慄，腳步不自覺地浮動起來。

當他奔出屋宇外面，一切幻象才告消失。回到石階路上，他的心還在抖顫。上了這一段坡道，一所小學校的簡陋的校門豎立迎著他，從裡面傳來搖響的鐘音，學生們紛紛從教室往外飛奔，他看見湯君自一間教室走出來，他揮動手臂，湯君並沒有察覺，他漸漸走近他，他才看到他。

五

另一封席米給老唐的信中，席米殷殷交代，指示他蒐尋註冊必備的要件。瘦弱矮小的席米字跡剛毅，那些顯示悲痛的心靈的詞語，指望著這件事將當為他踏進新運命的門檻，關係著他將來的存活，無論如何不要因他現在身命所囚而不能親自回來辦理造成了遺憾。他衣袋內的那封信件，比起席米給老唐的這一封傾盡心跡的長文，顯得十分的不重要。他動身前那股熱血沸騰的使命的心情遂開始降落。這兩信的比較，他對於席米，顯然是次等的朋友身分。他開始對於他那無知的熱情感到羞臊。老唐在他們諸友中聰明而練達，比起他，他的確更適宜去辦席米的這件艱鉅的付託。

他們相偕去會湯君和席米的女友。在車廂裡老唐和他談論一些文學問題。老唐和另外的一些藝術家合辦一本文學雜誌，老唐以小說家自居。老唐對他談到最近寫的一篇有關理想主義的散文，他感到奇怪，爲何在現今的A城還談這些舊文學的內容。但老唐頗具才華，使他羨慕。可是他的心裡懷著另一些不平，至此，去爲席米辦理入學的熱情已降至最低潮。

在湯君的寓所，當大家在討論問題的時候，席米的女友坐在角落露出無比的落寞和無依的模樣。他們開始從自己的衣袋裡掏出錢來，丟在桌子上，他默默地坐在椅子上，在A城他已經失業很久。屋子裡一時充滿了慷慨俠義與羞臊畏慚的對比。他看出席米的女友的眼睛極力不去注視桌面上的鈔票。老唐把錢收攏在一起，然後交給他；去執行計劃的終於還是他。事情這樣決定後，他便走出了湯君的寓所回家。

在A城，當朋友相聚在一起的時候，就有一個幻想盤繞在各人的心間。每個人的生活演變了，自私地開創自己的生活面，但那個幻想還是存在。他們在A城已經習慣在苦難中度日，已經懂得跟著世俗的步子去生活，他疑惑這個幻想是否將是一種危險的徵兆，當要眞的把它付出實施的時候。現在，他恐懼它回到這個不能付出絲毫個人犧牲的現狀來。他衡量著：一個人活著可能需要具備愛情、朋友、事業諸條件；相反地，沒有愛情、朋友、事業便不能活下去。但現代人活著並不需要俱備這些意義，廣泛地，人們活著是爲了滿足欲望。當老唐這位理想主義者自命的朋友重喚著那幻想時，他感到痛苦和拒絕，假如他又面對著必須有愛情、朋友、事業諸條件下去生活的話。他感覺：這一次是一種眞正的徵兆，他們不是實現它，就是面臨完全的絕裂。

那股爲席米辦理學籍的工作的使命的熱忱重新回到他的心中。假如理想到最後不是一樁欺騙，無論如何是可以犧牲一切的。所謂犧牲自我，在人間不外就是爲別人做些瑣事，這些瑣事累積起來，便像石塊疊成一座金字塔。假如他們能在這個把熱情抹殺的時代再重現熱情，在沒有權力慾和不公平的陰謀下，幻想也能成爲眞實。

六

他按舊址前往，朝著在A城心中一個未曾抹滅的方向。不知道她是否願意接待他突然的造訪，尤其在她心境可能未平寧的這個時候。在報上看見她與丈夫的失和報導，於他心裡並不存絲毫快慰，反而無情的報紙把她與赴洋的丈夫在機場爭吵的一幕實情報導出來爲她難堪。他自問心理是否有著卑鄙的企圖，乘機對她表白愛情。他至今對她的印象，仍然保持著她學生時代那純潔的影像。那時會與她分離實在偶然，自此以後未曾再見她一面，她的變化他是不能做絲毫的猜想。唯一他現在能想得出來的是：她與丈夫分離後家庭的冷漠和傷感的氣氛，這也是他現在前往訪謁的理由。他盼望他能重遇隱懷在心中不忘的那許久以前的一幕：他和她單獨坐在客廳至深夜，她的父母已經進入臥室睡眠，他們把座位移到窗邊。窗外樹影魅魎顫動，她酷愛殘酷的故事，必須要他講給她聽，他當時對她說了一則最爲殘酷的故事，說完她把一顆金心糖放在他的手心做爲報酬。他聽說她的父母已經不住在那個寓所了，這是他遇到的最爲慈懷的一對老年夫妻。但願一切仍是未改變的模樣……

她的動人容顏捉攫著他的眼睛，頓時他對她保有的記憶褪去，變成曖昧不清的童話。第一次他驚訝她活生生的存在著的風韻。她在這樣的夜晚中還持續著盛裝，她的模樣把他腦中對她的生活的構想完全粉碎。他完全不明白她生活的眞態，正如在這一刻她訝異於他是何人。她站在門口望著他，索尋她的記憶，他發現她的兩排睫毛不斷地遮蓋那雙發出亮光的美麗巨眼；她在微笑。同時他感覺這種微笑是一種歡迎和溫暖。他猜想她的盛裝是昨夜的夢對她的啓示——一個老友將來訪。她多麼眞實地立在他的面前，終於想起八年前他削瘦的影子。就這幾秒鐘的掙扎，已經把過去和現在連綴了起來。她把手伸給他，像昔時的動作一樣急要把他牽進溫暖的室內。

她背轉過去，踏進客室的門檻，他由背後望著她扭動的裙裾，他的眼睛極力透過那層布幕去撫觸她豐圓的臀部，他開始痛苦地歡欣起來，思想隱約地掠過他生命單純的原始意志。她的腳輕躍地跳著，他彎身解開鞋帶，當他與她並肩地走進客室的時候，她對他發出魔惑般的笑容。

客廳全都代以新的佈置，比較往昔，它是富於情調和華麗，並且是以合乎她的性格的黃和粉紅爲主的色彩。她已經有了一部如願以償的鋼琴（在學生時代，她盼望能有一架鋼琴），擺在朝著後院窗戶的前面。他眼看到這些心裡充滿了快意，彷彿擁有鋼琴的事實是他和她共有的希望。中央的一張玻璃茶桌放著一盒高級糖髫和一副精製的撲克牌，四張沙發分成四邊對著這張方桌。他一時訝異於它們是如此地被安排在那裡，和那種模樣，彷彿特別爲某些人準備好。也許這裡部將開始一場遊戲。這些桌椅、糖果和撲克牌都像是端端正正坐著的典型人物。他望著她，不料她已經走近那架鋼琴，並且開始彈奏，是一首熟悉的莫札特的奏鳴曲。

她在彈奏的姿態又使他回憶昔日她的影子，當這間屋子別無其他人存在時，他和她才像是還在那一段天眞爛漫的時光中。有他單獨面對她，她看起來總是合他心意的美麗。他輕輕拖開一張沙發坐下聆聽。事實上他是扭著身軀朝著她的半側面注視，這時，她的臉是天使一般的雅麗，又有現在的音樂般的笑容，這種笑容轉過來以一種無邪而又迷人使他心旌綻放，直到一串不諧和而驚嚇他的電鈴聲中止了這一切。她站起來，他疑惑地抬頭望著她，這時她的面容第一次帶著令他憂慮的狡獪而快樂地微笑著。

「我去開門——」她說。

「這時會有誰來？」他問她。

「朋友們，他們每天必來。」

天啊，她去開門了。他在客廳憂慮地想像是何種模樣的朋友這時會進來。他走近窗邊，從玻璃向庭院注視，兩個黑影走進了門口。當這個陌生男子進來時，他點頭微笑表示禮貌。她開始介紹，他不得不和來客握手。多麼討厭的一隻手，多肉而溼熱，他的細小而冰冷的手在來客的掌中突然失掉了力量。她和來客熟絡地交談起來——

「今天誰不來？」他問她。

「還不知道，他是我許久以前的一位同校同學。」她很得當地笑著說。

「難怪不經常看到你。」他說。

三個人同時坐下來進行談話。當來客以一種客氣的儀表詢問他的身世的時候，他感覺他似乎在揣度他的牌技的能力，在這個時候他十分疑難和困窘。他表示不經常玩牌，這方面來客似乎放心了。但是來客另以一種鄙夷的眼光衡量他和她的感情，這似乎才是來客的眞正心意。然後是另一位男士按鈴進來。

他們一定經常在一起的同伴，他們兩人組成起來的力量和威勢已經超過了剛才的那種均衡的對峙。他的不安是加增的，他望著她，發現她漸漸的和他們談話的時候多，而和他的交談變得有些淡漠。

他發覺她現在說話的語詞是矯飾的，她的笑看起來不眞實。其中的一位男士已經把撲克牌握在手裡，玩耍著洗牌的技藝。他且發覺他們有一個共同點：那便是言語的意義是相近的，他們的表情的氣味也是一致的，尤其他們的幽默同樣是低俗的。她偶爾投過來一抹眼色，可是沒有半點溫慰的意思，幾乎可以形容爲奸滑的明亮，一種容易善變的清麗和微笑一直掛在她的臉上。

「我們再等候五分鐘，假如他不來，我們便開始——」

其中的一位突然宣佈這樣的一句話。他至感莫名其妙的是，他無意中墮入於一個不適的環境裡，原來這個環境是早已安排要賭牌的。而他還處在昔日的幻想裡，祈求一則童話的實現。他無能爲力擺脫他們或改變這個環境，而且最爲可悲的是，他被認爲是來參加鬪牌。他心中遂迅速地查清這個環境的險惡，以及急需一種果斷的力量來安置他自己。當他們所說的另一位假如恰巧不能來時，他便無形中陷於參與這個四人遊戲；要是那個人在五分鐘內到達，他便要被他們合力排擠出去。

他對著她直視，以探尋一點眞實，他甚至祈望可以藉她給他的任何鼓舞的暗示來振奮聹志；有她的支持，他能由弱轉張，甚至以死奮鬪到底。但是她在燈光下卻閃耀著冷冷的眼光，她的臉形和那咧開的嘴宛如一個蛇精的模樣。鈴聲終於決定了他的命運。當這個最後到達的人進來時，正是他對他們告別的時候。她送他出門（其實她必須去把門拴上），她的眼光完全是陌生的，她的笑也說明了無比的排斥。

七

早晨他前往學府辦理席米的學籍，但一切似乎難能入手，他趕回A城城中一所指定銀行去繳費，然後携了繳款收據再趕往學府。當他辦完了這件事，已超過了中午。當他離開A城的時候，曾以潦草的字句寫信給老唐，是關於老唐的那一篇理想主義的論文。信文如下：

我以一個朋友的立場向您表陳。雖然像您這樣以思想自負的人是難以說服的；並且像您這樣常要慫恿別人說出意見來的人，也許是最不採納別人的意見，但我們以朋友互稱是如此地確實，我必須向您進諫數言，這裡面卻並非如一般人向您盲目讚頌。

第一，您在著文之先已經把一些人列爲非理想主義者，以及列一些人是理想主義者。您常有一種不現身說法的狡黠，好像避免在現實生活中會遭到危險。在文章中您又以理想主義者自命。

第二，以現在而言，我們存活的這一瞬間，如何能以貪困饑餓向富裕抗辯，以受壓迫向統治者抗辯，這不是彷彿以愚蠢向聰明抗辯嗎？我自身由貧困中生長更懂得貧窮是怎麼一回事，什麼原因。這是忽視了時間的歷史和生命的綿延意義。歷史上有過這樣的現象，煽動民衆，造成大悲劇。雖然因果存在您的心中，但卻不存於自然之中。追求眞理，不是以一種立場攻擊另一種立場。

第三，任何一件事物，打進心坎總要比印入腦中更牢固，這就是爲什麼理性的藝術品反而感覺不怎麼震撼的緣故了。

第四，您的引證常是爲了自尊心要辯贏的目的。理想的世界就是像影片中（你舉了此人必死這個電影）小鎭的統治階級和征服者；因爲他們有安排、有方法、有法律。世界那裡能有這種對統治階級無效對被統治者有效的法律呢？他們知道誰該受惠，誰該鞭撻，一切依照他們的理念去做。

第五，你指出理想主義的精神是應惡德的存在產生，凡是應惡德存在的地方必有理想主義精神與其對立。敬愛的朋友，倘若理想主義這個敵人也沒有了，惡德事實上是不存在的。您說倘若這個世界上的惡者連理想主義這麼一個敵人也沒有了，則他們的惡德便不知道要以多麼凶狠的姿態去吞噬這個無告的世界。親愛的朋友啊，被您稱呼的惡者不是受到了您加給他的多麼大的冤曲嗎？這個文字被您應用起來，就像是您掌握著皮鞭抽打在他赤裸的背上。把這惡德兩字加在您懷抱著的理想主義是多麼地適當啊。而您眞正稱呼的惡德（這時最好稱爲反抗者罷）實在才是爲理想主義而產生的。

第六，懷念古代是一個美麗和平的世界是一項錯誤；美麗和平的世界則屬於未來。

第七，一個具有誠實和謙沖的優美性格的人毋須理想主義的駐持。我在一般知識界已經看出類似慕西爵士時代的野心勃勃的君王現實而有些敗德的新權貴，遍及見風轉舵的英倫教會的面目的存在。

由太多的命題構成的立論常使我感到目眩，這種匠意的美和知識的豐博的炫耀，其危險性像武士的末途一樣，要賣弄他的武術。

那一天接到席米的訃聞，整天他在A城遊蕩著。他臨離A城時乃未遇到阿隆，他相信阿隆這個出生在A城的人同他一樣，在A城已沒有蹤跡了。

真實

有一個農夫乘著夜晚霧濃，肩上扛著一包蓆捲的重物，來到荒郊立在一口已經撿完了骨骸後留下的塌廢的坟坑的一端。他既已經到了這種地步，便顯然沒有剩下來的氣力再向堅硬的土地，另做一番愼重深挖的勞動；一整夜，他受著她手板膝跪的求情，和自己一經開始便不能歇止的狂暴的運動；這種不能順遂的，像在一個劃限的界內（事實上是一間預先密閉的臥室）捉迷藏，刺到時她還是要想方法掙脫，就是這種頗費手腳和浪費時間的刺殺，使他用盡了所有全身蓄備的體力和精神。他任包裹在草蓆裡面的體軀從肩上滑落下來，用腳踢推著，使她滾進沙與腐木的淺坑的中心，他急亂地使用雙手扒著兩旁鬆軟的沙土，就這樣草率地埋掉了二十五年來法定的髮妻。

到這個時候，他已經完全知道自己現在在做些什麼事，他的心裡急著想離開這座荒涼山丘；一個在平時從來不怕狗或不相信不實在物存在的男人，突然頃刻間起了寒顫，似在擔心被一直在遠處螺鳴的土犬發現而追踵過來。他離去後不久，薄薄淡白色彎刀般的月亮，在霧散後出現在西方的天空；事實上它的存在不容易爲肉眼尋到。晨曦的曙色使山丘的那一塊地方浮出半段像脂油一樣細白的腳板，斜擺一排，塗成粉紅色的指甲，遊戲著開始直照大地的陽光。

一對年輕的夫婦乘火車抵達了通鎮，走在女的背後的這個男人的心臟急劇地跳躍著，事實上他被強迫著去做一件臨到關頭的事，內心懷著懼慮和憤怒的複雜情緒。這個女人的腳由車門的踏板落在鋪著碎石的月臺，就轉過身朝著他抗議著：

「你欺騙我？」

但是，她帶著很大懷疑的外表，還是因爲這是一個陌生土地而內心感到異常的興奮。她繼續說：

「這個地方，沒有你說的那麼美麗。」

「還未到那裡妳是看不到什麼奇景的，而且現在還是白天，要等到夜晚。」

這個男人勉強地解釋說。顯然他曾向她描述了一處什麼美妙的奇景，爲了目睹它這種理由帶她降臨通鎮。這個男人的外表像是一個體力不能負馱他所做的工作的工人般沉悶憂鬱，像懷著一樁抑積許久難能使人猜測到的心事。

「爲什麼從來沒有人公認這裡是美麗好玩的？」

「公認的美不一定就是美……」

當他和她走出車站，坐在街上的一間冰果店休息喝飲料的時候，這個男人的注意力逐漸地集中在一件突然在當地發生的怪奇的事上；圍坐在另一桌的許多本地人們紛紛傳說著：一隻赤牛異乎尋常地不肯在早晨越到原來放牧的那塊山坡草地，這隻畜牲既使皮肉遭到牧童殘酷的鞭打，在岔路口居然頑強地要隨牠自己的意思走著那一條通往坟地的徑道，帶引著拖拉的力量終於抵不過牠的體重的忿怒的牧童，去發現那段斜插在土地的女人的腳板。

「這裡像發生了什麼令人驚心的事。」女的說。

「是一件擾人的殺人事件。」男的回答她。

這個男人的心裡突然跳出他原有的滯重的苦惱，精明而敏捷地變換思想著。

「誰殺誰？」

女的很無知地再問她的男人。

「誰殺誰？」

這個男人傾身轉問那些本鎮的人們。

「一個農夫殺了他的妻子。」一個聲音回答他。

「爲了什麼事？」

「還不知道。」

外面街道上逐漸掀起一陣喧嚷，圍坐在桌邊的本地人們都站起來搶著走出去，站在開始密集著許多人的走廊上。這個男人和這個女人也跟著走出去，夾雜在蠢動的人群之中。原來凶犯和警察的隊伍從街心走過。沒有威力的黃昏的太陽很悲憐地照著那個低頭沉默，膚色黝黑的矮小的農夫。像迎迓現世權貴的人一般，圍在道旁的人們中，那些和死者站在同一地位的女性，朝著和巡查扣連在一起，並排而走的那個狠心的男人背後指罵著；捉到凶犯固然令她們歡欣，不過內心還是十分的不平和忿怒，一股不消的恨意希望死者的鬼魂在法律的懲罰之外，再實行一次徹底的報復。

「今晚，」這個男人突發地緊握著他身旁的女人的手臂，他的臉上重佈著一層新來的苦惱，聲音很細小地說：「我們不能去那裡……」

「爲什麼？」

「妳能明瞭的。」

「好罷。」

「我們暫且在這裡的旅社住下。」

這個男人提議說，女的點點頭表示贊同，他又補充：

「相信今晚這個鎭上沒有人再做其他的工作了，除了談論這件殺案。」

他們相偕走進一家路旁的旅社，那裡圍坐著許多男人的情形，正如這個男人心裡所意料的。的確，騷擾著這個鎭上的是這件殺案的象徵；普遍地夫妻間都有失和的現象，像瘟疫一樣傳染著。女人們的脆弱的神經都因此警覺起來，當她們咒罵凶手的同時，連帶與凶手同屬男性的丈夫混罵在一起。這種波盪的吵鬧輕率地把男女間和平相處的耐性撇掉了，突然憑藉一種外來的理由，勇氣地坦率指破男性在生活上的虛僞、野心和虐狂的臉目；男人在被激怒後的反攻便指責她們本性的虛榮，本質上的禍水。很少有人冷靜下來批評這件事；整個情形似乎像是一個簡明的公式：首先是爲了獲得刺殺親妻的消息，然後便陸陸續續地聽到某一家庭夫妻的吵架；追究起因，都是爲了從談殺案開始的。在生活中，剛剛還是很和諧地在談笑，突然有一個人抑制不住觸犯了另一個人的自尊，整個情緒便開始扭曲改變了。即使剛剛還在批評別人這方面的無理性，一忽兒，自身也莫名奇妙地變得異常的暴躁。

在旅社房間裡面，這個男人栓牢了房門，慢慢如受難地走近這個女人，很親熱地吻著這個女人；他的曲折的姿態顯露男性一般被蒙羞的命運，他的內心對她懷著非單純情慾的複雜情感。這個女人一如故態，懶洋洋地躺臥下來，很緩慢地蠕動著她的軀肢，與這個男人熱烈而貪婪的要求露出對比。

第二天剛黎明的時分，這個男人輕柔地起身，迅速穿妥衣服準備外出，他沒有擾醒那位天性慵懶的女人的深甜的睡眠。事實上他自己也未曾有早起的習慣，要非內心掛記著一樁要知緣由的事；昨天這個鎮上發生的殺案，使他墮入一層很深沉的很疑難的思考，竟致把帶著她來鎮上的目的的秘密的心事動搖了起來。現在他對這件殺妻案產生著好奇以外的很切身的關心，他像要在這件事上學習著或發現著一樁至關重要的道理一樣。

他步出旅社門口，看見走廊上幾個穿睡衣套木屐的男人圍著米乳擔蹲著，一面吃著沾米乳的油條，一面傾談著。這個男人稍微佇足傾聽一下，在那些零碎的口述中，對凶手的膽量的一致的讚嘆，竟掩蓋了去憐惜昨天那個在現場表演中被擺佈著重新殺戮一次的女人……。

他在那些瀰漫著沉沉的灰霧的街道漫遊著，遇到有人聚集的地方就靠近去諦聽那些口述……。

據說：這位殺妻的農夫幾天之前，就公開地在農舍屋後的樹下磨刀。也說那兩把尖刀是當年這個男人會有一種殘暴的牛販性格的證據。還有一個路過農舍的近鄰（最少也相距兩里路）的農夫也說看到他蹲在樹蔭裡磨著兩把刀。他曾停足立著和他開玩笑，他抬頭對他說了一句令人不能置信的話，當時這位過路的農夫並不在意他說的事，覺得這位平時待人熱忱的農夫富於幽默感，以爲絕對沒有那麼眞實把殺妻的事預先誇吐出來的荒唐。他相信那兩把浮滿粗刺的紅鏽的屠刀，要是不再琢磨，就可能永遠腐掉。相信誰也沒有這等聰明的經驗在當時就能判斷這位農夫的坦率，完全是一件不移的眞實。這位農夫後來談起那個農夫的冷傲，會由心底發出冷顫，搖頭讚嘆。就是那位親自被殺的女人，據說也一點不加以提防，大概以爲那兩把光閃的尖刀只是威嚇的工具。那個農夫視錢如命是這個女人早就清楚的，他的狡計的範圍，二十五年來從未變更，直到第一刀刺痛她的手關節，她才悔悟自信是一件不能挽救的錯誤……。

到此爲止，這個男人還是未獲得至爲重要的眞確的內容。可是他能猜想；傳說者也都在那裡百般猜想。

那位殺妻的農夫從二十歲至四十五歲之間，在通鎭的生活，給人們的印象是勤勞和嚴厲教子的楷模。那實際上向警方報案的人，就是那位在他的殘酷驅使下萎縮而悶默的可憐的兒子。人們當時都這樣對剛要長成的孩子說：「看看阿福來罷，如何地溫馴，一點也不敢惹惱他的父親……。」或者論：「你如何地幸運啊，看看人家阿福來整天的操作……。」

可是他爲何要殺死在別人眼中看來是他異常疼愛和尊崇的妻子呢？因爲這個女人的不貞嗎？這種猜想確實是大有可能……。

這個男人由此產生著對凶手的同情，他想要會見那個農夫，祈望由他的口中親自道出這事的眞緣。

他步上警局門口的臺階，問詢那位在門口値勤的警員：

「我想與那位農夫晤面。」

警員疑問地望著這個央求的男人，對他搖著頭說道：

「你看不到他了，天亮以前已經押送法院。」

他回身離開警局後，在街上買了一份日報，他翻閱一下，除了報導這件新聞外，對他所知的來說，沒有進一步的消息。

他浮起一個新念頭，走回旅社，看到他的女人已經醒來，但還躺在床上。他彷彿有一個快樂的心情，對她微笑，小跑著趕到床邊，把整個身體仆俯在棉被上，摟抱著她突然豐盛幾倍的身軀，毫不停口地吻著她睡足而鬆軟的臉孔。

「我有一個新打算告訴妳。」

「什麼打算？」

「這裡有一個小海水浴場妳知道嗎？」

「我一點也未聽聞——」

「是日據時代官廳的休憩所，因爲位置偏僻，知道有它能來遊玩的人並不多，我打算我們在這裡泡幾天的海水，怎麼樣？」

「這原來是你的詭計。」

「妳不樂意嗎？」

「我正樂意如此，不過，你所謂的奇景呢？我早就知道，那裡有什麼奇景。」

「當然，世界上那裡有什麼奇景，要是有，大概都是個人心理上的一種幻覺罷了。我說是；你說不是；有關世界的奇景都是這樣的情形。」

「你這個大騙子！」

她推開他，這個男人翻仰在旁邊，當他的眼睛瞥視到從棉被裡翻躍起來的，那沒有遮掩的赤裸的肉體時，湧現出一種厭倦的苦惱。

他和她從躍騰的海浪裡走上沙灘，橫過一片長島形火熱的沙丘，赤裸的腳底踏在抵熱的草袋上。在沙丘的這一面，還有一條像河溝一樣的海水，這條無浪的淺水是海浴場指定游泳的地方，當漲潮時，水是由南方的港彎流進來的，退潮時，是一片無水的溼地，但是游泳的人們一伍地散步走過它，到沙丘那一面的海洋沐浴。現在他和她走回來，這一條河溝已經漲滿了海水。走到淺水的地方，女的腳尖玩波地踢濺著清澈而溫熱的海水。男的在一度奮勉的運動和嬉戲後，很沉默地舉著腳步。他們這樣走過來時背著午後的斜陽，這個男人有著一張不英俊的憂鬱的但馴良的面目。女的感覺男的腳步突然落後了，擺頭注視他，把他的手牽在手裡搖擺著。

「你在想些什麼？」

被她詢問，這個男人很慚疚地對這個女人微笑。

「沒有。」

「疲倦了嗎？」

「有一點。」

「爲什麼你會想到來這裡遊玩？」

「我說過，這是我突發的靈感。」

「由這一點，我實在不能猜透你這個人。」

這個男人沉定地看她一眼，沉默著。

「你有時對我好，有時對我壞。」女的說。

「我可能是這樣。」

「你的確是這樣的！」

「我不能平衡自己的感情。」他羞愧地低著頭。

「爲什麼這樣？」

「我不能對妳解釋清楚。」

「你忽快樂，忽憂悶。」

「我記得我們結婚的時候，我是快樂的。」

「你那時簡直是一個天眞爛漫的小孩。」

「我現在到底變成什麼樣？」

女的再看他一眼。

「好像是……世界已到末日。」

「假如我不是常常爲生活離開妳，我想我還是那樣快樂的。」

「我並不責怪你，我很愛你。」

這個男人感覺她在說謊。

「我也很愛妳，這恐怕是痛苦的原因。」

他們已經走到海水淹沒到腰臍的位置。

「不要再說了，我們游過去。」

女的先撲到水面上，男的眼睛投注在她那曬紅的浸著水會閃耀的肩背，他繼續走到水深的位置，才尾隨她的後面游去。

彼岸，海水浴場的房子的南端，是一長列無盡的麻黃樹軀幹高大的樹林，地面浮著半弧形一墩一墩起伏不一的細白柔軟的海沙。這個男人在游泳中，每一次由右邊抬起臉孔換氣的當時，便瞥視到那一羅列無人行走的海邊樹林的遠延而去的部分。

後來，他的速度降至與女的平行，雙雙溼淋淋地喘著氣走上沙灘，看起來是多麼和諧甜蜜的一對。

這一晚，他把他熱烈地愛她的情感，覆轍於前夜曲折的姿態。

報載：殺妻者農夫向法院訴說，他是因爲不能忍受長期的羞恥才下手殺她的，法院相信了他，判決很輕的五年監禁。

農夫花了一筆很大的錢請一位能力高強的律師做辯護，法律完全信賴證據，因此一切都有利於他，而且那位被傳叫到法庭的，被指控爲姦夫的男人也承認了他這方面的事實。這種坦白也許是爲了他鍾愛如許長久的死者，爲了撫慰她的靈魂和表現自己的一種天性的溫良。通鎭的人們早期都相信這位農夫會由赤貧的牛販變成百萬富翁，是經由他一手的勤勞和節儉，直到這位被指認爲姦夫的男人道出了久遠的一樁祕密。法官們和民衆對他說的這件敲詐故事頗感興味，可是那位當時請來替他們雙方執行和解的人現在在那裡呢？那位唯一明瞭這件事的人一定要到法庭來作證，可是這個人懷著這樁秘密已經離開人間十年了。無論如何，法庭本身不能採信姦夫單方面的無憑無據的故事。法官們最後對這位自述故事的男人的坦白和溫良認爲是一種不確實的事。根據他們的經驗所知道，凡是到法庭來的人都儘可能狡黠地說謊，把法庭當做一架生存的賭桌；就是因爲人設計這架賭桌，於是任何人都可以前來賭注。就是因爲法律的工具是科學的，結果是公平的，它是現世唯一的裁判者，人們便把自我的一切裁判權移交給它了；勝負皆靠著運氣，靠著了解法律；在法律之前，善良是一種力證，犯罪也不必害怕。而且法官即使便能洞察出事實的眞態、人的善惡，但靈感不是他的依據，唯一依據的是法律。

這個男人把報紙挾在腋下，繼續在早晨有霧的街道上散步，他心裡有意把這種漫遊延續到永遠，於是漸漸走出市區，在一條寬濶的郊外大道旁邊走著。因爲太陽還未把霧驅散，這條公路的靜寂很吸引了這位墮入思索的男人。他讓自己的兩隻獨立行走的腿不停地往前走，再延著一條岔岔路，很意外地走進了一座弧形的荒涼山丘，他發現到路旁的第一個墓碑，才領悟這一帶是這通鎭的公墓土地。

當他再往前行走時，便遇見了兩個工人正在豎立著一座新的大墓碑，一位衰老而矮小的男人，穿著很講究的衣棠呆癡地望前著面的隆丘。他走近他們，懷著疑問，但看見碑上的名字才頓時明白。原來這位哀愁孤立的男人就是報上報導的死者的多情的情夫。

他發現這位衰敗的男人有一種害怕別人知道他有一張羞憤的面孔的措舉，很機警地轉身背向他。他於是走開那裡不想干擾他，但卻在距離不遠的地方藉著徘徊觀察他。一會兒，從霧中走出一個萎靡不振的青年，聽到他對他喚著：

「阿福來，你把香、金紙帶來嗎？」

這位被喚爲阿福來的青年，即使照辦了這件事，卻不願實在回答他，只是放著一種很不情願受人指揮的怠慢的腳步，走近剛好墓碑的墳前。他把一個布巾的包袱放在地面上，打開巾結，拿出應用的東西。那位哀傷的人蹲下開始點火燒香，兩個做完工作的男人站開一旁，那裡漸漸繚繞看一種無以言語的傷感。

他看出那位名叫阿福來的青年，是一個改變中的男人，有著由壓迫的自卑中轉換爲驕傲自大的性格。這個男人在離開這座山丘往回鎭上的時候，又聽見那位悲傷的人對他說了一句話，但卻沒有聽到阿福來表示承諾而理睬他的聲音。

他回到鎭上的旅舍，走上樓梯，驚訝地發現佐助完全出乎他意外地在他的妻子的臥室裡。他的女人居然毫無諱忌地還穿著薄薄的褻衣，而看到他開門踏進來，才加穿了一件晨衣。他內心裡這樣感想著：妳這個賤婦啊，我早就辨清妳隱藏的賤相。

這一天的中午，太陽依然在海岸的上空傲威地照耀著，他和好友佐助由那一頭沙丘走回來，兩個人並肩地在只是溼的河溝上走著，漸漸走向木麻黃樹林下浴場的竹棚這邊來。這個男人心裡忍受不住了，陽光燒熱他的頭殼，他的意識開始昏昏沉沉。他一天中所表現的好脾氣——溫柔和禮貌——那是他內心在忍耐和抑壓。現在他爆發了。

「佐助。」

「嗯？好友。」

「我不想追究你爲什麼會來。」

「我已經說過了我的理由，好友。」

「那個理由是你捏造的。」

「你不相信也好。」

「你是爲了遮蓋某人，才說了那理由。」

「某人是誰？」

「你又在裝假。」

「到底某人是誰，你這個儒夫，」

「她不在這裡……」

「說啊，某人是誰？」

「還有那一個是某人，在我們的關係中？」

「好罷，就算我知道。」

「你早就知道。」

「我要告訴你一件事……」他又說。

「說啊，你看起來有點奇怪。」

「她曾經對我發誓……」

「她發什麼誓？」

「她說假如她違背了盟言……」

「怎樣？」

「她要讓我碎屍萬段。」

「這與我有什麼關係？」

「你大概沒有考慮到我會有什麼情感。」

「你的情感我是一向瞭然的。」

「我是一個懦夫，這是你說的。」

「說這話幹什麼？好友。」

「我總不能不對您有所警告，佐助！」

「你是知道我從不接受任何的勸告。」

「我還是要警告你，佐助。」

「這算什麼朋友？」

「佐助，我從未受您的任何幫助，但你卻從我處掠取了一切，你自己算什麼朋友？你是一個現世得勢的人，我是個失勢的人，你還要凌辱我……」

「你這麼大的反抗情緒是爲什麼？」

「你自己心中明白，卻還要一口否認。」

「算了吧，好友。」

「你當然是在勸我投降。」

女人由竹棚走出立在一棵麻黃樹下的陰影裡，眼睛審查走過來的兩個一矮一大的男人。兩個男人走近時，她對那位高大英俊的男人招呼：

「佐助，怎麼樣？」

「很好。」

「完全沒有意見嗎？」

「我覺得這裡的海水特別鹹。」

「明天你便會習慣的。」

三人一同走進竹棚裡面，圍坐著一張四方形的木桌。他們一面吃飯，一面討論著。

「殺案有什麼新發展？」佐助問。

「已經結束了。」女人回答他。

「結果怎麼樣？」

「是一個卑鄙陰險的惡漢，與一個情癡的善良商人之間，夾著一個無知的女人的長期的戲劇。」

這個男人突破自己的緘默批評說道。他算清醒過來了，他剛剛的沉默彷彿在悔恨自己在陽光底下與佐助爭論的那回事。

「能維持如此多年是不可思議的。」女的說。

「看起來很好玩。」佐助說。

「結果卻是悲慘的。」男的說。

「剛剛這裡有一個傳說。」女的說。

「什麼傳說？」佐助表示了興趣。

「他們說那隻赤牛……」

「赤牛怎麼樣。」佐助又打斷了她。

「那個失魄的牧童不敢再接近了……」

「以爲只是附了死者的鬼魂和當時對他的不馴的懲罰，認爲稍過嚴厲了罷？」佐助表示他的感想。

「所以那隻牛被多年駕馭牠的農夫牽到鄰縣賣掉了……」

那個默默吃完飯的男人站起來，走向盥洗室去，撇下他們兩人繼續熱烈談論著殺案拖下的餘波……

二男一女終於乘著夜色的寂靜，穿著寬敞舒適的衣服，向著這個男人所說的奇妙的景致的所在散步而去。這一條漫步的路徑，是由一條公路走到一條乾枯的沙河，由沙河下游爬上鐵道，再由鐵道橫過一片廣大的石頭荒地，抵達海水浴場南端無人的麻黃樹林。到了那裡海霧湊巧已經上升了，不能查覺它有變化的靜靜的霧靄充滿在那些高大的巨樹之間，那裡成為一個純化了的灰白的夢境，有如一個奇妙的世界。

這個夾在兩個男人中間走路的女人的腦中，憑著經歷，正在忖度她的憂鬱的丈夫，今夜要比前幾夜可能更加狂烈的性慾。他們停足在一座被厚沙半埋的鋼筋水泥的碉堡，女的坐在上面休息，以很嘲弄的眼光望著兩個男人。很奇異地，在這裡說話的聲音只停留在那個特殊的空間，不致飛揚到森林之外，好像他們是處在一個眞空的玻璃缸中。在眞實的玻璃缸中，那有許多為事情是很方便的，最好不要透明，不是嗎？許多罪惡都在灰暗中進行。

「但這樣的地方能做些什麼事？」女的微笑著，很疑惑地看著她的男人，她的丈夫沉默不語。

「這是一個天體營的好場所。」佐助觀察後這樣。

「這裡離海水浴場大概只有二哩路罷。」

女的說，她的表情很喜悅。

「晚上絕不會有人到這裡來。」佐助說。

「裸露是一種奇妙的感覺。」她朝向她的男人說：「你的意思怎麼樣？」

「毫無疑問地，束縛到今天，心裡無不嚮往純眞和原始……」

這個男人這時才快快地說道。他說完旋轉身體，緩步離去。這時，那個女的和佐助彷彿有著預先的默契，交視一下。

「等一下，你想去那裡？」女的追問那個離開的人。

「我想獨自走走。」

他沒有轉回頭。

「我想說一句話，你能轉回來嗎？」

他聽她的話轉回來碉堡的旁邊，他深沉的眼睛朝著地面注視。

「我們何不眞的在此地裸露。」

她對他說道。

這個男人對東方平凡的女性會想建立起以她們爲中心的倫理系統並不感到訝異。

「這種想法很相似我的初衷。」他坦率地說。

「啊，佐助，你的意思怎樣？」

「當然我奉陪你們。」

佐助佯裝看有些羞意。

「那麼誰先脫，在我們現在的情況？」女的問道。

「建議的人先脫。」佐助故意這樣說。

「這樣不公平。」女的搖著頭，但她快樂興奮的表情並不表示眞的在抗議。

「你們沒有看到這是不公平嗎？」

這時那個沉默的男人已經脫下了上衣，然後一件一件地像蛻皮一樣地解開來，暴露出一隻不高的醜陋的猿猴一樣的軀體。這個情形，使那兩個靜默觀看的人感到羞慚，他們對他深表意外，只得效法同樣把自己赤裸地暴露出來。佐助強壯像巨獸般高高聳立著，而那個女人只不過比一隻母狗稍微莊嚴一些而已。

此時三個人都無話可說了，語言已經失效，離開堆放衣物的碉堡，開始他們幾千萬年前在混沌的大地同樣的漫遊。

所不同的是現在他們能對這種情況加以設計，有別於無知的年代。幾千年來人類在智力的表現就是爲繞了一圈再回來原始？之間經過無數的制度，努力和犧牲。今天人類要那樣表現他自己，是經過一番大努力探究了眞相。人即使再怎麼自我稱讚他自己具有神性和靈魂，他仍不過是動物的一種。實際上眞正推動它生命的仍然是各種簡陋的本能，理想跟盼望只是一種修飾。

那個矮小像猿猴的男人把他的手臂伸展在女人的肩膀上，彷彿對她表示了他對她的親愛。

「我原是設計帶妳來此地殺死妳的，然後嫁禍於妳現在的戀人佐助，但碰巧我們來時遇到此鎮的一個醜惡的殺妻案，觸醒了我隱懷的罪惡。我殺妳畢竟無補於我受的侮辱和損失，而且還加了一層莽夫的印記。除了妳自己想永保一項忠貞的原則，別人是沒有權力強迫妳要這樣去做。法律先時賜給我有這一專制的權力束縛妳，但法律它自己是什麼玩意？也不要去引用聖經，聖經是一本充滿恫嚇力的書籍……我是一個決定在此時與妳和佐助分手的人，因為現在我已經不再愛妳，也不再和佐助稱兄道弟。」

「既然如此，我們也不必合力殺你。」

佐助牽著女的手對這個男人說。

這個男人蹲下來坐在樹下，背靠在樹幹上，很疲勞地休息著，女人和佐助回到碉堡，穿上了他們的衣服，走出樹林。

父親之死

這幾天，這個男孩可以感到家庭裡一種冗長的苦難已經瀕臨結束；他的失業而病弱的父親已經昏迷在床上。

這個男孩的母親已經有兩天，連今天三天，沒有外出做工。在他們居住的幾間狹窄而幽暗的屋子裡，這個男孩常常會和母親面對面相遇到，母親那張愁苦蒼老的臉彷彿在對他生氣，幾個年紀較大的兄姊都對他瞪著仇恨的眼睛，警告他不能在屋子裡面吵嚷索求。除了肚餓，這個男孩跟本也很討厭回家。

他已經十三歲了，不能再稱做孩子，可是他是這個家庭的許多兄弟姐妹中最年幼的一個。

夜半的時候，這個男孩被一種悲切的抽噎的音響擾醒，他敏感地注意到母親不在身旁，被窩留著一個像兔子的孔洞，他翻轉身體，手肘支撐著下顎，從蚊帳裡面對外觀望，正看見他的母親和三個兄姊謹愼地把床上的父親搬移到廳堂去。

這個男孩迅速由蚊帳裡面爬出來，赤著腳跟進廳堂。父親被放置在地面的草蓆上，已經不再動彈，靜靜地蓋著一張白色棉被。一個姊姊在張掛蚊帳，母親脆在父親頭部的位置，傷心地哭泣，其他的兄弟陪跪著，似乎全都在靜靜流著眼淚。

當他們一群大人發現到這個男孩獨自立在門邊觀望的時候，他的母親抑住哭聲，煩苦地朝著他，哀求他回到床上，告訴他赤著腳在冰冷的地上會感冒。

他聽她的話，轉身要回臥室，同時一個哥哥從母親身邊起立，母親沒有捉得住他的衣袖，他快速地向這個男孩追奔過來；正當這個男孩的頭要攢進蚊帳裡面的時候，頭上正挨了一記堅硬如石的拳角的敲擊。

這個男孩單獨躲藏在被窩哭泣，整個灰暗的臥室異常的荒漠寂靜。

第二天早晨，這個男孩不知道爲什麼他們又把父親從廳堂搬回到床上；她彷彿傾聽到母親告訴來訪的鄰居說父親又有呼吸了。

這是一個天氣晴美的星期天，他吃完簡單而無營養的早餐後，走進靜寂的臥室，掀開蚊帳的一角，不敢太靠近去觀察那張枯黃且充滿雀斑的父親的面孔；父親沒有動顫一下，也沒有張開眼睛，也不知道誰在注視他。這個男孩輕緩地放下蚊帳，悄悄地退出來，溜到庭院。

這個男孩的心裡懸念著今天鎭上老爺隊和少爺隊的棒球比賽。他小的身體無聲地擠出打開很小的籬笆門，再把那條門縫小心地掩上。他第一下把身軀躍得很高，然後雀躍地飛奔而去；彷彿出籠的鳥振翼飛向天空，越飛越遙遠，害怕再被攫囚牢內。他想：這是一個多麼自由的星期天啊，父親不會再把他留在身邊，指派他爲他做許多瑣煩的差事。

他故意繞到長生醫院的那條街走，對醫院的門和窗投以挑戰般的一眼。今天他不會再像一隻小老鼠，膽怯地輕步走進那個門，先望一望醫生在不在診療室，醫生在，他便躡腳退回來等候；假如醫生剛好不在那裡，他就快速走到藥劑室的窗口，抬頭對裡面的藥劑師輕聲地說：

「安叔，我的父親請您配一包胃散……」

「你的父親是誰啊？」

藥劑師從窗口探出那個大頭顱，看到是他，喉頭發出一聲驚嘆：

「哦！」

藥劑師煩厭地皺眉頭，眼睛像賊一樣左右望一望。

「他現在痛嗎？」

「是的，很厲害。」

這個男孩回答他，眼睛不敢再抬起來看藥劑師。這位年輕慈善的藥劑師不是這個男孩的什麼親戚；他有一個名副其實的綽號，被人們隨便地叫爲大頭，但這個男孩的父親一定要他禮貌地稱呼他。藥劑師迅速而潦草地配了一包藥粉，從窗口遞給這個懷著羞恥和不安等候著的男孩。

「謝謝，安叔。」

這個男孩接住藥包，紅著臉孔說，轉身猛猛地衝出那個左近的大門。

有一次罷，醫生剛好由起居室那邊突然走出來，嘴巴還咬著蘋果，這個男孩站在藥劑室窗口前面，躲避已經來不及了。醫生的肚子挺在這個男孩的面前，一隻多肉的大手擾亂他的長頭髮，問他是什麼人的孩子。這個男孩羞怒著一張要爆脹的紅臉，不願說話。醫生有點奇怪地問藥劑師，藥劑師也紅著尷尬的臉，囁嚅地說著：

「他是天賜的兒子……」

「天賜で誰？（那一個天賜？）」

醫生改用日本話，嚴肅近乎斥暴的表情，帶著怒斥和追問。

「就是那個住在街尾，自從光復已經失業十幾年，患胃病的天賜。」

「——哦をく，あひつだつたか（哦——是他）。那麼小孩你在這裡幹什麼？」

醫生再問這個要哭出來的男孩。

這個男孩始終執拗地不肯回答出一個字。還是藥劑師坦白地對他的老闆說：

「他爲他的父親來討一包胃散。」

在他的父親強迫他去做的許多瑣事中，以這件經常要做的事最令他羞憤不堪。曾有一次，他的父親寫了一封信叫他拿去給鎮長，吩咐他要帶回函，可是這個男孩整整等了一個上午，鎮長不願理睬他，後來他羞恥地悄悄退出來。

這個男孩跑到體育場，盆型的體育場四周已經圍繞著厚厚一圈蠢動的人們。他沿著一排大青樹下走著，抬頭尋視坐在枝椏上的小孩，他停止在其中的一棵樹下，對上面人聲叫喚：

「阿輝——」

枝椏上的一個小孩俯視下來，看到他，不高興地說：

「你現在才來？」

「還有位置嗎？給我一個位置。」

這個男孩焦急地央求著。

「快上來，還有一格，再等一下就被別人佔去了。」

這個男孩四肢和身軀貼在樹幹，掙扎上去，感激地縮坐在那個男孩的身邊。

球場上穿著白帆制服的球員已經佈好位置，球賽便由老爺隊的投手投出第一個球開始。

這個男孩的情緒，現在完全溶進從球場上掀起來的一陣一陣緊張的氣氛之中，而暫時忘懷了他難堪的身世。

球賽到中什時結束，少爺隊勝利。這個男孩心中祈望少爺隊打勝，終於如願，因爲少爺隊中有他敬佩的年輕的班級教師。

他饑餓的眼光看著他的老師仰著頭灌飲汽水，他的老師在球場一角歡叫，他也在枝椏上微笑一下。隨之他嘆一口氣，閉起眼睛，他內心不希望球賽結束，希望他們永遠打下去，他永遠坐在枝椏上觀看。

這個男孩被他的同伴催叫下來。他倆和所有來參觀這場星期日對抗賽的人們一樣，一面離開體育場，一面比手劃腳地模仿球員的動作，口中爭論著已經過去的球賽。這個男孩不知不覺一同抵達了他的同伴的家門前面，他的同伴佇足面對這個男孩：

「我要進去吃飯了。」

「我在外面等你。」

他的同伴帶著不高興的表情，疑問地看著這個男孩。

「你不回家吃飯嗎？」

「我不餓，我不回家去。」

「那麼下午我們到那裡去玩？」

「到河裡游泳或上山採草莓。」

「現在那裡有草莓呢？」

「上星期我採了很多。」

這個男孩欺騙他。

「早被別人採完了。」

「我知道那裡還有。」

這個男孩自信地保證說。

「那麼你在外面等我。」

但是這個同伴的母親一起把這個男孩叫進屋裡，添一碗米飯給他，拉他和他們一家人圍著餐桌吃飯。吃飯的時候，這個男孩不敢伸出手臂夾菜，常常抬眼觀察他的同伴得意而辱人的臉色。

這一天，直到太陽沉落多時，大地黑暗下來後，街燈和屋宇內的燈盞已經替代了這個世界的光明時，這個男孩才帶著燙熱而曬紅的面孔想要回家，家裡或許已經吃過晚飯了，他想。他的赤裸而骯髒的腳仍在道路的沙土上懼慮而不情願地拖拉著步伐；愈接近家門，一股不安的情緒愈盤纏愈濃厚。

籬笆門半敞著，屋裡昏黃的燈光從門口投出一片菱形的光幕在庭院地上。這個男孩的腳落在那面光明的土地，無聲地走進去，廳堂上的景象整個嚇住了他；他的父親不知什麼時候又移到廳堂地面上，一位暴牙的矮小老頭坐在小板凳上對他微笑。

任何小孩都知道，這個老頭兒的工作，是被膽怯的家人請來在夜晚一同守屍的。那麼我的父親已經死了，這個男孩在內心喚著。夜半的時候，這個男孩再度睡在床上驚醒過來；他做了一場討厭的噩夢，醒來聽到屋裡正在紛擾之中。他不敢再起床，但他知道他的父親又活過來了。可是為什麼他們不再把父親搬回床上呢？

到天明，他的父親才眞正的死亡。

葬禮在隔一天舉行，為了怕父親再活過來。這個男孩的哥哥的朋友們組成了一個小型樂隊送到墳地。這個男孩被強穿著一件寬大拖地的麻衣，和一頂用粗大的草繩兜在頭蓋上的麻布帽，腳板套著粗糙的草鞋。他的腳步配合著葬曲的節拍，走著像在學校鼓樂隊的堅硬的音響脅迫下，整隊由操場走回教室時一樣的步伐。

這幾天，最使他關懷的是他的母親，他看出母親的魂魄已經跟著父親到天國去了，而不再理會他。那幾個兄姊似乎已經成為這個男孩在這個世界上的一群敵人；他警覺地到處躲避他們那種像要擊碎他似的眼神。

可是父親已經死了，他不再害怕任何人；這個世界上唯一管轄他的人死了，他便不受任何人的管束。

這個男孩一點不因父親的死悲傷，因爲從今以後，沒有人會再欺騙母親；記得有一天，父親照例睡在床上養病，把一張母親的工作清單和一疊鈔票叫他交還給母親。母親不識字也不知計算。這個男孩在廳堂重新計算一次，迅速回到父親的床邊，對他嚴正地說：

「少十塊錢？」

父親的手指畫在嘴唇上，示意他不要張聲，他一直不肯，父親終於帶著恨意把十塊錢交出來，這個男孩才願意離開。

現在隨著父親的死，一切都算過去了；他對父親敵恨的諸般影像都消逝了；這個男孩的心情像霧散後的晴天，配合著樂的節拍的腳步是輕鬆的。他的鼻腔悶哼著，這個男孩滑稽地想在這時牢記葬曲的旋律。

分道

一

那天早晨與其他的日子沒有什麼特別，也沒有預兆，與所有的夏日同樣炎熱。A與其他在陽光下的萬物也沒有區別。太陽從東方上升，它最初的光線照耀在物體上，就連那些柔軟圓嫩的竹梢也彷彿薄薄的金屬片。她守候在她的座位對窗外投視。她的姿態在這之前就是如此，喜歡臨窗眺望，視線越過十分熙攘的操場，看見竹林的徑道A薄薄的無色形體出現。那只是一片刺眼耀目的光。A的形體反耀著閃光，由無色轉變成金銅。這一點並沒有驚動她，她視若平常；關於物理的諸種變化，她略有知曉。等到她看出A的明晰的形態，她自覺他有天生富於運動的本能，體內藏著未曾開發的道德力。A以寬大的步伐經過學童們遊戲的操場朝辦公室走來。她靜靜地斜側著，右臂彎曲靠在桌上支架頭部右腮的部泣。A以一直線走至操場中央，突然高舉雙臂，身體躍向空中雙掌張開，整個爲衣衫裹住的身體再度爲陽光穿透，顯露出一些細長有枝的鋼筋。一雙皮球在空間運行中途爲他的手掌截獲。他開始被那些孩子們包圍和衝撞著。這時她改變了持續很久的姿勢，把手臂放下來。

看見A的這個平凡的早晨，使她在度過了冗長的時光之後，第一次回憶幸福和希望的金色時代。就其粗略的外表，A酷似她的丈夫的同年紀時代。這一點使她感到恐慌，她無心想去獵取一位年齡相距甚遠的男人。那同樣蒙閉其智覺的第二期幻想，使她自己亦不能分辨是喜歡或討厭。但是她的惰性正好迎接了A新的內在的衝動。在平靜的聯繫中，她感覺A總是特別注意她，使她處在旁觀的地位，A把他自己依附過來，獻出他自己，把她從她自己之中排擠出去。

A就是如此地自傲，像一隻會響動的裝水瓶子。自傲是他的生命需要付出勞苦的原因。A有君子風度，自信的心理養成一種謙虛的舉動。他與她相對著，他們常常交換一種工作間的無邪的微笑，雖然如此，兩人彷彿共同小心地在栽培樹木的幼苗。

像一般聰明而好勝的青年一樣，A富於表現他自己。他會在聊談中告訴她，她以她的年紀和生活經驗早已體認的許多事物。尤其A多麼善於解釋眞理，以他有限的科學精神展播他的理想。是的，一個青年男子的知識雖是可笑，但熱情卻是這樣的感人肺腑。A是個君子，他任何一事一物都企圖使她與他採取同一觀感和同一步驟。A很可能漸漸長成爲支撐世界的極少數的一種人。A追求眞理，是以他最幼稚的程度做起點，彷彿嬰孩學會第一句話語。

假如她的美麗外表吸引了他的眼睛的話，那麼，她內心的秘密也同時蠱惑著他高貴的心胸。但是第一天她與A連一句都沒有交談，A在忙於他的新事物。她甚至同樣抱著早晨的姿勢目送他下班離校，太陽如同早晨時在他的前面，但是A的形影，當她由背後看他時，卻是黑色的。那黑色的形影，給她的感觸如同太陽不久就要下落後的暗澹一樣。A走過操場，他的身背拖著一條黑影，隨著腳步越拉越長，直到在竹林裡消失。

二

給眷戀的A

B贈

一張珍貴的古典唱片從遠地寄到，A比接到價值數倍的黃金更感興奮。這可以說靠著媒介物，友情突然地濃熾了起來，進一步把雙人牽拉得更加接近。A覆信給B，把內心的感動完全在信中洩漏，並且希望B能夠蒞臨。A雖做了許多事，還是不能平靜下來，他生平第一次感受友愛的滋蜜，是他和他的親兄弟們之間所未有過的經驗。他反覆地播放那唱片，他也希望別人從這張唱片的動人旋律中分享他豐盛的幸福，但是除了她，還有誰能被他選中呢？

A說出優美的形容詞來誇耀自己的朋友；A告訴她，B絕頂聰明，在求學中他們是最好的朋友，在住宿間和課堂形影不離。但是在那時，當A和B相攜坐在校園草地上時，好像有一陣風吹過那裡，B搖動而A靜靜沒有動彈。但是他們一同研習繪畫，一同聆賞音樂，也一同批評別人，意見總是完全一致。對於天賦優沃的男人，她豈完全都未曾見識呢？她的丈夫在年輕時豈不是也蓋滿優美的形容詞嗎？至今他的墮落不是同樣令人瞠目嗎？她昔日愛他之深與他日嫌惡他之尖銳不是同樣的嗎？她是所有現實的女人之一，已經看見過的接觸的事物還有什麼稀奇呢？只有一件事是令她大大地詫異的：A說，他和B是金錢共有，物品也共有的。這種精神，這種主義，終於在那些淡而無味的讚美聲中深深地帶給她以恐懼。

B有一天到達了，像一精靈的外表一樣的蒼白，他又瘦又憂鬱。

三

A引B走進一幢舊式的草屋，會見A的祖母。A的祖母高齡而健壯，篤信傳統的偶像神明和吃素。這間草屋低矮而陰暗，原來只住著老太婆一個人，裡面分隔成一間客廳，兩間臥室和一間廚房。屋後有一小竹叢，屋前是一間當地的土地廟。草屋是這一角落一連數幢中的一幢。A對B說，他必須和他共睡同一間臥室的同一張床，B報以微笑，沒有說出任何感想，他在頃間回想到學校生活的一節，這是十分當然的。他是太寂寞了。

B急於要去學校，請求A帶他去，他想認識A在信裡提及的那位女教師。這一點要怪A的無知，他動用了許多與女性的資質不相關的文字描寫。A心裡早有引領B去見北的那份興奮了。他的幻想日深使他奉純潔爲最高的快樂。但是這一個白晝已經快要結束了，太陽的位置正在草屋門前的天空上，快要滑進那條地平線。分成數千小方格的廣大稻田，一年中第二期的水稻剛剛長成一尺多高，在淡綠色的稻禾下面，每一小方格都有一條彎曲游動的紅蛇，構成黃昏的奇景。

晚飯後A和B坐在客廳談話。客廳只有一面石灰壁可供他們靠近，大部份的室間堆積著籮筐和什物，有一面板牆中央設置一座木架，那裡供奉著祖先神明。一張簡陋的書桌緊靠著唯一的石灰壁，壁上貼有一幅用鉛筆精工繪成的聖母像。繪這一張畫的人技術非常好，非常傳神，是A的一位胞兄的作品。這一張畫豎在那裡，象徵A的家族兄弟的聰慧和理想。他們便是在聖母像下面各坐在書桌的一邊。談話中提到研讀書籍和繪畫的事。在這個時刻卻始終沒有重提到她。有一盞六十燭光的電燈泡照亮他們，電線沿牆壁垂下那隻玻璃球，發出橙色的光線，A的濃眉和B的亮眼形成一種教徒式的嚴酷氣氛。

四

她在後面慢慢地走著，用一枝花布洋傘遮住陽光使臉孔不被陽光曬黑。A和B爲一點點小鬪爭已經起步登山了。兩個是在做有趣的競走。A從來未曾改變他沉著自信的外表，他以均勻的速度排向前面的山頭。B看起來很匆忙，身體在腰部的地方彎折，他衝向前面腳步很緊密，她看不出誰較誰落後，第一次，她有清晰的距離和足夠的時間來覺察他們，她看出男人的性格又美麗又愚蠢。她開始愛起這兩個男人，同時的想擁有他們兩個人。

她相信只有片刻的時辰墮進那則野心的幻想。她走到剛剛他們起步登途的位置。抬頭已經看到他們同時抵達了山頂。他們是怎樣地登上山頂，中間的細節她沒有看到，她沒有看到他們是怎樣地奮力爭取領先，設下僞裝使對方落後，或者發生必須的戰鬥，這一些全都被樹影和自己身邊的傘遮住。她看見B以閃電般的動作轉身走下來，準備來幫助她走上山去。

這是一座奇小而可愛的山（有誰被前面的描寫嚇住了，以爲是一座高峻的大山），事實上又只有一個斜坡。她的手已經被他閃電一般捉到，當他從山頂衝下到她的身邊，而且緊緊地握著，他的握力已經傳達了命令不許她反對。假如她想反抗，他便會對那隻柔軟的手握得更緊，他的眼色甚至通知她不許嚷叫起來，她的外表也很能合作，就像屈服於強權一般的柔順，可是她的心底已經印下了這被震懾的不自由的印象。另一面的山坡，因爲開路而被砍截成直崖。

三個人坐在草地上，就在那小山頂上的一處，他們的視線俯瞰斷崖下面的那條新路，以及比路面更低的河床。A看見河床裡的一池靜水，開始引發他談起一件水鬼的趣事。A在說故事時臉上浮出笑容，眼光瞟走著，因爲這是有關水鬼，他的聲音也因沙啞常常提高。B因爲她的咒罵心裡不高興，他開始歌唱，當A說完水鬼的故事而引不起笑聲之後。當B我行我素的時刻，是沒有人能加以阻止的。可是A和她反而靜下來傾聽他到底唱些什麼。他並沒有唱出一句歌詞，只有在喉嚨裡哼著旋律。他閉著眼睛，昂著面龐，表情奇特，他哼出的旋律很優美。傾聽的兩個人在B唱完後拍手讚美他。B感到很羞怯，他是個十分喜歡別人稱讚的人。他頓時恢復了快樂。

A把餐點拿出來分配，在喫食間，無一不是感到愉快的。但是餐後，他們感到怠倦。A把眼睛閉上，頭部向後靠在樹幹上假寢，爲了避去B的注視的眼光，她也模仿A一樣地蓋上眼簾。B站立起來，離開他的位置他想在這座小山丘獨自做一次漫遊。

她和A因爲假寢的舉動，居然眞正地睡著了一會兒。

之後，三個人都把腳垂下那斷壁，併排坐在那裡，注視新路和靜靜的河床。河床是在昏睡的炎熱的陽光之下。這時，一個怪模怪樣的人騎著一部簡單的腳踏車，在眼前一切都彷彿要浮騰的大地上出現，景象酷肖舞臺上的小丑上場。那個男人，褐色臉上有一個大而且長的鼻子，頭上留著長頭髮，戴一頂法國式的軍帽，穿著白襯衫，外加一件深色的背心，腳上穿著一雙鮮紅色的皮鞋，褲管的尺碼很寬大。他們詫異於那整個西洋傳統化的裝扮的氣氛，會在這貧乏的異國出現。那個男人的表情彷彿一個頑皮而又諷刺的小丑，在那耀目的新路朝上對他們擠眼弄眉。他自新路的一端出現，腳踏車的速度很緩慢，目的是在表演，在另一端消失後又折轉回來，向他們三個人揮手，這樣戲弄了四五次，好像舞台上謝幕的演員，然後才歸於消失。

五

B帶著十分沉痛的心情追訴學生時代學校當局對學生所佈下的致命傷。他所說到的不只是他個人的特殊遭遇。學校中的怪行徑是到處皆是，尤其是那些教師們的人格。每一餐飯，每一個人都懷著極饑餓的心情走進餐廳。早餐距離昨天下午五點半的晚飯之間，有十三小時。每張餐桌坐著八個饑餓的少年，桌上只有兩盤菜和一盆清水湯。饑餓常常被那些污黑的菜色嚇阻。每天中午都有一盤已經發酸的油炸沙魚。每個月檢查一次身高體重，學生自動到衛生室自量，然後向級長報告填上表格。因爲一個男人沒有五十公斤是可恥的，有些人只好謊報。每月有一次，校長領著全體教師和學生聚餐，學生端坐在位置上，老師走進餐廳時掌聲如雷，校長最後進來時，掌聲歷五分鐘不止。拍掌聲打出節奏，學生們的臉上展著笑容。有一部分的住宿教師，每天早晨看見採買回來，走到廚房要廚夫割一塊肉給他帶走，廚夫同樣也會把好肉留下來自己食用。菜盤上稀少的幾塊肥肉，幾乎都是母豬的乳頭和咬不碎的韌肉。那些肉被煮成黑紫色，看不清楚，學生放在嘴巴咬幾日再從嘴裡吐出來。

操場有一百公尺筆直的跑道，表面鋪著一層廚房運來的煤屑。有一天黃昏，二個人同坐在一部舊腳踏車上。白晝只剩下最後的餘光，A加快了那部舊車的速度，那大概是那部車的最高速度，他們聽到了樓上窗口同學們的鼓勵聲，速度又加快起來，車子開始搖晃著急速前進，但是它還不斷地在加速之中，然後他們感覺好像突然駛進了陷阱，墜落了下來，車子粉碎了，人被拋在那堆折斷的鐵條的前面數碼的地面上。A和B躺在粗糙尖硬的跑道上，意識很清醒，但是沒有力量爬起來。太陽已經墜落，他們受傷了。大地在那一刻漆黑下來，非常黑暗，樓上窗口的人影消失了，只剩下受傷的人躺在不適的地面上微弱地顫動。

六

她靜靜坐在河岸楊柳陰影下面，A陪著她在旁邊。B走到河裡，在露出水面的石頭上走跳著。他到了對岸，把衣服脫下來掛在樹枝上。現在他赤裸地再走進水裡，仰躺下來，連頭髮都浸在水裡，她望著他白皙的胸脯像一面鏡子在那裡閃耀著，那些不斷的水流經過他然後流去。當他從水裡站起來向他們走過來時，她把洋傘打開擋住住眼睛。

B冷靜下來時是個可愛的人。可是他無時無刻不在顯露無法壓抑的憂鬱激情，過去生命被剝奪的權力，現在藉著可憐而脆弱的肉軀向周圍的一切實行搶奪。他企求一種絕對的同情事物；他是個暴君。世界再也不在乎多一個暴君的存在，世界再也不同情他們這些可憐蟲。世界讓他們成長也讓他們死亡，不再干涉。暴君是喪失個體絕對自由和獨立的人，是常會表現出偏狹的仁慈。可憐的B啊，一切都太遲了，當他誕生時，一切都成定局了。

七

一封快信握在B的手裡。這是一封父親由南鎮寄來的限時信，它一定經過了數次的轉寄才到B的手中，距離發信日期已經一個星期，信封已經佈滿縐紋。父親希望他務必在接到信後回南鎮家裡。父親說他是不在乎一個男人怎樣去設想和安排他的生活，可是母親顯然不同，她有許多消極的淚水，和念經似地懷念她的兒子。B向A和她表示晚上搭車由小鎮到北鎮，再接夜快車回南鎮。他們一起到鎮上一家餐館吃晚飯，吃過晚飯她回家去。B和A又回到草屋取行李。B向老太婆囑他再來。他們又趕到車站。從接到信到火車開行之間，B絕大部分保持沉默。B向老太婆告辭A表示小鎮平原十分樸實美麗，他斷定自己沒有機會再來小鎮。B希望A來南鎮，A對他頷首，但不能確定何時。然後又沉默無言。火車要開走時，他們握著手。A站在月臺上望著B坐在車廂座位端莊的表情，他們互相舉手揮了一下，又告沉寂下來。

八

在啓程的前一天，她與A在池塘樹下見面，向他表明她的意願。她說她快要窒息了。第二天下午二點鐘，A穿著一身潔素的服裝出現小鎮車站，他坐在候車室的條凳等候著。他雖然出生在小鎮，從小就跟隨父母居住在城市裡，所以認識他的人非常稀少。因爲沒有人來和他說話，他沉默地坐在那裡。快三點鐘的時候，他站起來靠近窗口觀望街道，陽光熾熱地照耀在街道上，一陣一陣風掃著被丟棄在道上的果皮和紙屑，沙石隨風升起，飛進道旁敞開的商店。他沒有發現她向車站走來。他走到售票口購買二張車票。旅客紛紛持票通過剪票口走進月臺。A倚立在車站大門口，眼睛注意著朝車站走來的人們和車輛。他猜疑她可能發生意外，但是她會在這數分鐘內趕到。他想他沒有理由獨自先走，火車已經停在月臺旁邊，他望著人們搶奪般地擠進車廂門口，她畢竟沒有如時趕到，他感到失望。他繼續在窗口凝望數分鐘讓火車開走，他才走進站長室去聲請退票。

除三點鐘的快車外，今天已經沒有類似的班車了。他不敢離開車站，恐怕他走開時，湊巧她到了車站，要是她到車站看不到他，她將做怎樣的猜想呢。她會以爲他已經先走了。因此A的活動範圍僅限於車站附近眼睛能夠看到車站門口窗戶的地方。他走進一家車站左近的冰果室，選擇一張可以望到車站門口的桌子坐下來，叫了一份水果。他一坐下來就感到焦躁不安，他吩咐女店員遞給他一份當天的報紙，他必須把報紙攤平在桌上俾可抬頭就看到車站。他試著看一篇短篇小說，是個很享盛名的作家的作品，但他看了開頭就放棄了。他翻閱新聞標題，但是今天的時勢令他感到乏味，他一點也不關心戰爭，同時也不計較戰爭。他又翻回來看那篇小說，看了數行後他又放棄了。他時而抬頭注意行人。他下決心要看完那篇小說，他不明白爲什麼他們要寫那些不符合現代心理學的東西，而且重提著那些腐朽的舊調。他終於放棄看報紙，把報紙推開。

他在冰果室坐了約一個鐘頭後走出來，他向車站走去，在候車室繞走一圈。她沒有來。爲什麼？他要繼續等下去嗎？太陽已經開始轉晦。街道的風沙似乎更大了。到底發生了什麼事？他是否應該到她的家裡去看個究竟。但他除了繼續等候，採取什麼行動都不好。他總是深怕他走開時她恰巧到了車站。

她是對的。昨天她和A分手後回家，檢點了幾件首飾和幾件準備帶走的衣服，但是她還是不敢把衣服放進皮箱裡。第二天下什二點多鐘，她才把衣服裝進皮箱裡，她提著皮箱走到門口，看見外面陽光普照，一時嚇住了，她領悟了一項道理，馬上退回屋子裡。白天太光亮，步出門外，人們很容易窺出行徑來。她重新把衣服由箱子裡拿出來，總之她不能搭三點鐘的快車和A離開小鎮。要離開必定要等到夜晚。那個賭鬼將整夜握著牌，非等到明天把錢都賭光了是不肯輕易離開的。她想到A，寫了一張小字條，跑到外面，招呼了一位在附近遊戲的男孩，請他跑到車站把字條交給A。她是對的，等候日落夜來再啓程。

九

兩個人相對交談許多瑣碎的事，在他們交往的日子中，從來沒有像今晚在車廂裡這樣誠懇相對。他們雖各自警覺但儘量使對方了解。他們的年齡是如此懸殊，各自的束縛很深。A沒有經驗，沒有試鍊，一切觀點幼稚而又脫離現實。書本的知識在生活面前露出脆弱和無能。但是他的本質在將來的日子會顯出無比優美和動人的美德。A將獻出現代人所喪失的勤勞和恆久不渝的情操。

火車抵達北鎮已經凌晨時分，她已不再太堅持到北鎮後分手。她原想繼續南下旅行或做些什麼事，但那時沒有任何班次的火車可乘，所以她同意他到旅社去休息。在這北鎮大城市裡的凌晨時分，街道十分迷人，瀰漫著薄霧，行人稀少且不像眞實。透過霧氣的星光，使她感覺星星們與人類的接近。世界是如此廣蔓和偉大，兩個人第一次因爲涼爽的氣溫和陌生的地形，因爲疲倦而結合一起。

十

他們在床上醒來，已經錯過了七點鐘的那班火車。他們誰也不在乎是否趕得上那班車。A已經不同於過去，只有片刻，情狀有如隔世，他在那突然之中把自己提昇到與她甚或一切人們相同的世界，在這個世界裡他不再是個男孩。他已經開始知道義務的迫切性和神聖的一面。什後他們才搭車往南鎮，A想在北鎮訪問他的父母的事已經擱置腦後。但至此，當他們雙雙踏上了旅程，他們才共同領會到被攫捉的恐懼。他們隨時都會感覺那個追捕他們的人近在眉睫。那個人以各種形式出現，雖是清楚將有一天會被逮捕，但他們還是啓程奔逃，以抗命運。

十一

誰都不預先清楚新埔是個怎樣的市鎮。其實它談不上是鎮或鄉，僅僅是個村落而已。火車抵達了這一站，從車廂走下來的只有五六個人。最初的一眼瞥望車站那所屋子，它看起來很低矮像個住家。房子用木材和黑瓦建造，屋簷很低垂，像個戴鴨嘴帽的頭。房子周圍很樸素，整潔和乾淨，越過這一小塊環境，四面都呈現著乾淨和荒涼，山很靠近，土地上充滿一處一處的沙丘，樹木參差不齊。走出車站，展現在前面有一條雙排尤加利樹庇蔭的道路，那是一條泥土、沙和石頭混合的乾枯的路。舉目眺望全村，住屋非常的零散，顯然也沒有聚集在一起的商店和市場。他們三個人在村落上兜轉著，尋找不到一處可投宿的地方。他們只好再折回到車站。這時是日落前幾小時的時光，他們的疲困的眼睛穿過密疏不均的木麻黃樹的間隙，看到澄藍的海洋，並且發現在海灘的一處聚集著拉網的一群人。

當他們走近海灘（並非想去擁抱那些高大的木麻黃樹幹），他們心中帶著無奈的欣喜。木麻樹的確很粗大，它們投下一塊塊的陰涼在沙上。他們只得暫時靠在樹幹坐在沙地上歇息。他們一動也不動地把眼睛投在捕魚的人們；他們彷彿被倒在模型槽內的石膏很快凝固了。在沙灘上，太陽的光線依然還很猛烈，直接地照射在男人和小孩的赤背上，被曬成銅色的皮膚比金黃的沙更深，黑色的頭髮常常閃著珠子的光芒，射進樹下他們半開的眼眶內。這時他們的眼睛才會眨動一下。他們還活著。沙灘上還有大部分的婦女在拉網，身體慢慢仰後退步走。海浪很規律地一次又一次拍擊一隻擱淺在水邊的木船。

他們一整天都未進過食物，在車廂裡三個人曾共用了一杯開水。在這之前，他們四處潛逃逃避一個魔鬼一般的人物的追蹤。命運又促使他們三個在一起。現在他們靜靜地在樹下坐著觀看，和思索。在心底處有一共同的感覺；就是對絕望的默然。這一切都是他們的自選，不咀咒也不加以歌頌，完全是對憂鬱的更好和對教律的反抗。

然後太陽漸漸地下降，陽光也使海灘的景致改變，天空和海洋也由單調變幻爲富麗。現在是黃昏了，接近遠處水平線，上方的那個紅球，可以注視它半秒鐘。可以斷定捕魚的人們是這個村落的大部分人。他們由海水裡收起魚網，再把魚網鋪在沙灘上晾乾。當他們成群結隊由這三個人身旁走過時，本來掛在口中的談話突然沉靜下來，用著懷疑的眼光看著他們。這三個人靜靜不動地坐著，只用耳朵諦聽他們的腳步聲漸漸遠去。

現在只有潮汐的聲音可以聽到，每隔幾小時有一班火車到了車站又離去。車輪的聲音使他們想到辛苦艱難的旅程。A和B在漲潮時把身體浸在海水裡，然後躺在沙上睡覺。而她一直坐著，沉默地眺望灰色的海景。

當二個男人醒來時，她還在樹下坐著。太陽光再一次由東方上升。昨天太陽在他們的面前垂落，今天它由他們的背面升起。地球是圓的，一個球環繞著另一個球。海灘在晨曦中非常寧靜和平蔓。最初木麻的樹影塗蓋著海灘，然後，樹影漸漸縮短。對於這個世界，歉意和疲倦的感覺混合在一起。在金黃色的海灘和澄藍的海水上方，他們那呆遲的眼睛看見一座懸吊在空中的城樓。

他們第二次看到那個似曾相識的古怪的男人立在城堡前的一座小山丘上，已經沒有那身紅鞋軍帽的裝束，他改穿著絲綢的襯衣和窄腿的長褲，髮尖垂貼在前額上，腳套著一雙船形的軟鞋，他的雙臂展開，開放著粗曳宏大的歌喉唱著。

然後那個人和那座城堡像一張畫片一樣，畫被人從一角迅速地撕去。他們的耳朵所灌滿的歌聲爲零碎的語聲替代，那些昨天捕魚的人們的腳步再從他們身旁經過。A站起來向其中的一位長者乞討水喝，隨即B也站起來。A端一碗水給靜靜坐著的她，她飲下了些水後，臉上現出一種新生似的甜美微笑。

十二

站在講壇上是一件大痛苦，對純樸的人性來說。站在講壇上唯一的目的是想贏得對方，想在對方面前顯示權威，命令對方絕對服從。文明的制度啊，它建造得像一座巨大的城堡，或塑造得像是一位巨人，但是在純樸的眞實人生面前，巨大的城堡和巨人都將隨時間倒塌和退縮。將軍和小孩對峙著，但是將軍因自慚而倒退，留下了小孩。而英雄主義是內心的消極和空虛……

十三

B和她跟隨在遊行的人群的邊側，在民俗鬼節那天晚上。那是一個歡樂和顫慄的隊伍，抬著花燈，水燈船，奇異的螺聲和鼓樂，由一群穿黑衣裳的人吹奏著。隊伍先在鄉道上遊行，放著嗜殺般的鞭炮，然後到了海灘，樂聲吹奏到最高潮，他們把水燈船放在漲潮的海水裡，推送著它向海中盪去。月光照著沙灘和海洋，照著站在水燈船舷邊的紙人。它們像浩蕩的船隊向幽暗的海洋漂盪而去。

海灘沉靜下來了，只留了B和她在樹幹間慢慢踱步，他突然擁她入懷，而且吻著她。他心中要這樣做是爲一項對將來的決定：他必須和A以及她分手，讓她和A成爲一對愛侶。他曾經想和他的好友做一番殊死的爭奪，從A處搶奪她。但是許多時日以來，他心中已經達到了這樣的確定；她與A在現實生活更是互爲依靠的一對。他以爲愛慾的爭戰毫無意義。是要他殺死A，其結果也將使自身導入瘋狂。

十四

B在家裡度過了數月外表平靜而內心十分憂悶的生活。白天他幫助父親做事，黃昏以後他儘量去排遣，把那一段在一天中最富騷亂的時刻打發掉。他到城中心去看電影，每天都去看一部片。他除了看電影外就沒有其他的嗜好了。他不喝酒也不吸煙，他也不去找昔日的朋友。尤其後者他心裡總是找到某些理由讓自己相信再和成年以前的遊伴相處廝混是一件可笑的事。無疑他已經把自己當爲成人。他甚至害怕在街道上遇到中學年代喜歡結群打架的朋友。他們變成怎麼樣，他一點也不關心，要是他聽到其中的某一位當了經理，有無數的錢財，或者某一人入獄，他同樣抱著極大的蔑視走開。他避免談論舊事。但他心中不免自責自己今天如此低卑的境遇。他避免空閒下來使自己沉溺於沉思，但是他並不是沒有這樣的時刻。越想避免就越會造成這種相逕的狀況。事實上，他恐懼在日常生活中因煩悶而陷於不良的嗜好，那麼他除做事看戲以外就只能去沉思了。他沒有辦法不想到最近數年自己的所做所為。這是他心地善良的地方。他靦腆於一切會產生情感的事物。他可以說又憂鬱又寂寞。

他看完電影後一直沿人行道散步回家，離開市區，有一段長路十分黑暗，路旁種有高大的樹木，他一面走一面把電影的情節回憶一遍。是的，那些特別氣氛的段落總是像自身發生過的事物。他像一隻寂寞的狼，走在坎坷黑漆的道路上，垂著頭顱，而四周全是荒漠。他已經不再像往日一樣熱中於繪畫創作。當他閒空下來，就像一個得了瞌睡症而懶散的病人。他把所有留下來的作品拿出來一張張燒燬。他蹲在火爐旁邊，把每一張紙端詳約數分鐘才丟進火燄裡。他對自己的創作沒有信心，看不出有特別富意義的使命感。那一大捲速寫的風景和人像作品，只有使他對那種平庸的觀察力嘲笑一番。他想不出自己有藝術家的那種不平凡天分，無論他怎樣寬容他自己。他越想越感到自己平凡和庸俗。首先他在自省中自覺自己沒有永恆的耐持力，他自己不否認有點小聰明，但是他同時感到那點聰明是為了自私而產生。他觀察父親那種隨和的處世性格，這一點無疑也流貫他的全身。他終於憑這一點有了重大的發現，他早年的乖戾僅僅是為了反抗，當時幼稚的觀念使他對那種持重的哲學感到可恥。他甚至在當時憎恨父親沒有照顧培養他。現在他自己不知不覺已經漸漸傾向於父親的那一種性格。他開始不再幻想，或意圖做驚訝別人的舉動。他像一條分歧出去的小河，終於又和大河匯在一起。

他想把一件事做好並不是不可能，他的能力應付日常事物非常自如。他發現抱持機械論非常可以適應暫短的一生，而不必自討苦吃。過去當他自由自如地在各地漫遊時，他沒有善惡的觀念。現在他自已像法典一樣也能分出那些事是對，那些事是錯。他甚至已經承認精神和肉體沒有辦法求得統一，認得內在和外在是兩個衝突的敵人。他深以爲人必須做抉擇，走一條單純的路。個人必須隨大衆的潮流走，逆流是沒有意義的。他常提醒自己現在已經是民主的時代了。他以爲人不値得單獨抱持自已的觀念，那是過去的時代，聖徒行爲的風尙。總之，他不贊成肉身去接受意志的命令，隨自由意志去做一切事，這是瘋狂，把精神與肉體徹底分開，是唯一生存的佳徑。現在他變得理智起來了，他奉理性爲唯一至高的德性。他對熱情的表現感到可恥。發現自己居住在家裡感到特別舒適，一個富裕而平靜的家庭是非常令人滿意的。他接受母親的請求，星期日一定和全家去禮拜堂，晚上他減少外出，假如是出去看電影，回家一定乘車不再步行。他重新開始在閒空時做些運動，而不喜歡操勞的工作。他認爲前者可以鬆懈神經，獲得愉悅，而後者只有造成煩怨。他不再有其他與倫常相悖的幻想，他甚至對將來的生活有點兒計劃。他接待別人總是掛著笑容，他洽辦的事一定講求功利，他的外表經常是十分潔淨，雖然沒有太大的裝飾，但是領帶是一定要掛的。認識他的人，甚至是自已的父親都重新予以新的估價。人家說他有點他父親的風度。他的健康一直保持得很好，已經有點發胖的跡象，與他的父親的體型越來越像。他辦事是有點小技巧，他講求公正和合理的原則。他喜於考察事物的是非。在家庭裡非常敬重雙親，絕不隨便言笑。他所表現出來的莊重態度是異常明顯的。他開始喜歡讀古詩，臨帖古今書法家的字跡，每天抽出一小時練毛筆字，不久已經把字體寫得端正有力。相反的，他不喜歡現代的東西，他認爲現代的藝術文學都不成熟。有一天，他接到應召入伍的通知書他整裝高高興興地前往報到。

在訓練中心，他艱苦地生活了八星期。他心裡埋怨這個地方，但是他決不會把不滿意顯露出來。最大的痛苦並不是那些緊張的操練，而是他的年齡和學識實在難能和那些剛由中學畢業的幼稚青年求得和諧。他們對不能求得的事物都加以卑劣般的嘲弄，他們誇飾自己的外表以便掩藏內在的空虛。B努力把自己的一切都加以掩蓋，做得跟他們一樣，B謹愼而理智，對這種不良環境懂得自處。

他的謹愼完全得自內心的樂觀，他的眼光已經能夠觀注到未來，認爲一個比較光燦快樂的生活將從不久之後開始，所以他値得如何忍耐跟前的屈辱。他在新兵訓練中心的一切辛苦的操練都能和一群精力充沛的蠻牛相比，關於此點，他頗得自信。唯一遺憾的事，他本想贏得射擊的高分，結果卻沒有得到。八星期像一陣勁風掃來時很難受，但也很快地掃過去了。

他本質上是個富於思想的人，他比一般常人聰明些。結訓後的五天假日中，他獨自躲在一個鄉下的旅店裡，一位嬌滴風趣的妓女日夜陪著他。這是他生平第一次這樣做，也是第一次願意出高價錢去買得這份樂趣，他內心沒有半點苦悶和消極的情緒，他完全是爲了自己個人生理的理由決定了做這件事。他藉此來試驗他未來的生活。他們在黃昏的樹林中野餐，在夜中散步。可是他不會像詩人藝術家一樣從此對她不渝地傾述激情，他在冷靜的理性的促使下愉快地結束了這一次的假期。

甜蜜而沒有痛苦是他對未來抱持的信條。假日那一次機會使他證明理性是一切個人達到目的的唯一依恃的原則。和A分手之前，他是太痛苦又太寂寞了。他深得這份教訓。高貴的情操對他已經不甚重要。而且對他來說，生命太短促，他認爲機會甚少。想做一個聖人不是他的理想，要達到那種地步的途徑的代價太艱鉅，即使捐一生也不能得到。他意求建立一個小的愉快享樂的王國，這個王國範圍僅限於一個家庭。

十五

她和A不斷地從那個人的嚴密的監視中攜手逃奔出來，當那個人同樣地在四處再擄獲她之後。那個人因爲她的背叛，已經變成一個沒有內在生命的空殼，他想霸佔的也是一個外表完好的空殼。她是越來越美麗豐腴，像一朵盛開中的牡丹。那個人掌握了法律有力的一面，否定了她的逑離。他堅持他和她還有未盡的感情，除非他死亡，否則將永不會放棄對她的佔有。這是在習俗生活中的慘劇，法律以硬板的態度支持了習俗。人的命運竟然屈從法律腐朽的內容。A和她像古代的英雄和劫難的美人，由一個鎭流蕩到另一個鎭。而那個人像一隻瘋狂不知疲乏的獵狗，四處佈滿著偵網，當他們稍稍歇息下來喘息，他便不期然而至，把她重新索回。那個人常常突然站立在她和A面前，像鷹鷲降臨，翅膀的陰翳壓蓋一切，使她和A慌張縮成一團。當那個人帶她離去時，也把一切捲走，像一個強盜揚塵而去。而A此時在千軍萬馬包圍之中，已像個雛雞一般退縮一旁，慘痛地看他把一切全都捲去。經過一段時日，A才能恢復精神乘著那巨魔不備，又潛回他的巢窩偕她同奔。A堅持眞理又恐懼強權。在男女兩性中，女性是唯一的智者，她是自然的大部分，她懂得自生自滅而不必有原則，呵，就是雄性不在，雌者亦能單性生殖。

十六

當A和她經過長途跋涉抵達B的家門時（他們已尋找多時了），B和他的妻子正在整理行裝準備去做短小的旅行。看見他們突然抵臨的確感到十分意外，但是現在對他有何影響呢？目前除了自己私有應做的事外，他再也沒有餘力去兼顧其他的事物。他以沉定的態度接待他們，他的內心正在做著一番盤算。然論如何，明天的旅行是不能因此打消的。他完全明白他們現在投靠過來是走投無路了，以幾年前那種逃避的方式生活，現在看起來終於帶給他們空前無比的疲乏，而且還會繼續加深這種疲乏。從表面看，他們是完全的失敗。A消瘦了很多，像曬多了陽光。她則依然如故，看來也馬上要如花般萎謝。他有些厭惡這樣的匹配，A現在的相貌，令他由衷地厭惡，他常在洗澡時由鏡中觀看自己，對自己白皙肥胖的身膚感到很滿意。

不到五分鐘，A即懊悔這一次的來訪。他不得不壓抑馬上告辭的意願。四個人坐在那裡，彷彿對峙敵視的四隻動物，互相銳利地觀察對方且保持自身的謹慎。這完全是兩個男人間的私事。他們從屋裡出來，在下著雨的街道上走著，B撐傘，兩個男人並肩走在一起。兩個人互詢著從分手到現在這一段時光所發生的事。他們想藉談話來探索對方有多少誠意。A把自己艱辛的生活說得很淡然，的確，他不知道要怎樣來說出所發生的事。B相反的，他能說出自己怎樣認識一個女子和最後結婚，這整個過程生動有趣的事。就是他想隱瞞某些事實時，他能以一個令對方完全相信的杜撰故事來替代。他們不知不覺在雨中撐傘走了約一小時，回到家裡之前，在商店買了兩隻烤雞。

看見烤雞，令兩個女人喜色外露。B一時內心突然充滿了冷酷的憤世嫉俗的感想；在這一刻，看見他們喜色外露的怪樣，不但憎惡眼前的三個人，甚而推而憎惡全世界的人。他常常內心抱著懷疑但又不能不承認所謂人生的目的的單純，尤其是看見人們在他的面前顯露了那種樂而忘憂的模樣。晚餐正式開始。才稍稍改變了各人間僵持的不自然的窘狀。因爲吃，是眞正地進入了樂而忘憂的地步。眞的，到現在確認自己的立場已經不會感到慚疚。誰都沒有虧欠誰。從此刻開始，假如還有所謂友誼的話，那是完全要聽命理智來做安排，那種忘我的熱情已經消褪，人與人之間不能交通已是完全確定的事實。他們開始飲酒說笑，儘管搬弄出怪誕來。

十七

B和他的妻子大清早即已動身旅行去。當A和她醒來時桌上留有紙條和鈔票。昨夜的餐食和歡笑已經過去，顯得早晨特別的頹喪。A這時才眞正看懂屋裡的佈置，藉著幾個小件的華麗巧飾，顯出其含蓄而憂傷的特性。A不斷地注視和思索那些被懸吊在天花板一角的小金星，和一張貼在牆壁上用蠟筆彩色的聖母像。他不得不承認B在另一個世界的合法存在，這一個世界是B經由艱辛的努力以及無比的果斷力得來的。他和她把門窗關上，走出門口，把門小心的鎖上。

他和她步上了一部開往未來的汽車，在這個不可逆料的旅程，這一次應該比前一次更加堅定——他們會活下去——心目中唯一的可信的依託經由這一次訪問已經把它切斷了。世界除了自我，再也沒有任何可依靠的事物。而且有一個信念是逐漸明晰起來的：那就是命運的自決。汽車在一條曲折的道路行駛，他和她憑窗凝望天空中一隻單獨飛翔的紙鳶。那隻紙鳶發出彈弓的鳴聲，他們不知道誰會在此時（不宜的季節）放飛風箏。汽車經過一片田野，他和她終於看到那個在暮色下站在田徑放風箏的人。他的衣著破舊和古板，戴著一頂斜側的布帽壓遮著右眼。A告訴她，那個人是他們相識的人，他是個神秘而古怪的人物，曾經在新路上騎車和海市蜃樓的草地唱歌。那時他們是和B在一起的。

木塊

——一切都準備好了，想贏得自由，在這座城市是斷不能實現的；

在屋子裡，他依然穿著抵禦風寒的夾克，把雙手插進斜側在兩旁的袋子裏。除了看書寫信，他也喜歡靜靜地在這起居間徘徊踱步。他不肯讓孩子們上樓來騷擾他。這是他個人獨據的房間。雖然如此，他的身體的重量整個貼靠在牆壁上，低垂著那顆名譽卓然的頭顱，整個早晨被一封意外來到的訃信所紛擾。這也是他本想外出約會而現在還被留在屋子裡的原因。他一點兒也不知道自己是癱靠在那隻古式的掛鐘的下面，有一隻耳朵和響出嘀噠的鐘擺僅只七寸距離。

似乎他是在流眼淚，並且發出低低的嗚咽，從這表現上，他似乎還是一個脆弱的稚童，但是他在這座城市裡擁有許多令人羨慕的事物，他是少數的權威之一，他早已告別了憂鬱的衝動的年輕時代了。這間起居室所陳設的家具和飾物都可明顯地看出他那莊嚴的霸道的高尚嗜好來。

壁爐的火燄今早只燃燒了那張符咒般的硬質訃聞卡。那張白卡在點燃時由木塊的上面滾落在角落，現在它捲曲成一個小件的，銀黑的雕塑物，如藝術品般猙獰地豎在那裡。

他似乎失落了他一生中最珍貴的事物。他那嗚咽聲彷佛在低唱著一件早已被他推翻的往事。

當他獨自在小鎭一所學校的教室裡，右手的拇指和食指夾住鼻梁，跌坐在一張靠背椅，由有限的空間偶然注視到一架電子風琴貼靠著一片藍色的牆壁，它像是一隻靜靜地等候在那裡的怪獸，渺小而孤獨。在那個空間裡，事物不依眞實而存在。課桌看起來比電子風琴大，而他的那雙擱架在桌上的赤腳更凌越了他們。可是那片牆壁，像襯著星星月亮的天空，卻在最後凌越了所有一切。自此他斷然離開那小鎭，因爲事物並不全都遠小近大。這種順序是感官的，全屬是荒謬的構成，而感官是無神的，它肯定死亡。

突然他被一塊最能吸引眼睛的紅色所震懾，就在他抬起頭顱的同時，他似乎驚醒而勃然暴怒。他發覺自己赤裸般地暴露給外面的世界，經由一扇落地窗。誰會在他不知不覺中拉開了窗簾？落地窗逐露一副最爲他平時忽略的實際的冬天景色。在最近涼臺的枯枝與朦朧的遠山之間，一位依憑在對面一扇敞開的門邊的女人正在盯著他。那似乎是打著訊號的紅衣和臉上勾魅的陰影使他殘喘不安，耳朵頓時聽到鐘擺的響聲，有如他依貼著一口巨鐘。他迅速逃離那面牆壁，坐到一張迎面的沙發椅裡。

他暫時躲避在那張高背的沙發中，與壁爐的火燄相對。現在他看起來膽怯而萎縮。當他擺出這種姿態在這間莊嚴幽暗的起居間，不敢動彈地縮收在沙發椅裡的時候，他看起來十分可憐，彷彿一隻被追捕的蟹物，收了牠的腳躲藏在石塊的隙間。

那些爲他擁有的事物會變得像是單薄的布景，或像是他（這隻蟹物）噴出的泡沫的幻象一樣襯著他。在這一刻，他像是追隨理念的運動員，卻突然攀不牢那整個轉動不息的巨輪的把柄，而跌落在失去了重心的空間。

他要是想到這整個的舉措，會感到諷刺的滋味。事件本身已經過去了，他應該站起來再去履行那約會。可是他謹慎的省悟使他麻痺了。他感覺到周圍似乎佈滿了同一個盯著他的人。他不敢抬頭去注視，甚至不敢喊他的僕人來趕走這些人。整個起居室像照相機的暗箱，由那個拉開了窗簾的落地窗映進了那幅冬景。

一面與掛鐘同壁的壁鐘，它映出那個落地窗的中央部分，只有把天空和涼臺的影像切除，同樣的畫面又發現在一架鋼琴的光滑箱板上。而這間起居室的家具物品外表全都光滑而晶亮，那幅冬景就這樣熱鬧地互相傳映了起來，總是灰藍之中點著紅塊。他剛一抬頭便被壁爐架上面周圍鑲著貝殼的小圓鏡的人物嚇了一跳。

他雙手握著一枝獵槍走到落地窗邊，藉著布幕掩遮了身體。屋子裡已經恢復到寂靜，連那口古式掛鐘也已散碎在地板上，那根白銀鑄成的鐘擺，在暴亂過程中獨自跳往一張砍截了一角的茶几上，像一條被吃盡了肉的魚骨。他在最後去消滅他的敵人之前，用一把利斧毀盡了滿室的同謀。一切的門都已鎖上，壁爐的火燄開始引燃了那些家具的殘肢。從打開的縫隙，他伸出了槍筒。

這時那番往事又引進了他的腦中，當他閉起一隻眼睛，把腮貼在槍把上時。在這個他所能用眼看到的空間裡，事物同樣不依貞實而存在。這種荒謬的順序和全然順應感官的生活又同樣使他厭責起來了。這座城市和廣大的世界去比較不啻就是一陋鄉僻壤罷了。

如同在那個小鎮，個人是異常大而明顯的目標，不能像蟲蟻一樣渺小得看不出隱衷。是的，隨時隨地都將有人盯視他而把秘密洩漏。一切都準備好了，想贏得自由，在這座城市是斷不能實現的；他唯一在最後一刻可做的便是毀滅；要是動亂起來的星星月亮不能拆散天空，人的醜惡也不能染污死亡。

訪問

一

女傭領著他走進客廳，在這個明亮的早晨，這偌大的客廳無人坐在那裡。「等著，」那位女傭對他說。「市長在吃早飯。」他不是第一次來此地，當杜米還在的時候，他常常隨杜米到這裡來。客廳那時有一架鋼琴，杜米是個優秀的彈奏者。那時客廳是另一種模樣。這兩年中，這所房子是整個修過了，客廳當然有新的陳設。他走進門戶第一眼便尋找那架鋼琴，它還在客廳裡，眞是感謝天地。但是那個位置不對，它設置在那裡便不適於彈奏，像是為裝飾而堆在一個陰暗的角落，那件罩衣像是從來未曾翻過，這鋼琴成為一盆小仙人掌的座墊。這個家族，除了杜米，沒有人對音樂感到興趣。現在這客廳是配合杜家的榮顯裝飾的，這時那女傭因房子裡有人在了，才去拉開那些在四面八方圍護的窗簾。當外面的光亮伸進了這室的角落時，他馬上覺得他像身在無遮避的曠野，有一種過分明亮所刺激的不安。他往電源開關的牆壁走去，那位女傭馬上阻止他，「我來關掉它們，」她說著從另一邊牆壁走到那一邊牆壁，連續把一排白色的按鈕有序地由上按下。她的教養這時吸引他去詳細地凝視她。她的特點是端莊和冷漠，面容所存在的表情不是對工作的怨煩而是天性自然的扮演，整個迷惑他的是她的一種無罪的虛僞。她的身姿是介於高貴和粗獷之間。無疑的，她在市長的訪客來時出來招待要比任何人都更能嚇阻他們的輕佻。她使他們產生許多神秘的想像。而這些想像決不可能是實在；僅僅是發自他們那種羨慕的心理的假設。這時他自屋子的中央折返到沙發僅有數秒的時間，馬上讓他有種會顯露他也有此類想像的危機，因爲他看到她行走這個客廳的每一部分，拿著一塊潔白的擦布正在撫摸那些家具，她在他那舒適的休息中看來猶如是一個特意表演的角色，使他的意志集中在她的身上。那塊擦布，無論如何，經過多次的使用依然是潔白的。當她的擦拭對象轉換到那些由數組組成的衆多的沙發時，他的不安達到了頂峰而不得不站起來走到一排龐大的書架前面。這一次，她沒有阻止他的行動自由。假如她開口說：「請坐，我不會干預到你。」的時候，他將如何舉動呢？他會重新坐下來還是回答她一句話，或走到書架前面呢？他實在不能他確定會如何。而最大的可能是服從她的命令坐下然後又隨自己的意志站起來走到書架前面。但是那位女傭什麼也沒有說，反而在隔了一刻後才這樣說：

「有一半以上是杜米的藏書，昔時是被稱爲浪費。」他想他是漸漸會被她控制著而更加困窘。

「我完全認識那些是杜米的，那些不是。」

「數年前你和杜米在客廳裡完全還是個孩子。」

她是想由輕蔑之路來挑逗他。他轉過頭來注視她。

「妳看來像是從未再改變。」

「我老了，你不知道？」

「妳實在是更加年輕了。」

她馬上阻止對方，停止這個爭執，因爲情勢顯示他站在優勢。他沉默下來，在書架前面橫走了數步，突然眼睛停在一個米色的紙匣上，他非常熟悉這個紙匣中所藏的本子。

「爲什麼杜米的日記也擺在這裡？」

「市長認爲沒有什麼可保密的。」

「我相信妳一定看過這些日記。」

「不錯，我喜歡杜米。」

「妳喜歡他那一點？」

「他溫柔、聰明，像一個女孩子。」

「他不是這樣的。」

「假如杜米是女孩，他不會自殺。」

但杜米決不是個女孩的爭辯是無用的，她的擦拭工作做完了，便消失在一扇門裡，把他單獨留下來。

二

頃刻，她自另外的一扇門進來，幾乎嚇壞了他。他正想拿杜米的日記回到沙發裡去閱讀，因此他在舉步轉身的當口強阻住自己，依然留在書架的前面。她當做沒有瞧見他，直往茶几走來並放下了一杯茶。他希望她快離開客廳，不要把他當做重要的客人招待，陪他留在客廳裡。她的確把他看做一個熟人，因此毫無顧忌地留坐在沙發裡，並沒有遵照放下茶杯後退出客廳的規矩。那麼她坐下來是因爲他是杜米的朋友準備和他談談杜米。不是的，她是坐下來趁這個空閒的時候看當天的報紙。他無論如何回不到沙發來歇息了。他也沒有興趣去看那些衆多的書籍。杜米的日記放回原位，他只好踱到窗邊去看庭院的花圃和青綠的草地。她說：

「你關心時勢嗎？」

「不關心。」

「這一家的人連三歲的小孩都非常關心。」

「我當然不能避免。」她又說。

「有時我關心一點點。」他說。

「那一點點是什麼？」

「譬如我對登陸月球感到興奮，但對越南大戰就不關心。」

「我正相反，登月的事太不可思議，太遙遠。」

「許多人因爲越戰指責美國，因此登月的壯舉也失去了光采。」

「但是最怕的還有一種。」

「那一種卻被人稱爲最佳的一種。」

這一次他自己不明白爲何要受她友誼的招喚而談起來。當他轉身往沙發走來時，突然他瞥望到她的座位上方，掛在牆壁的一座大鐘停止了行走。她看到他疑惑的神色，放下了報紙站起來。一股恐懼注入他心中。她從注意壁鐘處轉回來注視他，她的臉像受到幽魂的威嚇變得非常蒼白，因此她那平行的雙唇垂掛了下來，眼睛露出冷惡的光芒。他被她的目光止步在客廳的中央，未敢向前踏跨一步。瞬間她又恢復了常態。她那正常的、端莊的姿容此刻更加勾魔著他，使他對自己的某種意圖恐懼起來。「它有時在深夜會自動停止，」她說。「我爲什麼在今早沒有發現它已經停了，要是被市長察覺這口鐘停止的話……總之，我必須趁他未見之前把它開動。」她說完走到帷幕後面搬出二張高腳的圓凳。他依然站在那裡不敢輕舉妄動，這是一件常見的事情，在此刻卻令他提心吊膽。她並不理睬或解除他的僵態，只顧將二隻凳子上下相疊，然後才轉回請求他的幫助。

「杜米常常幫助我調整這口鐘，難道你不願助我？」他心裡這樣狂喚著：「助妳？」他心中突有一新的靈感，相信一件事實是出於共謀。

「我……我不知怎樣來幫助妳？我不懂得怎樣調動它。」

「那當然不是你會做的事，我要杜米做的只是扶住我，使我不致從凳上跌下來。」

他想，這個女人居然常常把杜米從鋼琴前叫來助她調鐘。

「但是……」

他不能往下說。她笑了起來，她完全明瞭他的躊躇不前是因爲她穿裙子而不是穿褲子。

「走過來，」她對他招手，「這不算什麼呀，我的孩子也有你那麼高。」

當他跨前兩步，她同時走過來熱烈般地捉住他的手，拖他到牆邊。「扶住這兩張凳子。」她說。她的腳踩在沙發上面，然後抱著被他穩穩按住的凳子，移腳登上。他抬頭看她是否站穩，在他的視界裡只見到她赤裸的腿。她站得挺直，那兩根白柱便越發壯麗。他馬上低下他的頭。

「扶穩！」她叫著。

他低下頭移開視線，她的身體便在凳上搖晃著，證明是他的雙手失去維持平衡，因此他不能不確信此時的眼睛用來做調整平衡的信號。他迅速地將頭再度仰望，他的神志開始游離起來，這種機遇的可憎也同時在心中滋長起來。

市長自一扇門走進客廳，他咳嗽一聲以警告客廳裡的人他剛蒞臨，當他親眼目睹牆壁邊的兩個男女的醜行時，他迅速地，甚至是一種驚跳而彈射般地自凳邊走開一步，就在這同時那女傭自安穩的凳上自行墜落，她的扮演完全像是扶持已失去了平衡墜下的。她的勇敢是經過長期裝扮的結果。就是事實上她是個貞婦的話，她的從容冷靜的外表也讓人猜疑她和風流倜儻的市長有奇妙的關係。但她從凳上跌落的舉動眞是出乎他和市長兩人的意料。對市長而言她未曾有過絕然的犧牲的表現，他以爲這幕戲劇將因他的出面干涉而中途廢止。對另一個而言，他只有恐懼而毫無預測將來的能力。對她來說，在任何情況、任何時刻、任何地點，都必須假戲眞演。兩個男人不約而同地奔到她墜落的地點，但是一切都太遲了，她因疼痛失去了知覺，她的臀骨，因這一重跌可能碎裂了。市長折回桌邊打電話給市立醫院，五分鐘後救護車已到了大門口，一位醫生和兩位男護士用擔架將她抬進車廂裡，馬上呼嘯而去。

三

「我非常抱歉，」他說。市長卻這樣想：你只是個傻子，什麼也不知道。「我們到車子裡去談談。」市長對他說。但是有什麼可說的呢？他的魂魄未定，原是爲了前來問候失子之痛的市長，看到他猶如平日那樣旺盛的精神，自己反而因此蒙上了無比的懼慮。剛結束的那一幕使他至此還感手足失措。他呆若木雞與市長並列坐在後座，司機依照市長的吩咐往街道行駛。「我一點也不會責怪你，你最好放鬆一些。」市長試圖拍拍他的肩膀，讓他有點笑容轉過來對他。他的臉上於是乎掛著一股強笑，把視線稍移些角度。

「這些街道和數年前是大不相同了。」市長又說。

「都是你的功勞。」他恭維市長說。

「你是不是一個贊同我的市民？」

「我是。」他輕輕地且有點膽寒地說。

「我來對你說些我的計劃。」市長說。「我的目標是美化這個城市，從一片骯髒之中拯救出來，使它成爲一個大城，一個繁榮的中心。」

今天市長的工作在早晨是去主持西區十字路口一座銅像的揭幕禮剪綵。現在車子是向那個地站行駛。的確啊，他是個能幹的市長，一任一任地做下去，市民都擁護他。誹謗的叫聲和控告也一件一件地對他攻擊。他的敵手從四面八方來，但他顯得鎮定，未曾動搖或哀叫。在市議會裡他一個人抵擋百人的攻擊，他的演說非常文雅，完全顯出他早年留學所獲的機智和才能。在民主社會裡，一切事務的解決全賴辯論。他的功績是近代這個新興的城市最顯赫的一位市長。

當他想到人類的貢獻上，市長也是個偉人時，他側過臉對他的側面注目一眼，市長戴著眼鏡，黝黑的膚色在車廂的陰影與外面陽光的對比之下，像青銅的塑像一樣有力和堅硬，在搖擺的車子裡豎立不動，臉上的曲線與鎮定不動的眼光難以斷定他內在的一切。關於報上渲染他喪子的事，他並不想加以更糟的解釋，現在與杜米的朋友同處也顯不出他有特別傷感的的地方，從他身上表現出來的是全然的反自然現象。這時他意外發現市長的左耳下方有一塊痊癒的疤痕，像是皮肉一度曾被縫補，彷彿一座翻模不愼的銅像，在那缺口的地方加以補綴以免露出裡面的室洞。

車子突然轉彎，他轉回視線，由窗玻璃看到百公尺遠的十字路口充滿了站立等候著的人群。一塊綢緞的素布護蓋著那尊凸在中央的塑像。「聽我說，孩子，」市長告訴他。「剪綵完畢。我希望你還留在車子裡，我要你陪我一道吃午飯。」市長的語聲震盪著他，他心裡馬上拒絕他的邀請，但他說：「是的。」市長在掌聲中打開車門出去。車子退到路旁停靠的位置。他在市長向市民演說的時候，自車廂裡溜出來，他先站在車邊片刻，然後舉步走開。

四

一座城市像是一座森林，他從這森林裡捕獸的陷阱中逃出來，驚慌無目的地行走著。他已經走得很遠，但空際中傳來銅像揭幕式的管樂聲及炮竹的鳴聲。他的心還在跳著，想到自早晨起到現在所發生的事。那本放在客廳書架上杜米的日記無疑是一本假編的故事。要不是自己脆弱的本性所稟賦的敏銳的知覺，他將會無知而感動地投進市長巧設的誘惑裡，無疑地，市長會對他進一步談他的前途問題，因爲他是杜米的朋友，這個勾引會在午餐時投下，使他銜在口裡，再嚥入肚腸中……那個女傭……。

使徒

晚飯後他們帶著草蓆鋪在橋上，把草蓆鋪在橋板上。他們睡在上面，有的坐著，男女在一起說話。我睡坐他們的旁邊，視線朝著天空，他們在談星辰，星的名字以及星的故事。我注意在無數的星中，去尋找他們談的星。他們會指出星的位置，而且一有發現便告訴大家。我細心地記住他們說出的話及指出的星。

一

他乘坐汽車進入市區的街道時，他從座位旁的玻璃窗尋找一所中學的校址。他看到在一條街後面學校正面高高的一面牆壁和崁在上面的校名。他在車站下車步行到那裡。他走進校門便覺得天空正在下著細小的雨絲。他沿走廊走著，步上樓梯，經過辦公室，一位校工從裡面跑出來問他想造訪誰，他告訴他A的名字。那位校工回答他現在正在上課，請他到辦公室來等候，辦公室有當日的報紙可使他度過等候的時刻。他拒絕走進辦公室，校工便再暗示他不要去干擾正在上課的教師和學生當他在走廊踱步時，他明白地對校工保證他將只在樓梯一帶的空間望望風景，決不會引起學生的好奇。

他步下樓梯，在告示牌前站立，注視貼在牌板上太空人和月球表面的照片。在照片上的色彩引起他的疑問，那些與他常見的照片的色彩不同的色彩充分說明了它們本身存在的神秘現象。他站在那裡時間像是過去了許久，一直沒有聽見鈴聲的響動。他被那些照片吸引了，忘掉了他是來訪尋一位友人，而那緩慢拖步的時光因他的知覺的轉移誤解了。於是他破壞了他對那位校工的諾言，開始沿一條走廊走丢。他不但沒有看到人，卻看見一張一張對他投過來，彷彿祈望被他識出的扁平而無知的面孔。他走到走廊的盡頭突然驚奇到籃球場上一位坐在水泥地面的教師，他看到他彎曲的背部和頭上修齊的短髮的特徵。他小心翼翼地朝向那位監督一群學生在球場上打球的教師走去。他的腳步軟軟地，那些打球的學生彷彿和他串通而故意加增他們運動的聲叫。他站在那位體育教師的背後，從他的雙邊耳旁伸出他的手掩住了他的眼睛。當他把他的眼睛蓋住，那位教師開始自動地連續不斷說出一個一個的人名來，他恐慌地僵住了，始終沒有回答他是否對與不對。

「你到底是誰?!」

那位難受的教師宏大的聲音帶著忿怒叫喊著。他把手拿開，顫抖地祈望那位迅捷轉過身來的教師能對他施以等量的懲罰，他道出A的名字，並且對他道歉。他轉身回來，當他朝望那一排分隔成一間一間教室的大樓時，他看到在走廊上流動的學生之中，一個矮小穿藍毛衣的男人倚在二樓柵牆裂嘴對他揮手。那就是A，他加快腳步走向大樓。

二

他推開門，意外地發現B擁被睡在沙發椅子上。他不由自主地從內心中湧出對他的無上同情。今早他特地前來求助於他，此刻刺引他懷疑B是否能付出他想像中的一種許諾。他靜靜地坐在另一張沙發上，B沉睡的氣息佈滿這間彷彿毫無色彩感覺的斗室。他輕輕地呼叫他幾聲。B並沒有醒來。

然後他走到書桌上散亂著紙簿鉛筆電話名錄和成冊的書本前。那個靠著一面牆壁書架上的書既擁擠又無次序地堆塞著，低層放著咖啡精，一瓶酒和一個紙箱做的貓巢。書架對面掛著綠色的窗簾，排著四張合併的寬面沙發，B睡在那上面。在一面牆上有一面鏡和一個衣櫃。另一面灰色牆上掛著兩面小旗子，那是童子軍的紀念品。他把照像機放回架上，回到椅子坐下。

B的女人由隔鄰的臥室走進來，她矮小又醜瘦，臉上戴著近視眼鏡。她天生不高興的容貌看到他即綻放笑容。她沒有退回去，毫無隱飾地走進來又進入一間相連的盥洗室。當她由盥洗室出來即走近沉睡中的B，喚著他的親切的小名，拍拍他的臉頰像要叫醒一個小孩似的。

「你看看是誰來了，」她對她的男人說。

B睜開眼來看他。B坐起來。B解釋著。

B醒來即開始對他解釋著他的生活的道理，他每天都晚睡，他說他最喜愛的是睡在這張沙發上面。他的身體很健康，他長得漂亮。他看起來並沒有不快樂。一個修理紗窗的工人來了。B打電話叫人拿鑰匙進來。他同時翻找他的備忘錄，打電話給銀行詢問今天有多少張放進的支票。他轉過來對他說：

「我歡迎你到我這裡來。」

那個矮小的女人過來說她要去上班。一個鐘頭後她回來，她開始準備什餐招待他。B打電話給另一個人，他聽到B在電話中呼叫C的名字，要他準備過來吃午飯。

他一面翻閱一本雜誌一面靜靜地候等著機會。今天他曾約定D十二點在車站見面，但他已答應留下來喫午飯。一切像命定的當C來時，三個人即開始談話。他毫無生氣以致讓他們進行暢談商場的道德。他正眼端詳B的美麗的容貌的時候，他發現B像一個貓頭鷹般的眼睛似乎在白晝毫無所視。

三個男人一個女人圍在方桌吃午飯。桌上擺著一盤咖哩燒雞，一盤冷拌，一盤牛肉片，一盤炒蛋。他無動於衷地吃著，其他三個人吃得奇少。他們無緣無故說到一遙遠的地方的一種特產，頓時感覺生活在這唯一的城市裡的可恨和痲木。他們退回到那間斗室去，B的女人奉上來切片的西瓜。然後又繼續談論著。他漸漸感到毫無希望便只得繼續傾聽下去。

三

他跳上一列火車，扶在座位的手把上疲累地睡著。昨夜他睡在一間可怕的屋子裡喪失了睡眠。他一面睡著一面感覺到火車在鐵軌上緩慢地滑拖著。火車開向那裡？每當火車在月台邊停下來，他便抬起頭從窗戶看出外面尋找站牌。牌上空有一片，像是剛剛新漆過而陽光投在上面閃亮著。他心中爲每一站想出一個地名來。他步下火車，又跳上一部汽車。然後在途中的一個村落下車。他往一間教堂走去，他遠遠看到一把鑰匙掛在門上。他走近站在門邊發現那是僞裝。於是他拉開門，走進去。他經過一排排長椅和簡陋的講壇，往裡面行走。E的女人在廚房裡像鹿一般抬起長頸上的頭看到他。他脫掉了鞋子繼續走上一座木梯。他在木梯上遇到一個頭很大的可愛女嬰。他站在一間淡雅的房間中觀望著，再步入一間色彩調和的臥室。細木條編成的書架和書映入他的眼簾，靠牆有一張黃色的雙人床。牆上有一個小窗，壁上有一張女星的月曆。這臥室佈滿優美恬淡的氣氛。E從一張小桌前站起來舉杯對著他。

E是用飲酒來消遣等候他的光臨，因此他似乎已經半醉了。E和他重新在一張地氈上佈置著玻璃杯冰塊和酒瓶，然後坐下來。當他問起誰曾來過這屋子，E回答說一對學生情侶常在此地過夜，還有一個漂亮的德國人。

這一切是顯然而無庸置疑。他們喫著西瓜和飲著啤酒。黃昏已經不知什麼時候降臨。屋上的天窗失掉了亮光。E站起來扭亮一只細小的壁燈。他感覺他失去了肩，消失了身體，也覺得失掉了記憶。他靜靜地躺下來，像準備睡覺的時候一樣把腳伸直。E重新坐下來，把唱機的聲音弄得輕柔。

流徙

當他們步出屋子，經過了花園的徑道，他體會到氣候即將瞬變的徵兆。這時有一種美好的氣息，沒有風，樹木像塑像般靜靜排列著；山色清麗，染著黃昏的喜悅。

「太美麗了！」

她站在他的身旁說。他望著她愉悅的臉色，對她報以輕微的笑容。

她再望望天空，她和他在這自然的陶冶中顯得十分融洽。可是對她來說，有時她會不能夠面對理想，她不能自由地選擇她的愛欲。

她論老董可能窺見他們的秘密。

他對她說，他不想去顧慮什麼。

他想撲捉任何可能面臨的美景，因此在任何時刻，他顯得十分倔強和憂鬱。

「我們必須途經那裡，他可能站在門前看到我們走過。」

「那時天已黑，他看不到什麼。」

「他的眼光銳利，他認得清我們。」

「我們的運氣會那樣壞使他睹見我們？」

「不可能中也有可能。」

「這樣想只是愚蠢的緣故。」

他們沉默地走著，觀望著他們所能見到的事物。

黃昏的雲彩凝滯成一條平直的山巒的模樣，陽光從破綻的空洞照射出來。

一條鄉間的大道鋪設在田畝之間，另一條乾涸的河在附近暴露著它多石而淺凸的河床。他的思緒轉到她曾告訴他的那些高價的產業。她說她想將它們拿來幫助別人。他想到假如能擁有它們，他將會利用它們完成許多心願的事業。在最初之時，他沒有想到會有這意外的財富，他只看到和她在一起的和諧和快樂。他只戀慕寧靜的生活，也同樣依戀著窮困。爲什麼她不能看出他那種獨特的愛好，而將毫無相關的事物提出來？她是否設有計謀，試探著他的反應，對他的人格考量一番？她對他那種忠誠的心志懷疑嗎？財富的誘惑的本色橫在他們之間，是否將成爲他們的一切願望的障礙？這種事是極可能的。他想聖潔可能已經受到了干擾而還未確實察覺。連他自己都在懷疑他對她的情愫是否也是僞詐不實的。但他再度想到她那充滿善意的臉孔，她並不以擁有財富自豪，她只自豪她自己的才能，她想幫助別人，當她和一個高尚的男人在一起的時候，她會這樣做。

現在他們都注意到了逐漸在轉變的西天的雲霞。

她希望他告訴她有關眼前的這一切的事物，她喜歡他說話的聲調。

但是說不出什麼意味來，他顯得不專心他的主題，他只說到雲霞的色調。

他想微妙而又精緻的事物只配靜靜去觀察而不能說盡；雲霞是在變幻，而語言卻拙笨。

當老董騎著他那部經常不離身的紅色腳踏車，迎面衝過來之際，他正在與她相視微笑。老董面目詫異的神色望著他們，快速地擦身過去。這個事實使她瞠目瞪著他。她的腳步漸漸加快，好像要把一個不聽話的小孩抛在後面的村婦。

「這是不可能的。」

他靠近她的身旁捉住她的手，只能呆呆板板地讓他握住。

這時老董又從他們身後飛快地衝到他們的前面，他們默默地望著他挺直的背影，像一個惡意的惡魔在天色黑漆之中得意地衝下坡道，在一處轉彎的地方消失。

他和她都不能再說什麼，默默地携手前行。

現在他們需在黑夜中漫遊，像猶太人在歷史的黑潮裡走失了目標，流徙在地南的各處，老大而愚盲的睡獅不會醒來了，在現在即使潑著一盆冷水也不會再甦醒。它在那裡，看不出是否死亡。從遠處看它的形影依然存在，但是它事實上已經腐敗了。它的子子孫孫將開始分散在各處，而且像懦夫一樣常常談論著過去的光榮歷史，會這樣地度著一段頗長的歲月。對他來說，他常覺悲戚，在這黑漆的夜裡，混在一群絕望的樂觀的人們之中。

他們繼續前行，走過一座短橋，他想，他寧可放棄所有暫可滿足的形式，自由地獨來獨往。

離開

他們離開了屋子，朝著後山走去。

他們從一塊空地穿過一排擋風的尤加利樹，走著一條繁生青草的田埂小徑。然後在一處堵塞的土截離開那彎曲而窄小的小徑，在收穫後乾涸的田地上走著，那田地留著一簇簇短截的稻桿。

不知道要怎樣選擇路徑，他們有些遲疑。

在這樣高低不平種植雜樹的山地，並不以道路爲主；所有的路徑都是有了種植物才砍設的，因此沒有平坦的大道，只有彎曲和錯綜的小路。

他們從一口池塘旁邊經過，池塘險惡而不美，四周圍繞著不整齊的灌木。他們跳下，再從一個缺口上來。

他們迎著山頭的勁風，可以看見平直而上的廣大山田，他們依然選擇做爲劃分一塊一塊田地的田埂行走。

那些草秀壯繁茂，強勁的風不斷地梳著它們。

他們的眼睛在搜尋著，看著山頂的樹林。

不遠處有一間茅屋，在一大片四周架有鐵絲刺網的邊緣。他看得很清楚那是一間褐色的草屋。

他告訴她，手指著那是一間茅屋。

她蹲下來坐在樹下的草地上，她的模樣顯得有些疲累，一棵樹的陰影蓋著她。

他走下一條坡坎，從一處矮樹林穿過，一個形狀可愛的淺湖在附近，乾涸的湖底已長滿青絲的小草。一隻牛從喫食中抬頭看他走過。他走近鐵絲刺網，但是他找不到任何草屋，幾棵樹奇怪地站立在那裡，空氣中顯得有些異樣。

他走回來，心中充滿了疑惑，他上了坡坎看見她站立起來。他看見她左右轉來轉去，躲避著風的吹襲，她的頭髮舞姿般動人地飛著。

「那並不是草屋啊。」

他立在她的身旁，再度指著那一方被氣流的色澤所僞佈的景象。

「看起來是，但不是。」

他握著她的手。

一個成人引導著兩三個小女孩走在同一個山頭的另一處，彎著她們瘦小的身體，逆風前行，其中的一位小女孩穿著一件寬大的紅色外衣，像一個騎士。一會兒，他們一群消失在那邊的樹林裡。

他們繼續尋找，並沒有停下來休憩，或坐在草地上沐浴陽光。從一條鐵絲刺網旁的小路上去，他們到了頂點的樹林之處。兩個人並排立著俯覽腳下的景物。

「那是圳頭的盆地。」

一條河靜靜地流過一處險峻的斷壁。

「你記得海涅嗎？」

「記得的？」

「我彷彿再見他的臉，聽見他的聲音，他的詩。」

「我從未來過這樣的地方，無論是單獨或偕伴。我生活在優渥的環境，在平坦的路面乘坐在車子裡，我常常在城市和鄉村之間來往著，拜訪朋友，閱覽許多書籍，我善於談論，且受到別人的讚許。我喜愛藝術，戲玩鋼琴和歌唱，可是沒有一件事可以和現在相比。我從未想像過我會來到此地，並且得到如此豐美的享受。」

他用著他那空漠的眼神注視著她，任風吹刺著他們的身體。同時，在風中分辨著聲音。

他們尋到一處巨大的湖澤，躺在湖邊的草地上，樹影遮蓋他們橫臥的身軀。他和她都靜靜地思索著，像兩具死亡的屍體。他的頭靠在她的胸脯的旁邊貼著她的肋骨。

風從他們躺臥處的頂端掃過，帶著各種的聲音。

「你聽著，」

「那是什麼聲音？」

「牛鈴，」

「好像在附近，」

「許多的牛鈴。」

「正是時候，」

「是的，他們從屋子裡把牛牽出來。」

他聽到頂上有戲笑的語聲，他抬起頭來，看到兩個醜陋的牧童站在草叢後面窺視。他坐起來準備站立，那兩個牧童迅速地消失了。他終於站起來，垂頭望著她。

「我去追他們，」

他對她說後，奔跑著爬上山坡。

她想著，一切都過去了。她站起來整理身上的衣服，跟隨著離開那湖。

笑容

二四日，早晨約十時，
我動身搭車前往你住的小村落。
行前那個好人曾告訴我在那裡搭車可順利抵達小鎮；他說，這是新闢的途徑，舊道已不合現代人的脾性。
我憑當時的理解相信他的話是對的，
便站在路口的地方候車。
車子不久到來，
車門打開時車掌呼叫我上去，
但人太擁擠，
我貼靠在一個男子的背都，
車子馬上往前奔去。
當這部車子在途中拋錨時，

我像所有的乘客的行動一樣，
自那部車子向四面散開，
有一個人指出一個方向給我，
但不久我已開始迷路了。
這便是我至今還未到達你的優雅的住屋的原因。
我一直在思想著，
我們的關係恐怕已被一項時空的事實重新釐定了。
這種關係所產生的樂趣也比以前縮小了，
但卻較爲單純，
像人人一樣，
我們也變成人人之中的人。
這種單一的，有限的樂趣，
要比昔日的所有遊樂高尙和超脫；
這種樂趣可以和我們的日常生活分開，
不像往日的喜鬧就是生活的全部。
現在每個人都變得較爲有趣，
不像昔時互相憎惡。

現在你我之間畢竟分出了區別來。
不若昔日曖昧不明，
引起別人的猜疑。
現在是一個新而可愛的開始。
能夠喜樂和相容。

漫遊者

Day after day alone on a hill the man
with the foolish grin is keeping perfectly
still, But nobody wants to know him,
they and he never gives an answer.

當午後陽光漸漸西墜的時候，他由屋子的一扇後門走了出來，他站在門邊望望四周的景色。一切都沒有改變，山和天空以及屋舍都是老樣子。樹木在風中搖擺著，看來既親切又生氣盎然。但他對某些事物懷疑，他疑問自己站在這裡是否正當。他舉步踏出在街道上，他從鋸木廠的門口經過，路邊和門口附近都堆積著不大不小截成同樣長短的杉木。他好奇地向裡面投望著腳步卻繼續前走，外面陽光強烈，他對那大屋子裡面存在的事物只能獲得一些模糊而動人的印象，當巨大的樹木輕由轉動的電鋸工人的手臂分開來的時候。他還看到運木材的鐵道和那個高高的空間，氣氛確實是迷人而感動著他。隔鄰是一家印黑瓦的小工廠。一位禿頭的父親領導著一群年紀不大的子女在那裡工作著。幾個男孩子都赤裸著上臂而女孩子們手裡握著圓鍬動作快捷地在竹棚子下面翻水泥。他從這黑瓦廠堆放成品的牆邊過去，街市便拋在他的背後。

他來到一大片低窪的地方，曾經洶湧的洪水將這一帶的農田全部淹沒，農夫們的房舍倒塌，家畜隨波流去。現在牛車從山腳處運土過來墊高這片土地，且劃分了建築的區域，先做了排水的溝渠。接臨大公路的地方有人趕先建築著一排四間的樓房，他們用紅磚堆砌，可以看見每間屋子壁櫃安裝的位置。他在這一帶徘徊著，像在籌算著什麼事務。他向還未添蓋泥土的地方走去，望望那些在污水中繁殖的水草。一隻水牛被打擾猛然地從水潭裡站起來，張著大眼睛望著他。他也同時被牠發出巨響的動作驚訝了一下，他審愼地注意那隻水牛是否會因憤怒而衝過來，他看見的尾巴靈活的揮動著擺打臀部和後肢一帶麇集的蒼蠅，且垂下了頭顱繼續牠原來不太認眞地嚼著青草。

他轉身往河道去，河床上泥沙和石頭所形成的崎嶇使他大爲不悅。到處散亂著垃圾以及小狗和雞的屍體，水一小潭一小潭地靜止著，發出金黃色和綠色被污染後的色澤。他順著河道往下流走，他在橫過河道的水泥橋下遇見了一位飽經風霜的農夫，和他的一隻心愛的小牛。他現在已沒有農地可耕種，在市鎭上他開了一家生意清淡的旅館，他每天花大半的時間在河道的草地上放牛自娛，晚上有時安適地睡在橋下的茅屋裡。他的孩子都已長大成人，離他自謀生活，在他親手殺害了背叛婦道的妻子從監獄回來後，與他生活的女人一個來一個去。當他望著這位心戀田園的老農時，老農夫對他投來銳利的眼光。

他繼續前行，一座設在高高的空際的鐵橋架在跟前，視線穿過橋下能看見發電廠骨瘦的鐵架，圍牆和圍牆上的鐵絲網，發電廠發出巨大而恐怖的噪音，室氣中散播著燃燒般的高溫。他站在鐵橋附近，一長列貨車隆隆駛過橋上，他向海口走去，視界漸漸地開濶起來，百公尺內一隻赤牛高聳的肩胛和彎刀形的牛角邊緣有一座建築在一里外沙灘的碉堡，這個景致顯得高傲凌厲不可侵犯。

至此時他的情緒大變。他單獨走在一大片平坦的海埔沙地上，形影變得渺小又憂戚。他內心矛盾複雜而腳步卻不停地交織著進行。

But the fool on the hill
sees the sun going down
and the eyes in his head
see the world spinning' round.

兩個小學童互相戲弄著迎面奔跑過來。當他和他們相遇的時候，他們無關心地影響做他們的戲逐，其中的一位有隻跛腳引起了他的注意。但那位跛腳的學童和他的同伴奔跑得一樣快。他越往前走風沙越大，他的襯衫在背部像一張帆般鼓脹著。他穿過防風林立在一個農家的後院佇足尋望。他的腦中映著一個賣西瓜女郎的身姿和甜蜜的面孔。一群被圍在竹籠內的鴨子跑到邊緣來對他伸展長長的脖子，脹紅的臉上長形的黑色硬唇吱吱紛叫著。

「我知道，」他對牠們說。

「阿媛已經出嫁給一位水泥匠。」

「但是你們並不知道呀。」

「我是來問候那位……」

「那位高瘦未曾出嫁的姐姐。」

「我知道，」他又對牠們說。

「她已移居在另一個世界。」

他從防風林走出來繼續在沙灘往前走去。在漲潮時海水會灌進來的海溝沙地上，漁夫們在那裡散佈插設許多竹竿。此時日色漸晦，那些竹竿在地面上投著長長細細的影子，他走到海邊，觀望那些在淺波裡撈取魚苗的男人和女人。然後他往南邊走去，穿過高大的木麻黃樹林，在稻田的小徑上小心地繞著。四邊小徑上放著農夫飲水用的錫水壺和一只橘色塑膠杯。農婦們脆在田裡除草，他們時時抬起頭觀望望天空和太陽。農夫們的眼光，充滿著空漠的神色，而在臉部肥骨的部分卻能看出他們的堅毅和耐性。男人留著短而自然的頭髮，女人的模樣十分樸素。他跳過一條水溝，跨過鐵道，爬上一座公墓所在的山頭。海風越過木麻黃防風林的樹梢直抵山嶺。他在那些雜亂的坟塚之間轉來轉去。

絲瓜布

他在床上醒來，聽到她拉開庭院大門的聲音。她奔向對街，似乎要購買什麼東西。他的聽覺無法遠達對街再繼續聽清楚以後的事。早晨的陽光被擋拒在窗簾外面，臥室裡顯得很幽暗。她由對街回來時他還留在牀上。她走進臥室，在一座巨大的衣櫃前脫掉了晨衣，在幽暗中白皙的背發出蠟一般的光澤。他靜靜地側臥著望向那個搖動的美麗身子。她換上一件連裙的綠色洋裝，用手掠梳著輕柔的長髮，她的動作快速，可是很自然。美麗勝於一切，他想著美麗決定一切。所以她的舉動幾乎沒有瑕疵。她以爲他還在睡夢中，儘量不發出聲音驚醒他。她一面拉著衣上的拉鍊一面走出臥室，之後再度拉動庭院的門上街去了。

他起床走到客室來，一眼瞥見昨晚鋪在地面上的一條厚氈子。他站著不動，對它靜凝片刻。昨天黃昏後，天氣變得十分悶熱，他們沒有計劃外出，所以鋪了一張氈子躺在那上面，直到夜半天氣轉涼他們才走進臥室去睡覺，把氈子留在那裡。沒想到她起床後還未將它摺收起來，她總是較他早起料理一些家事，一天之中要應用的東西她都是在這段時間購備齊全。她的行動又快又俐落，與她沉靜的外表有些不相稱。他卻十分信賴她，一家的經濟任由她支配，不論什麼事，經過她的手，都處理得非常適宜，每月支出幾乎從未超過預算。現在他蹲下把氈子摺疊起來，他心想，她會感謝我的。他隨即將氈子送進櫃廚裡去。

不久，他再回到客廳來看報，他抬頭眼睛透過玻璃窗看見庭院牆外，一個女性暴怒者的憂懼的頭部，從牆的一端緩慢地移到大門上，他看得清楚那是一個留著短髮臉面黝黑的醜陋村婦。那個村婦的短鼻被太陽曬紅了，沒有自信而害怕的眼睛向屋裡面探望。他放下報紙，好奇地走出去問她有什麼事，不料她驚慌又氣憤地說：

「一塊錢，」

「什麼一塊錢？」

「還要一塊錢，」

「到底什麼事？」

那個語塞的村婦舉起她的一隻手臂，在他的面前揮動著一條曬乾的絲瓜。他馬上想到這村婦賣了一個這種用於擦拭餐具的乾絲瓜給他的女人。那個村婦向後指著對街一個在門口旁邊坐著的女人，再對他說：

「她和她合買了三條，共給了六元，三條是七元，還要一塊錢。」

「我的女人買了幾條？」

「二條。」

「給妳幾塊錢？」

「四元，還要一塊錢。」

「妳稍等著。」

他走進屋子到廚房去索尋她買的二條絲瓜布。他不習慣這種糾紛，他有點惱怒，想把絲瓜退還給那個村婦。他想這不公平，對街那個女人買一條二元，他的女人買二條四元是理所當然，爲何還要多索一塊錢。但他轉來轉去始終找不到那二條絲瓜。

他又回到庭院去面對那個村婦，他看見那個村婦斜側而靜思的臉，像意會到一個遠古而又深沉的事實，於是他在猛然間改變了主意。他的雙手伸進衣袋裡，他想他必須給她一塊錢，不管公平不公平。那個村婦抬起那張憂戚的臉望著他，他把視線轉開去瞥望那個對街一直靜靜地注意著這邊的女人。

「好的，」他把手從袋裡伸出來，空空地沒有摸索到錢幣，他微笑地對那個村婦說：「我身上沒有零錢，你等一會兒再轉回來，我的女人回來後，我一定給妳。」

那個村婦沒有再說什麼轉身走開了。他帶著思索回到客室，坐下來準備等候他的女人回來。他想到三條賣七元事實也不是不可能。是的，那三條絲瓜布不是個別賣出的。當他的女人奔過對街去看的時候，那個村婦原先一條可能要賣三塊錢，於是她和那位對街的女人聯合起來出價三條七元。那個村婦答應了之後，對街那個女人卻只要一條，馬上給那個村婦二塊錢。她看到對街的女人拿去一條只給那村婦二元，剩下的二條她也照樣給那村婦四元。那個反應不敏的村婦得到錢即走開，在路上才覺得少拿了一塊錢。當那個村婦折回來到對街那個女人的門口向她要一塊錢時，對街那個女人指導那個村婦應該過來向他的女人討那一塊錢。

庭院傳來推門的聲音，他知道他的女人回來了。她果然走進來。她看見他坐在茶几的旁邊椅子上，她知道氈子是他起床後收起來的。

他們互相交換著會意的微笑。

「現在。」他對她說：「給我一塊。」

「你不是有自己的錢嗎？」

她疑問的看著他。

「我沒有零錢。」

「你要一塊錢做什麼用？」

「那個賣絲瓜布的女人回來時我要給她。」

「她來過？」

「是的，她說三條七塊錢。」

「一條二塊錢，我買了二條給她四塊錢，並沒有少給。」她理直氣壯地說。

「她說三條是七元。」

「她撒謊，不能給她錢。」

「我已經答應給她。」

「你簡直受她的騙，她似乎有點精神病。」

「你不能這樣指罵她。」

「你可以過去問對街那個女人。」

「你知道我不會這樣做。」

「那麼她來時不能再給她錢了。」

「你聽我說。」他站起來，像要發表一篇重要的演說。「我希望妳了解一點事實，看在我的面上，我並不想追究到底三條是六塊錢或七塊錢；我說過我答應給她。」

「我不了解。」她快速地回答他：「而且別人將要怎樣說——。」

「別人滾他們的蛋。」他有點生氣地叫著。

「無論如何不能，如你給她有失我的面子。」

他像確握到證據似地奔到她的面前，在她來不及躲開的時候打了她一面耳光。

「爲什麼妳們要聯合起來剝削她?!」

他大聲地說著。

她掩著臉走進臥室，他在客廳可以清楚地聽到她在那裡面倒在床上哭泣的聲音。他從她放在椅子上的皮包掏出一個一元的鎳幣，把它壓在桌面上。他重新坐下來等候那個村婦，這時他才發現到那二條絲瓜布置放在架子上，已經剝削了硬皮，像二個絲枕並排在那上面。他移開眼睛去望庭院的那堵牆，牆外天空晴朗，但那個村婦始終沒有再回來。

禁足的海岸

——I COME WHY CALL ME SO?——季諾（註）

什麼意志興起我去散步；我要走向那裡？我遠離了市區，走到河岸。我一面走一面睨視遠遠堆積在乾涸河床的垃圾，像紫黑色的小山，紙上碎布剪貼的模樣。我不敢走近它，那是鎮上一切污穢的棄物，麇集著細菌和毒物。微風把惡臭的氣味吹到我的嗅覺裡。我看見了一個矮小而半赤裸的男人在垃圾旁邊翻鏟；他沒有鼻子，嗅不到那氣味，他沒有眼睛，看不見那是污穢。我想起在市街上挑大糞的不覺臭，不挑的行人掩鼻子走。我在雜草和石頭上繼續行走，順著一條半隱藏的舊牛車痕跡。我抬頭掃視天空，黃昏已經拉開了序幕，是春天的好天氣。雲彩的姿樣是我第一次看到，它對我很親切熟識。我知道，凡是宇宙的一切事物不可能造成兩樣相似；錢幣沒有兩個是相同的，天空沒有兩天是相似的，雙胞胎也不一樣；但卻有第一次邂逅時覺得似曾相識的那種事，對一個女子的一見鍾情，相見恨晚；一個立在我面前的陌生人，我會覺得在什麼地方見過；對於那天空，我也似曾記憶它的一切。

我停下來，立在河床中央，仰望火車奔過鐵橋的景象。火車頭像隻老母雞，氣呼呼地，一輛連接一輛的貨車廂，跟在後面奔跑；我想到蜈蚣競賽，殿後的一位必須分開雙腿翹高屁股；最後的一節車廂滑稽地被拖著急奔，墨西哥騎馬的一群強盜，鎮上掉下了褲子追隨母親的小孩。

我穿過鐵橋下。河道在前面轉彎連接大海。我由岸邊的一條小徑走上河岸的高地，看到在木麻黃樹幹之間，錯落著無數小屋，臉孔不敢見人把帽邊拉得低低的屋簷，用竹籬笆圍成小小的庭院，放著紅色木馬、掃把、小木凳和擦布。他們是那一族？彎腿矮小和沉默；婦人蒼白的臉上閃著猜疑的目光，她們穿著狹腿褲凸挺著肚子，不活潑的小孩套著紅衣服。還有在樹幹下更小的屋子，住著羽彩鮮艷的雞族。我沒有看到男人。

我匆匆地走過，我在鎮上卻完全不知道有人在這裡生活。我又回到河岸，在我的跟前，是開蔓的天空，呈現橘子的顏色，淡白的海灘，石頭，小孩和竹竿都有他們拉長的影子。我走向他們中的一位。

「你們撿些什麼？」

「酒螺。」

「能吃嗎？」

「當然。」

「什麼味道？」

「有苦有甜的。」

「你們是撿甜的。」

「是苦的。」他望我一眼。

「爲什麼?」

「苦的有甘味。」

「眞的嗎?」

「眞的呀!甜的很少。」

他們站起來，手中提著小竹籃，一起涉過淺淺的水，到了那一邊沙灘，漸漸地走遠了。

我在河口興奮地踏著柔軟的沙地，我注視在腳邊出現的有色石頭，眺望遠處翻捲的海浪，我開始沿海岸行走。

這才是我的所在:寬廣遼蔓和自由，新鮮的空氣，乾淨的景物，陽光的色彩，海水的聲音，溫柔的沙地，樹木的靜默，風的信息和我的存在。我忘掉了我從那裡來，忘掉我的父母，忘掉我是誰，多少年紀和性別，忘掉我的學業和工作，忘掉鎭街的遊樂和朋友，忘掉我有欲望和做一切事;忘掉了恐懼的陰影和責任的顫抖，忘掉緊張的競爭和失敗的羞恥;忘掉了勝利的滋味和虛無，這才是我喜愛的天和地，我的住所和我的永恆的存在。

「喂!」站在碉堡上的兵士喚住我。

「你從那裡來?」

「鎭上。」我說。

「你來這裡做什麼?」

「散步，僅僅是散步。」

「這裡不是散步的地方。」

「這是那裡？」

「海岸，禁足的海岸。」

「我並不知道呀！」

「在你出生以前就禁止。」

「原來是這樣。」

「你有身分證嗎？」

「我什麼也沒有帶在身上。」

「你眞的來自鎭上？」

「是的，沙河鎭，你沒有上過街嗎？」

「只你一個人？」

「是的，只有我。」

「爲什麼到這裡來散步？」

「我信步而來。」

「你想到那裡？」

「嗯，到舊浴場所在。」

「浴場已經封閉了。」

「我知道，夏天會開放。」

他把臉轉開，朝著前面眺望海洋。我隨著他的視線也看看海洋。那邊有什麼東西？有誰會來？爲何在這裡把守眺望。這不是自由和核能的時代嗎？我移動腳步走開，走過鐵絲網和枯木插在土地裡的障礙。我向前走，踢著水草，遠離了碉堡。我沒有回頭望，低著頭走進木麻黃樹林裡。

我走近一間陋破的木星，門口坐著一位殘廢而虛弱的男人。一隻巨大的狼犬從他的身後走出來，牠的眼睛發出沉悶的紅光，靜靜地走近我。牠低著頭齜過來嗅著我，然後繞到我的背後，突然牠在我的臀部咬一口。我和牠同時跳了起來；我向前，牠退後。牠開始大聲叫著，準備再度攻擊我，但牠聽到那個男人的斥責聲，緩緩地往回走。

我望著那個男人，他的臉上現出毫無動容的樣子；他默默地注視他的狗，摸摸牠的頭，似乎感到了稍足的安慰。我用手摸到傷口，褲子破了，發覺傷口迸出了血液。

嘣！天啊！喂！先生，請你看看你的狗怎樣地咬到了我。這是爲什麼？我不能明瞭。我來到海濱，感到多麼興奮快樂，我生長在鎮上，第一次覺得這是我的天堂。你看到了傷口在流血，可是你爲何無動於衷？你沉默不語，連一聲對不起，或責罵你的狗都沒有。爲什麼你要養一隻這樣凶猛的狗，來對付一切你陌生的人？好像你的弱敗的身體需要一個強有力的奴隸來爲你的意志服務。牠無疑地就是你的手和腳。我惹了你什麼罪過？你要這樣傷害我。看罷！傷口的血流滿了整條腿，臀部已經破洞，細菌和毒已經侵入了我的體肉。爲什麼要這樣？我的快樂消失爲憂傷取代，這樣叫我回家去如何向我的父母交代；我來了爲何令我這樣？你的狗咬了我，你獲得了快樂？變態的人啊！爲何在這個自由安樂的土地上生存？我回去已無臉見我的父母；我將死；我的遭遇和模樣應該給他人一個榜樣，好叫他們禁足走到這裡；那麼，上天讓我祈求一願罷：就讓我在彎身轉頭審看我的傷口時，變成一座僵硬的石頭。

註：古希臘斯多噶派哲學家季諾九十歲時，一日他走出學校失足，跌破了一個腳趾，他以手擊地，反覆吟著尼奧比的一行詩句：「I come why Call me so?」立刻自扼而死。

尼奧比是神話中Tantalus之女，底比斯國王Amphion之妻，曾以子女多至十四人又美麗而自誇，並嘲罵阿波羅與亞黛蜜絲之母Le to，以致宙斯殺其子女，將她化成石人，她繼續哀泣而吟此詩。

巨蟹集

巨蟹 一

她答應他會在那個時刻出來會他，他整天都因這件事感到興奮。在今天，他還必須去做非常多的事，也正彷彿所有的事都集中在這一天裡，前些時他是沒有勇氣去對她說他想約她出來談談，今天他突然有了這個決定，而且這件事也沒有他憂慮的那般艱難，講話也很暢順沒有阻礙。爲什麼會這樣，他一點也不能夠去解釋這件事。他還有很多事要做，包括去拜訪一個他敬愛的舊日朋友。這些事到頭來都彷彿是爲了安排打發時間似的。他整天都表現的非常有精神，臉上常露著微笑而且甚有禮貌。最後他因過度興奮而勞累萬分了，當他終於必須在郵政局廊下等候她的時候。他這樣疲勞可以不必還要待在這裡，但是這是他自設的，他原可以不必等她，但是她是他邀約的。

郵局早已關門，廊下電燈也熄滅了。他坐在石階上，因爲他的雙腿站著會感到發痛。他盼望她到來，要是她果眞前來，他應安排去處。這一點事實上沒有問題，許多餐館在這個時候都備有消夜。請她吃一頓雅緻高尚有情趣的消夜，以後的安排就較容易了。他不是爲政治的目的接近她，也不是爲其他有價的原因。但是，像他這樣坦露的誠意是否反而會驚嚇了她呢？這實在說不定。他勉強站起來，走過街道，在對面的一家即將打烊的西藥房買了一瓶解除疲乏的口服液飲下，他想他不能讓她看見他是這般地疲乏，那是太丟臉了。

事實上體力和精神經過過度伸張後，藥力也不能挽回它們正在急於萎縮的狀態。他在廊下徘徊，因爲她隨時會從斜對街的一個門戶走出來。那些在深夜還敞開的門戶已經不多了，他看看它們一個一個地關閉燈火，最後僅剩下三、四個門戶了。他一陣一陣地鼓起精神，當他對那些門戶遙望的時候，他相信當她對他走來，他的精神都將振奮起來，一切會很順利。

她是否不來會他？他自己也不能解釋爲什麼會有這樣的灰暗的思潮來襲。所謂世界，本來是不存在的，唯一的證據是思想存在時它才存在。她本來是會來的，只是因爲他想到她可能不來而她才沒有來。既然有了這樣的想法，想要排除這樣的想法就已經太遲了；他不能再同到原有的想法而輕易地排除現在的想法。它既然來了，就非常地牢固，而且會伸延和演變。這種想法表面上像是知道他超過來會的時刻的影響才產生的，其實它卻是確實存在過而他才思想著。它也不是因他的生理狀況的重負而影響了精神，事實可能是先有存在才有思想。是的，她可能不來所以他才想到她會不來。

但是兩者是一樣的，不管是他想到她不來所以她才不來，或者，她可能不來所以他才想會不來，這只是同樣一件事正反的說法罷了。現在唯一安慰他自己的辦法就是想到她純粹可能因事耽擱了。她也許現在正坐在鏡前把自己打扮得漂亮一點。她在不打扮的平時已非常的有誘惑力了，可是這點還不能滿足她自己，女人的魔力總是想使男人承受不住才滿足，她們想害男人總比要愛男人更甚些罷。那麼這一時刻，他相信她一定會來了，先前的爭論已經不存在不重要了，那兩者即使不是正反的說法（事實上有先後的關係）也無所謂了。因爲有力的乃現在的想法，這個想法的存在是來自一個新的主題。但願他眞的承受不住她的魔力而死亡。他替自己祝福著。

一會兒，他重行坐在石階上，低垂著頭，他完全被睏累擊倒了。時間已經超過了很久而情況依然如故。這時的睏頓引發他想到切身的問題而摒棄了先前那些空泛的論調，他甚至不相信她在爲他而坐在鏡前裝扮自己，這個想法現在變得笑死所有的嘲笑感性的知性學者。它的存在其實是一種可能的假想，受到一般慣例的控制。那是粗俗的不精緻的一般的想法，缺少個別的特殊性。它不存在是顯明而正確的，與空泛的論調同樣的容易推倒。有兩個問題接踵而來，第一個爲什麼她承諾了就必定來？第二個是爲什麼他設計了這個約定就必須等候下去？她既然不來，他就走開罷。他實在太疲倦了，一切都索然無味了。

誤會是否就在他自己身上，他這樣想著。認眞計較起來，她並不認識他，不知道他的職業、年齡以及居住何地。而他對她同樣一無所知，只是憑著那一天，雨絲細細地飄落著，他騎一匹棕色的馬經過街道，養馬的主人跟隨在馬尾後邊，她和另一位女伴依傍在門邊，對著馬上的他投著笑容。當時他傲慢的表情，僅僅對她羨慕的笑臉飛瞟一眼。他這樣做是爲了掩飾，他可能在任何分心的舉動中翻落馬蹄下。傲慢對他只是膽怯的面具別無其他，因爲他在學騎馬，正要騎到鄰村去。

他抬頭來，輕輕地對空洞的街道喚叫著：「請給我的輕薄一些懲罰罷。」他站起來，想舉步離去，他回頭最後一次再望斜對街一眼，他停止住了，三、四個門戶僅剩下一個半掩著門，看得很清楚，由屋內投出的光線映在街道上是一片菱形。她是有意的，要讓他多等一些時候，她大概希望街道都無人時始出來會他。原來一切都操縱在她手上，他樂意這樣服從她，這樣的話他在往後也會有所要求的，那她也就不能拒絕了。他重新徘徊起來，她就要出來了。

這一點希望，很輕易地就使他繼續留在廊下。他多想些他的過錯，以一種愉快的心情譴責他自己的無端。假如她來，他就要感謝造物主的恩惠。首先他走步的腳看起來還很強勁，廊下的這一端走到那一端約需十五大步，他一次又一次地回身再走。他這樣地踱步有一百遍了。他坐下來，就在石階的同一位置，這一次他很快睡著了。

巨蟹 二

她對他說出六年來學習鋼琴的艱苦情形。每當她從工作儲存起來的錢將夠買架鋼琴時，家庭裡便會發生異乎尋常的事故，在這樣的情況下，又得再一次地把買琴的念頭耽擱下來，把錢拿出來應急。女孩子的命運就是這般地，永遠要扶持一個可能隨時倒塌下來的家庭，而不能順其私心的願望。有一回，她說，一位教師不肯收留她爲學徒；那位教師問她：「妳有鋼琴嗎？」「沒有。」她回答，就這樣被拒絕了。現在她必須每星期日搭車到五十里外的鎮上去學琴。她留在那裡一整天，但她必須付出很昂貴的代價，這個代價是她得星期一至星期六在一所幼稚班當教師的薪金的三分之一。她現在還是繼續在儲蓄，當家庭平順的時候。可是她永遠存著那懼怕，懼怕那烙印再燙到心上。偶爾，他從低頭貫注的書本抬頭注視她那兩隻離得太開的眼睛，那張平闊粗陋男人般的臉孔。他儘量想聽清楚她的傾述，或者坐在那裡想把現在和過去連綴起來，但是不可能，除了那本蝴蝶書，他把它攤開放在雙膝上，低頭望著，只有從圖形和色彩能感染少許模糊的情緒。那麼他抬頭不是被她的話引動，而是他感覺頸子痠痲。她繼續說著，總是希望他能從他那沒有傳達力的聽覺中也能捉取少量的意義。她也想引動著他，故意去拉扯那襲遮蓋不住粗大而多毛的雙腿的短裙。「父親只熱中於釣魚，」她說：「裝出老年人溫和的外表，做出最具卑劣的欺誘的勾當，在半段蚯蚓體內串著那根尖銳的鉤絲。可是即使性慾和道德兩者也同樣難能撼動呆若木雞的他。」現在必須講到那些吊掛的獎牌了……

阿姑！阿姑！

阿姑！阿姑！

哦，她迅速地從沙發椅站起來奔到門邊，把那位被祖母雙手吊著的小女孩搶在懷裡。她坐在椅子裡，那位小女孩的身軀挺硬地倒臥在她的臂彎。

豐玉，豐玉，

她連續地叫喊小女孩，憐憫而又愛惜地：

豐玉，豐玉，

這間樓上的客廳，寬大而舒適，在他們圍坐的沙發椅中間，擺有一張茶几。一隻放著鳳梨的瓷盤和一隻裝著香蕉的竹籃壓著茶几上的桌巾，那是一張手工精巧的線織的白色桌巾，兩隻綠色小茶杯，一隻放在茶几四方形的短邊，臨近著她，另一隻放在四方形的長邊臨近著他。他每飲完了杯中的茶水，她就站起來走到角落放茶壺的桌上去爲他再倒一杯。

現在，那古怪的：爲腦性麻痺所摧殘的小女孩，倒在另一張長沙發裡，用著那失去了均衡的灰色眼珠望著他，她在另一邊繼續她未完的傾述。祖母剝開一隻香蕉，把它塞進想說話的小女孩的嘴巴裡，小女孩的咽喉發出唔唔的鳴響。一隻硬直的左腳，踢抵著祖母肥大的乳房。這本蝴蝶書遽然從他的膝間滑落，打在地板上，他終於明白了；那被母親蓄意掛在木柱上的來年（一九七〇）的綢絲日曆爲他突然發現了。自他回來，他此時感到對必須延續生命一事惱怒了。

未喫完的香蕉被丟在竹籃裡，祖母迅速抱著小女孩走開，小女孩在祖母的雙臂裡扭曲而嘶叫著。她停止了嘮叨而改用流淚，一面對小女孩揮手道：

豐玉，再見！

豐玉，再見！

而他木然望著祖母離去的背影，當她拖著不情願的小女孩下樓時，首先是雙足，再次是身軀，再次是頭，用著一條布巾綁著的，最後全消失了。

巨蟹 三

某日他搭乘火車到了一座城市，下車後他感到肚餓，提著行李走進鐵路餐廳。他花了二十元點了一客快餐，茶盤上的馬鈴薯燒肉異常可口，他覺得這一餐非常實惠，帶給他很大的滿意。他雖吃了什飯（這時才午後一時）但並沒馬上離去，把位置讓給別人。他想起住在此地的一位教師，臨時想請教他一個問題，於是走到櫃臺翻看電話簿，找到了那所學校的電話號碼。他依照打電話的規則投進一個硬幣撥號，對方拿起了電話筒問他找誰，他說了那位教師的姓名，對方說沒有這位教師，並說他自己是新到此地任職的教師，雖聽人說過他的名，但是似乎已經在數年前因車禍喪生了。他放下電話筒回到座間，侍者問他是否還想叫一杯咖啡，他知道這問話的意思，答稱馬上就走。本來他想請教那位教師的問題是臨時想到的一個不重要的問題，目的是想在城市裡找一個人談話，不料現在這個問題像鬼魂似地盤繞著他不易除去，它叩擊著他的腦筋，使他對如何置身於這個城市感到害怕。他開始恐懼自己在活生生地暴露著。提起行李，他進來時的輕鬆疲乏的情緒消失了，他精神緊張而懊惱地推開餐廳大門，馬上招呼一部計程車，請他開到一家僻靜的旅舍，他把門關著躲在裡面。

他在裡面把自己的模樣調整一番，他在鏡前剃掉臉下的鬍鬚，配戴上一副眼鏡，這種模樣彷佛一個實習醫生，或者像是讀工程學的學生。他走到街上，隨時隨刻提醒自己是這種身分之一。這是夏季，黃昏的時光很漫長，他逛逛高級的百貨公司，又去幾家樂器行，卻什麼也沒有買成。

他看見牆上的一張海報，城市裡將有一場室內樂團的演奏會，這個引發他買了一張普通票。然後他稍稍寧靜了，走進一家備有冷氣的餐廳，吃了一頓最滿意的晚飯。

當他付帳時詢問女侍市政府的禮堂在城市的那一條街道，女侍告訴他在市府路的頂端，他再問市府路在那裡，這時經理走過來：

「請問這位先生是他鄉人嗎？」

「是的，我一點也不熟悉這裡的街道。」

「請問先生到此地有何貴幹？」

「我只是旅行，到此地旅行，今晚——」

「那麼你是第一次到達此地了。」

「今晚我想聆聽——」

「今晚什夜此地有宵禁。」

經理跟著他走到門口，用手臂指示他該順此道路一直走。他步行了一段路後，突然恐懼的感覺再度襲來；他在不知不覺中似乎將自己的身分告訴了那位經理。他頓然覺得那位經理的笑容是一種詭詐，直覺到他在表面的職業背後又負有另一個職業，這是人類的末路，沒有人清楚，有那些人組成了一個勢力在想毀滅另一些人。永遠沒有人知道，也無從計算，因爲隨時都在變化，這眞是人與人之間的危機。他想，人類繼續生存在地球的時間已經不會長久了，當人類所有的成就都瓦解時，也許正配合著一場宇宙的大火。對於這場大火感到疼痛的，並非因爲它的熱度，而是做爲一個屬靈的人類的內心的愧疚。

燈光熄滅時，帷幕拉開，演奏者走了出來，一隻柔細溫暖的手移過來握著他的手。他內心遽然間充滿了感動，眼光直視前方，不敢斜過來注視她。她什麼時候來，完全不讓他察覺，也許就在燈光熄滅的那一頃間。她的臉容和衣飾如何他也不知道，他怕他的貪婪會驚走了那隻傳達心聲的手。他咬緊牙根忍受著，原來他所嚮往的是痛苦而不是快樂。這是一場空虛者突然被注滿時的啜泣的演奏。他不敢動彈，甚至不敢自由的呼吸，直至曲終幕落，那隻手悄悄移去。

散場後他到了一家咖啡座飲杯熱咖啡，他詢問今晚這個室內樂團，從何地來，將往何地去。他回到旅舍解衣躺在床上，但無論如何不能睡去，於是他起床整理行李，趕到車站，買了一張票乘夜車離開。

巨蟹　四

在那處長著芭草的山坡上，他站在較高的位置，望著低下數步的地方，他垂低眼簾似在沉思，當他移動眼球對望她時，他衝動般地往下走著，她迴避退縮一步，讓他一直往下走去。長著很高而鬆軟的草掩沒到他背部，他停下來站著不再往下走了。他就這樣地站著，希望她儘速離開，讓他一個人留下來。一會兒她對他喚著，希望他上來。她只是想對他說她是否可以離去。她其實不必去徵求他，她想要這樣說只是因爲心裡作祟。他上來了，知道這只是一場最終會是白費的舉動，他應該想到要莊重，但他卻始終很輕率而憂鬱，他抬眼仰望她，他看到在藍衣上方的是一個聖瑪琍平凡的頭，他又如前般地衝動往上走，想去握著她的手，可是她已經轉身走開了。

這時對面的巨山突然傳來石頭滑落的激響，他坐在草地上，疑惑地望著那些卑窄山石的干擾。現在是不在乎了。他靜靜地承受著，他的呼吸非常的遲緩，彷彿眞正的和平已經降臨給他，直到它們慚羞靜止。這時獵隊回來了，他的耳朵復聽到山溝的流水的聲音。巨山與他之間沒有實地可容。獵隊的人就在對面巨山的山徑上移動。人物和狗都非常細小，他仔細地望著，靜靜地凝聽著直到能聽到他們的語聲。

巨蟹　五

雅基站在廊下，引誘著別人的眼睛。她抱著灰色大衣，穿著褐色的粗條絨褲、黃色的毛線衣，頭髮梳向後面。清早十分寒冷，他要出發了，已經坐在車廂裡面，他靠近窗邊望外，與她聊談。昨夜，他們已經談了許多了，也一同吃晚飯，早餐又同在一起吃，花掉了許多時間。話一直說不完，輕輕地交換著從眼睛裡互相流傳著更眞的感情。車子遲遲不開，她仍然站在廊下，雙腳有時移動了一下位置，然後又看他一眼。他從窗口對她說：雅基回家去吧，車子也許永遠不開了。那麼我們再一同回家，她說，我一定要看一看車子在崖角處轉彎消失。他會因一時情緒的湧動而沉默片刻，把眼睛從她的臉上移到他處。他似乎不再天眞了，他似乎受到了傷害了。只有她明瞭他內心的脆弱。他不能再受到打擊，她知道這一點她告訴他在旅途上閉眼睡覺。外面要比車廂裡寒氣重些，她披著大衣抵禦寒冷。他們不再說話了，儘讓艱難來圍迫著他們。司機這時出現了，口裡呼呼地呼出煙霧，並在廊下小攤的匣內撿了一個檳榔丟進口裡。司機坐在駕駛臺位置裡，從背後可以看見他的腮骨在上下咬動，他拉開玻璃窗，伸出頭從口裡吐出紅色的唾液。他繼續咬嚼不停，臉孔熱紅了起來。司機開動了車子，轉了半圈，向山道駛去。車廂裡寥寥的乘客裂著笑容轉頭向後窗望著，他們的視線穿過玻璃注視廊下站著的雅基，因爲她太巨大了。而他靜靜萎縮著手腳，埋著頭欹伏在位置裡。

那是什麼？奇怪的人們。他們在前面急行著。山路狹小彎曲，他們如何能夠做到那樣。司機不斷對他們按喇叭，他們就加快了些。突然他們倒下來了，從籠子裡伸出一個猴子的臉照著車廂裡的他。他們手腳迅速地扶起腳踏車，貼靠山壁，讓車子通過。他從窗口瞥望著他們，那是三個山區的獵人，把他們的行裝堆在腳踏車上，他們又坐在上面，後面掛著一隻大竹籠，鎖著一隻母猴和一隻小猴，鐵圈圍著他們的頸脖。雅基啊，她的動人影像起作用了，那清早站在廊下的巨大身軀留在腦裡太不容易消失了；正在這時，她浮現起來漸漸取代了那三個行動急速的骯髒獵人以及不幸被捉住的母子猴。

他看見湖了，從車窗俯覽，湖上昨日密佈的雲霧逐漸上升消散。它們集成一朵一朵飄上天空，然後隨風飛去。它們會到達臺北、東京、和紐約。湖裡山影深褐，陽光從山溝射來，這自然像一臺戲劇的大布景，有人掌燈，有人移動景幕。綿綿十里長的湖光山色，如此地美麗悅人。但是，如此地寬長的湖哦，雅基的影像逐漸地浮現掩蓋了你。她比你更美更巨大，無論如何，你敵不過那感情的影子；她是他的整個世界，而一切應有的美德和自然美景都行將退讓。

巨蟹 六

是夜，他走出寓所，到屋後的電話亭打電話給她，他聽到彼端的鈴聲一直斷續地響著，並沒有人來接聽。當他通過守衛亭時，他不明其故為何亭子裡一片漆黑，他不知道守衛的保警是否在裡面。往常他每走過關口，必會向保警打招呼，人人都需要那樣做。那招呼是有幫助的，對他會有著信任的感覺。他繼續往前走，感覺在背後有人窺伺觀察他，他的腳步因此有些輕搖不穩。他沒有回頭去注意亭子到底在他走過後又成為怎麼樣，由於他的孤獨，他竟陷入於一種非常膽怯和過分思慮的不安境域。這種心境使他懷疑自己是否在進行著一樁犯罪的事。他經過一座跨著深谷的橋樑，走進了隧道。他讚嘆地勢真巧妙，敵人無論如何不能走下山谷，涉過油滑深濬的急流再攀岩而上，一切的戰聹會中止在那谷底，而流水會平息了所有的一切。唯一的通道只有一條險要的柏油路，它既彎曲又帶著傾坡，最後還要通過隧道和橋樑。隧道可以堵塞，而橋樑也能炸毀。他想敵人是無計可施的。他走出隧道順著彎曲的柏油路上坡，這條坡道很長，他的呼吸漸漸地沉重起來。

不久他的視線能夠越過幾層的路坎，望到那精緻的屋子。她把燈光都熄滅了，使那一空屋子像一團重塊。屋外庭院種有龍柏樹和櫻花樹，層層護衛著，且在黑暗裡做成了氣氛，外圍又有一道漆成白色的低矮木柵。這所屋宇的幽雅曾經首先引誘著他。他不知道她是否偽裝著故意躲藏在裡面熄滅了燈光。他在還未走近前便改變了方向，轉到一條大道去，沿大道又轉到比屋子更高的所在，然後俯望下來。他慢慢移步走下來，聚神注意那所屋子。他已經靠近了木柵，依然察覺不出裡面的動靜。他感覺到爲自己的猜測所欺騙了。他撿起一顆細小的石子投往她的臥室窗戶。石子太細似乎還沒有到達便落了。他重又選撿了一顆粗粒的石子，再向窗戶拋去。它打到了，發出一聲清脆的短音。他等候著，一切都沒有反應。於是他繞屋行走，轉到他處去散步。

相同的步伐，相似的舉動，令他心胸充溢著一種侵蝕自己的情緒。他就要腐化了。他曾經這樣幻想著，除了肉軀的眞實外，還有另一種眞實；在哲理中，他盼望有一個永恆的眞實來比照短暫的眞實。可是那太艱難，它們彷彿就要爲他捕獲，卻依然一無所有，無所證明。它們只存在於迷幻中，沒有確切的實體。他在這種喪苦中，開始反對人們歌頌褒揚的事物；一切在世俗中被認爲美的，他均認爲醜惡無比。因爲自私寓居在那讚譽的聲音背後，如王者之令和聖者之言，其內心無不沾沾自喜，自居高頂。世界誰是王，誰是聖，皆無比謬誤。

他徘徊整夜無以自遣，他敵視著他的歸路，那是一條他前來時的同一路徑。坡道、隧洞和橋樑，同樣地要他重走一遍。他的頭髮和肩臂沾著露水，頸背以及雙腳都已潮溼。他爬著柏油道上的山坵，像一隻自然的野獸，從隧道的頂上走過。那裡雜草和灌木叢生，他能俯視到昏渾的燈光照著那座橋樑，守衛的保警在亭外來回踱步，亭子裡燈火明亮，可以看見水沸的煙氣。他小心的移步，不使警衛察覺而開槍射擊。

他讓身體慢慢滑落到山谷，粗糙的砂石磨破了衣褲，擦傷他的皮膚。他忘掉了警衛離此不遠，滾落的沙石招引著警衛走到橋頭察視，他貼伏在黑暗的坎溝，注意著站在橋頭燈下迷亂的警衛的行動。一刻鐘過去了，他移動身體，腳底踩踏的石頭又紛紛滾落，他的身體也隨著滑下。這一次的響聲再度把折回的警衛重新招到橋頭，他看到那自腰間拔出的槍枝，向山谷鳴放一彈，那顆具有聲影的子彈彷佛穿過了他的心胸，他在那一瞬間跌進了急流裡，讓水把他帶走。

他靜靜躺在一處淺灘，感到有些滑稽而不願翻身起來。他此刻像一位唱倦了歌曲在水邊自戲的小孩。他自由自在地仰臥著，眼睛盯牢著天空中晚升的月光。他在細思著那落水時像觸電的痙攣，以及被流水漂走的快適。他似乎曾經昏迷失去了知覺，的確，那急流會將他帶著去撞擊石頭和岩壁，他已經留下了傷跡。他不能動顫地躺著，只能讓脆弱的思潮去遨遊而不致返回他疼痛的自身。他不明白自己又在何處，離開他落水村落有多遠。只要依照舊道便可順利回到寓所的這種單純的道理，卻因自身的反動而落魄不堪。爲何我要如此自擇，他想。我的行爲的意義能夠符合那所謂的永恆的運轉嗎？

是的，他的行爲只能暫且稱爲一種象徵。不管怎樣，他需身受痛苦。自擇與天意是一致的。他是個眞實的演員，配有神授的使命。現在他因爲受不住寒冷而翻起身來，寒冷像新的折磨凌越了他原有的創痛。但此刻他感到寒意已經是侵蝕到他的全身了，他已經受到寒氣的傷害了。他站立時，頭腦像火燒著一團塞滿了雜亂的棉絮而異常的紊亂。

他感覺不適地離開河道，攀爬到山頂上有燈火的地方，他從一道石階上去，在一些屋子圍有牆垣的巷道行走。他轉了一個彎，又從一道石階上去，經過一座土地廟，再沿一條小徑蹣跚地前進。他赤裸著雙腳（拖鞋已在落水後遺失了），頭髮以及全身衣服溼淋淋地貼覆著他。他走向一座木屋，然後推開門走進去，裡面燈火明亮，在角落裡正坐著她。她盛裝且凝神注目著他走進來，她的頭髮是一種新的式樣，臉孔也整修過而眼睛特別明亮，外衣是新裁製的，腳上且有乾淨的皮鞋。她讓他站定，雖然他的表情充滿著迷惑。但她還是鎮定地說：

「多冷的天氣，
我候你一整夜，
（他開始流淚，與髮水同下）
你去時注意到嗎？
屋前櫻樹開花了。」

巨蟹 七

在黑暗裡他不能看清她面部的表情以判斷她的內心的事實。從開始，他便懷疑她邀他來的誠意，放在他身旁茶几上準備給他飲用的一杯使他想到她似乎在做一種感情的回報，不是為了待客的一種禮貌。她大概是為那曾經有過一次的贈物的事這樣做罷。實在不太明白，也許，她想從記憶以及心底裡排除他。在黑夜裡男女的相會不是為愛情，是為忘懷和保持住自我。她現在在他眼中只能算是一團凝聚著的黑霧般的東西。由於她的緘默更加使他相信她已退回到自我而在現實中消失了。當他伸出手臂越過茶几到達那一端去摸索她的身體時，他感覺那是像一塊死亡而冰冷的東西般拒斥他，她完全沒有溫暖和顫動的表現。先時，她曾對他勸告，不要使一切事物變成一種固定、僵直而有意表，讓它們保持那混沌的狀況。她勸他不要回家，如有這行動不啻是一種愚頑，讓那懸念成爲他生活的特徵，像一般人遙想基督的天國。

他靜靜想著：在過去，他每一次回到家時，那些小孩子們便圍攏著他，目睹他那古怪的病容。他缺乏營養，只有三尺高，雙腿細瘦而肚子腫大，臉面浮腫且眼睛細小。那些家鄉的人對他極好，給他美好的食物，但是他只停留幾小時便走了。他記得小時在那裡長大，但是誰是他的父母呢？他們也許不住在那裡了，但他們的姓名呢？許多人議論著，但沒有人能確切說出。他在那一間屋子出生的？現在也找不到蹤跡。當圍繞著他的人盤問他日日生活的情形時，他說話的聲響低沉使之顯得含糊。他整年隨著火車到處飄流，每年記得要回到這個鄉村一趟。那些乘火車而碰巧遇到他的人，都用一種非常好奇而同情的眼光看他，那些人有時因他的模樣和動作的緣故會爆發出笑聲，分些點心和水果給他。他這樣想著：事情彷彿不曾單獨發生在他身上，他看來只是他們內心裡久懷的一種共知的畸型，這個土地上因長久的束縛所形成的典型。因爲他身上的一切都那麼令他們發生興趣，並且也令他們只有即興的奮發，而不會有美好的遠景。爲什麼他們之中不會有人激發起莫大的憐憫而殺掉他，或把他認爲是一種莫大的恥辱而毀滅他呢？

對於她的每一種情緒的劇變，在他看起來，在這黑夜的屋裡，只是那一團黑影的形狀在變化而已。但是聲音是清晰的，當她開始有話可說時。她請他談一談她不知道的事情。他開始對她談起一件父子誤會的事。這個故事裡說著一位希望兒子步他的後塵進大學攻讀電機的父親，因爲兒子的本身對電機沒有興趣竟遭到他的驅逐。

遽然，他感到逗留在她的屋子裡似有一生般的長遠了，對她說起那個典型的故事現在覺得口裡味淡，心理疲乏，他端起茶几上的杯子飲了一口，覺得那液體的冰冷。

「爲什麼你能夠，」她說。

他對她是否能看清他感到疑問。他是帶著莫大的冒險的興趣進來的，今夜她的邀約是因爲氣候不良，他自扮著一位探索者的角色，但一切似乎一無所得。他耗費了時間和精神在一場無結果的冷戰上。

「畢竟你不能夠，你不會改變他們，而他們卻會改變你。」

「你的勸告自始至終是一式的。」

「你要了解一項事實，驚異是生活的動力。」

「但我不能，我太懦弱。」他嘶叫了起來。

「你有時卻反而勇氣百倍。」

「那是懦弱，請勿誤解。」他恐懼地說著。

但她把她的身體移行過來，靠著他那顫抖的手臂。她多麼強壯，同時，他聞到自她的口裡吐出的騰熱的氣流，和那具巨重的滾熱的身軀。這一切都是他來時切望而此刻想極力禁忌的事。

「你不會有希望，只能留在此地。」

她的語聲有如惡天裡的雷電聲響。

「不要去當一生的小丑。」她露齒而說。

他快要昏倒過去了。他想到她如儀的報答，有如對他宣佈絕望。她大概是爲那曾經有過一次的贈物的事這樣做罷。熱情已過，對他如何能再忍受襲來的熱情呢？此刻的撤退是他保全生命的契機。他昏暈而癱軟在她的膝下，自她的膝間溜出她的掌握。

巨蟹　八

數隻火雞在那裡抖動，多羽毛的身體轉來轉去，牠們正被停在頭頂紅冠上的蒼蠅群激怒著。他向那些火雞呼叫，使牠們伸頸咯啼起來。然後他便靜下來望著身旁的女人；她在飲汽水。他們坐在草地上休息。她在仰著頭飲汽水時，他便轉過去看她那粗壯的頸和豐滿的下顎。她啜了一口便迅速地放下瓶子。她有點埋怨汽水味道太辣。他又靜靜地望著前面青綠的山坡。他看到三個年幼的小孩斜斜地走上山坡，二個男的和一個女的，三個人手牽著手；年紀最大的男孩拉著那個女孩，又拉著年紀最小的男孩。他們頻頻轉過頭來看他和她一眼，他們三個人的眼睛都非常巨大又非常光亮。然後他對她說了些話，兩個人都站起來，把空的汽水瓶留在那裡走下山坡。

「你有沒有想到紀律和評量的標準。我認識一些形式主義者，在學校裡擔當訓導人員。他們唯一想到要使學生們馴服，總是出此下策。在人數衆多的城市，當可看出他們實在沒有良好的辦法，他們做到的只是外表光整，把石頭油漆成一種顏色。他們每天都在談品德的問題，在報章上頒布方向，他們稱這樣就會使品德好起來。當他們正色地談及品德的事時，他們是在那裡做表演。弑師的行爲正好拿來證明思想和生活教育的失敗，管束多於知識的傳授的結果。亞歷斯多德不會因其傳授學問而遭弑。高深的知識是最美的德行，其不必宣傳和號召，不必強迫和拖拉，其光芒自能引人向上。眞知識的追求是一生不輟的事，可是，你看他們做的是緊張且短暫的競爭，是科舉制度的擴張和延續的現象。並且，他們在那裡實行廣招徒衆的政策，凡是不憑實力而想獲得溫飽的人都踴躍參加，當他們結成了團體便開始批評和排斥心靈自由的人。你知道，完美的人，有責任感的人，絕非他們中選出的人。這世界最糟的事是：當有自由便將自由當藉口，當有民主便將民主當藉口。你有沒有注意到，孤獨者與他們對比了起來了，世界便成這個樣子，而結群成衆實在只是想做壞事。他們對你談團結而那是一種暫時的眞摯，一種利用，有一天他們獲得了目的，所獲更多更廣時，他們便會趕你走，或者他們的情況愈下時，也同樣會先殺死你，其實無論怎樣，前進和後退都是死路一條的時候，我們便什麼也不計較了，因爲我們的生命並不長。我們在忍受中也有快樂，我們在窮困中也有樂趣，這種快樂和樂趣的滋味是他們所不知道的眞實。當我們在遊戲，在讀書的時候，不要理會他們穿行於我們之間，或巡弋於走廊或躲在樹後，且立於窗外巡狩記錄。人類皆同等自由和平等。除了神的信念，人不應自設信仰，發動戰爭。每一個人來自神處的使命都不相同，就像我們的面目和身體，每一個人能擁其自我的特色的權力。但是，你知道，他們聚在一起共謀惡戲，他們想脅迫我們去參加，供他利用，爲他們犧牲。我們活著是爲維護個性的尊嚴，我們脫離野蠻進入文明，是靠自說的精神和奮鬬的生命力，我們能自制善惡，我們在心靈的適放中追求眞理不輟。有些人由良轉惡是一種求知的不良反應。讓我們一師教一徒，不要整批烙印後去出售。你知道，『愛』是一種『害』，他們把愛掛在口上，把愛拿來抵擋一切過錯的口實。他們說話的聲音和我們相同，但意思卻相異；他們用文字形狀和我們的一樣，但意義卻相異。他們在人生的旅途上，看到的只是絕望，於是便放肆起來整個投在一種賭注上，侵犯了過來。你可以看到，治國者總是以尊脅卑，世界即是因此失掉平衡的。」

他們走在一條輪跡深徹的道路，當他低頭沉思，她總以爲他是爲注視她穿的紅裙，因此腳步便放慢下來。道路兩旁的景色使他想到在歲月中失掉的馬車。他感覺好像有人在背後窺視，他轉回頭只看到那三個小孩站在山坡上靜靜地俯視著他們。他微笑起來。並且一面想到背後是那三個小孩時，便又一面地微笑起來。她又在埋怨雨後的道路難行。他有時握著她的手一會兒，當他放開時，她便對他疑問起來。她轉過來的頭，總是使他對她那粗壯的頸子和豐碩的下顎產生一種遐想。她是他心中的瑪麗亞，健康又純潔。在她所有自我嫌惡之處，都能使他產生滿足。

巨蟹　九

在很久以前，我小時候的一隻小貓，給我們的祖父牠帶到山上了，在那天早晨，他們把

他冒了很大的危險至此竟一無所獲。他走到屋子的另一處，去靠近窗戶，從潔亮透明的玻璃望著外面。他並不能望得太遠，沒有光明的地方總是一片漆黑，難以測斷，但他看到了山且斷定

那是山頂的一盞燈光，因爲它的閃耀才注意到。有人在打燈語，像是傳訊給他。他問她，那山上是否有人，她回說不清楚。他轉身走開，避去預謀者的嫌疑。他這時看到了客廳延出去的另一小室裡，好多天以前他帶進來的螢火蟲依舊還在室內，它的綠芒的光也在靠近落地窗的玻璃游走著。瑪利亞，妳這悍婦。他如比感觸地思想著。即使他向她赤裸地描述著人間的悲戀，她也總以爲這世界多了一個傻瓜，她便添加一份的愉悅。他重新坐下來請求她回答是否接受他對她的道歉，他已經在一番的努力後承認了失敗，因爲他懦弱的舉措使得一個稀罕的場面顯得無趣。這原是一個燈光通明的會所，因爲他的請求，她預先把燈光全都熄滅。在這間會所的大客廳裡有十四張沙發座椅，適當地分佈在各角落，其他家具無不齊備，可是現在連那朵窗邊的插花也喪失了色彩，一切舉目所見的只能呈現著黑白不一的層次而已。他不是不明白，在此環境裡難望產生眞摯的感情，本是非常和平的交誼也因爲黑暗而急遽地變化了起來。這種尷尬的結果只有他來承當了。但是她並不嘮叨，她幾乎完全保持緘默坐在角落裡。自始至終他還未睹見她今夜的眞面貌。他因此感到十分的罪孽，彷彿綁縛她陪他度著這無聊的時刻，他那洶湧的心所設計期望的，至此他感到了莫大的無恥。他請求她回答是否接受他的道歉，她並沒有回答。

「我不會再到此地來了，」他說。

凡是聲音消失了，就是一片沉寂。這座黑室竟是如此地沉悶。他有足夠的時間來反噢所有說出的話語。他要不要再輕輕地說故事？這屋子彷彿僅剩他獨自一人在活動。他試著再發一個問題去問她：

「喜不喜歡我再來此地？」

「不。」

現在他終於使自己走到了絕路之境了，這是他膽大設想的回報。他把頭枕到牆壁喘息著而一切悲從心中來。這時她起立打開一扇門出去了。她不在，他應該乘此機會去解手。但是他沒有這樣做，當一切都喪失且透露低卑之際，應設法尋求重建的機會，不可再顯露嘲弄的丑態。她瞬間即回，他只改換一下坐姿。他無意對她表示他人格的崇高，但他應對她表示今後行爲的決心。

「我不會再到此地來了。」

到此一切才算終結。

他走出屋子，沒有再回頭，他一點也看不到她站到窗邊來的影子。他把衣領翻起來，山間的寒霧使他想到她原是患著感冒躺在床上的，他曾見過她哭。但爲什麼事情一經他手就弄糟了呢？假如他不老想著那個不滅的念頭，他原是一個好好的人，受她敬愛。現在一切像是倒反過來了。他經過一座山洞，然後又走上一座陡坡才到寓所。他解開衣服躺在床上，閉著眼睛，一切又重新開始了。

他和她坐在黑漆的客廳裡，並排靠著一面板壁，中間隔著一張茶几。他面望著面前的落地窗，看到臨近的院子裡的那些直立的龍柏樹，再遠便看不到了。他幾乎是膽怯般地躲在幽暗的角落，又把身旁的窗簾再推遠些，使自己整個裹在黑暗中而不被外界察見。她卻鎮定地坐著，穿著長褲，上身包裹著一件外套。他看不清她整個的臉，只能看到側邊的剪影，他能看到她的睫毛在動，卻看不見眼珠。這是老年的氣氛卻在今天降下給年輕的人們。

巨蟹 十

他們來了，下車後像數尊蠟像被擁進大門。她在他們的一群裡面，她是他們中的一個，像妖怪似地走在新娘的旁邊，挽著那位泣不成聲的醜女人。每個人的感覺都像受到了愚弄一樣地驚訝，誰都不相信她就是平時和他們在早晨打招呼且互相懷著樂觀的心情度著既接近卻隔膜的生活。這時凡坐在禮堂中等候的人，他們的眼睛裡完全顯露他們愛慕的表情而瞪大著和放出利亮的光芒。只有他以為她是個假人而低低地沉默著。對他來說，她想以惡作劇傷害他的心靈，使他在衆多的人中顯出他那卑小自私而憂傷的心性。

因爲她同樣地也想在這世界爭取一點憂傷的權利，這純潔的女人，使她單獨面對他時不會顯得如此乏味。她或許以這樣的表現來分心衆人平時對他的注意，她知道當他們的慾念在一個特定的時刻集中起來時，是那樣的浩大卻又那樣的空洞。這狡獪的女人呀，她沒有想到受到嚴酷打擊的是只有他一個呀，而那永遠達不到目的的他們是一點也沒有損失呢。

因爲只要有一刻，他感覺她不是將注意力關注到他的身上，是目中無他的存在，像這一刻，他們六個人，二男二女一個童男一個童女，從衆人分開的路緩緩地走向禮壇，他便像受到了侮辱。這種侮辱當他怯怯地投注一個人時，就像從那個人對他發射出來；當他掃視全場時他感覺他的四周已充滿了這種排斥的氣氛。

讓她去罷，甚至也讓神聖自他常存的心中剔除。他必須在此等候下去？還是英雄般地走到她的面前，使這禮儀產生了意外？他唯一的選擇，就像往常一樣靜靜地退出，當他們的注意力顯得混淆而昏亂的時候。

顯然極權統治者似乎都深刻地不喜歡比較抽象的思想形式。有人說，相對論是閃族對於基督教和諾底人的物理學基礎之攻擊；或者又說，相對論與辯證唯物論和馬克斯的獨斷教條衝突。許多人甚至把眞理底意義全然忘記，失掉獨自研究的能力，也不信理智的力量。於是在知識底每一部門中，如有意見上的參差，都變成政治上的爭端。因此，這類爭端之解決，不靠科學研究，悉賴官方底權威。在極權國家，最令人觸目驚心之事，無過於輕蔑知識的自由。知識份子，只要懷抱集體主義的信仰都是如此，凡想做知識份子的首領者，也常如此。

他以絕然的態度走著，他離開那裡一步一步朝自己的寓所回去。回到家裡，在途中被狗咬傷的腿滴著血。他倒在床上思索著，現在他將如何？他又從屋子裡顛簸出來，整個村落零落得像經過了一場洗劫，他們都集中在那禮堂中，無論大人和小孩都在那裡。無論喜樂或悲哀都一起步驟一起行動。他希望著有一個最終最巨大的打擊來毀滅他，他必須再繼續尋找，甚至在必要時自己設計一個情況，使自己直線沉落下去。他推開電話亭的門，肩臂抵著一面壁，他開始撥號碼，他馬上聽到她沉靜而怨恨的聲音。

「我必須回來守在電話旁邊等候你，我知道危機來了，但你有時也必須來了解我。現在像往常在我身邊一樣，給我說點什麼，給我一點啓示。你知道我討厭我臉上的那層厚厚的粉彩，假睫毛，和鬆大的頭髮，以及這件堅硬透明的衣服……。」

「是的。」他打斷她說。「我要告訴妳，有一天，我的哥哥和我到山上，在一棵樹上採金狗毛，妳知道，那是金黃色細柔的東西，在那時，我們認爲它放在傷口上可以止血……。」

希臘・希臘

二個男人步上了一輛公共汽車。這輛公共汽車由郊外開出，這兩個男人在它的行程的中途上車。那是一個接壇城市的鄉鎮，他們站在一排樓房走廊下等候，什後的太陽光線熱度很高，陰影縮在樓房下面，當車子開來時他們迅速地跑過去。車子繼續前進，轉了一個大彎，駛過護城河上的一座水泥橋。這是一條古河，二百年……前，不，也許更久遠些。城市現今已經不需要這條河道的護衛了，它相當被人看不起，看不到水上有船隻，但是被拋棄的家具卻浮沉在污黑的水面。經過這道橋，車子已進入市區之內，然後它停在市中心的一個熱鬧的地點，兩個男人走下車來。

他們穿過一條小街，走到一家大戲院前面，那裡已經排了數行彎曲的行列，數名警察走來走去維持秩序。兩個人站在一排人的後面，漸漸向前移動，不久買到了兩張戲票。然後他們在商店的櫥窗前面觀賞一些古怪的男性飾物。他們和一群人擠進了戲院。這部影片比一般的電影多放映一小時。當他們看完電影再從戲院出來時，街道已經氾濫了燈光，天空是深黑的，散佈著細小的星，白晝消失了。他們在人群擁擠的街道行走，決定找一家餐館吃晚飯。他們走進一家設有冷氣裝置的餐館。二個人計算了一下所有的餘錢，只夠吃兩份快餐和一瓶啤酒。於是他們便叫了兩份快餐和一瓶啤酒。

上次我們不應該去了那裡，

別再提起那件事了。

我們根本不懂得那玩意兒，

開頭是你說要去的。

我是信了那個人，我以爲拒絕很對不起他。

他老遠來，我們最好順一點他的意思。

我也這樣想。

說眞的，我們除了去那裡……

我知道，你要說什麼……

那時的確沒地方可去。

說起來我們還是順了他的意思。

女侍手提一瓶啤酒和兩隻玻璃杯由櫃臺朝桌子走過來，他倆靜下來看著她把瓶蓋打開，把啤酒倒在杯裡。他倆注視杯裡湧起的泡沫。女侍走開時，二個人端起杯子喝了一大口。

這啤酒眞好。

是的。（它）冰過。

現在我還是不知道那玩意兒的訣竅在那裡，

那時我們心裡根本不在那玩意兒上。
這是眞的，
否則我們也許很快知道那玩意兒的訣竅。
總之，我們是順他的意志玩那玩意兒的。
要是我們能集中精神也許不致那麼慘敗。
不要再提起這件事了，也不要提起他
你有沒有覺得，
覺得什麼？
我們不應該來看這部影片。
我也這樣想。
這部影片並不是不好看，
那位男主角很不錯，
但是假如我們……
是的……
將看電影的錢來飲啤酒更痛快些，
是的。
爲什麼我們會沒有想出這主意來？

他喝了一大口，把杯子裡的啤酒飲乾了，也叫他喝完杯子裡的啤酒。他拿起瓶子，將剩餘的平分在兩隻玻璃杯裡。

你說影片一定很精采，

我看了廣告，而且都是大明星，

的確它拍得相當精采。

可是——

那男角不是很愚蠢嗎？

狡猾，他完全是僞君子。

是的，正是這樣。

越想越覺得庸俗，

這部影片太庸俗了，

我們應該花錢來飲酒。

可是那時間我們做些什麼？

繼續留在床上睡什覺。

從上午十時就躺在床上，我一點兒也不能再忍受繼續躺在床上。

我們應該來這裡飲啤酒。

夢都沒夢到要到這裡來。

現在我覺得腦中多了那個電影故事很可惱。
我以爲這樣的故事總是千篇一律。
許多人去淘金，然後是什麼人也得不到金子。
除了那位男角。
總是那位男角。
許多人都被打死了，除了男主角。
還有他得了女主角的愛。
是的，他得了她的愛。
任何人對那女子的愛都會失敗，除了那位男主角。
是的，許多人都得而復失，尷尬、滑稽、落魄、墜馬、死亡。
除了那男角，失而復得、體面、正派、勇敢，然後活下來。
酒喝完是不幸的，
同一個女侍端來兩隻放著飯和菜的盤子，她動作粗野地把盤子推在二位男人面前。
這是何道理？
俗語說，不是來多花一點錢，就千萬別進體面的餐館，
我們不看電影，錢是足夠的。
下星期湊足錢到這裡來大吃一頓。

何必如此，我有一個更好的主意。他們記不得我們的。或許他們還會記得也準會笑死。

有一個好去處——

難道我們不採報復？

報復是愚蠢的，只會加重這份難受。

當然所有的餐館都一樣的勢力眼。

我說一個很好的地方，快樂而美妙。

是不是人人都說的那個地方？

好地方總是不容易不為人知道。

不一定信得過人人，

無論如何我們應該去一次啊，

是的，無論如何——

但是……

什麼事？

我們總是這樣生活的嗎？

怎麼樣？

譬如順了他的意志去做那玩意兒，

有什麼不可？

你不覺得不值得嗎？

難道我們還能過另一種生活？

我們應該設法……

什麼東西值得？一切不都是荒謬嗎？

只要談到人人如何如何，我就渾身不舒服。

或許你的個性在作祟罷，

那麼我們永遠沒有自己的生活了。

生活本身也許有兩面說法，何必堅持一種概念呢？

喂，怎麼樣了，你？

你飲醉了嗎，半瓶啤酒？

也許，我的確有些醉。

快快，吃完飯我們離開這裡。

回答我一個問題……

走罷，別在這裡討厭了。

他把他拉出了餐館。

放下你的手罷，我求你。

別裝醉，半瓶啤酒，

你不應該不知道我小酒量，肚量小，
但是半瓶啤酒，沒有人會相信，
爲什麼一定要別人來相信呢？
我們應該談談我們的未來，
回答我一個問題，
什麼問題？
現在我們往那裡去？做什麼？
去美國留學，或到西德去，
你聽錯了我的意思，
沒有錯，只有這條路可解悶，
我不是這個意思，
美國萬歲，
喂，夥計……
加州大學，
喂，
愛俄華安格爾文學教授。
現在大約晚上九點鐘左右，人潮擁擠在商店街的走廊，兩個男人朝市中心的公共汽車站走去。

喂，你還記得嗎？

記得什麼？

去年法文教授教我們唱的那首法國民謠，

來吧，我們用口哨吹一遍。

兩個男人一面吹口哨一面要橫過馬路。首先他們是肩比肩走著的，其中的一個突然記起了一張熟識的女人面孔，她剛剛擦身走過去，他回頭去尋視她，於是腳步落後了半步，此時一部藍色轎車從轉角開出來，車燈的地方撞到了他的大腿，他頃刻翻倒在地上，車子的輪胎繼續輾過他的胸部，於是他靜靜地僵臥在那裡。

回響

人家都在背後談論他的怪行徑。就是那些他在散步必須走過他們身邊的那些人。這也是他和他們之間的聯繫；他和他們組成了一個世界。他總逃不出那個範圍，他一面拖著步子在一個四面都圍堵起來的方場走，一面思維。因爲他不能憑空想到什麼；無論怎樣的神聖都無法不借他物來證明自己的存在，所以他必須去傾聽他們，甚至去猜測他們。這樣，他不覺得自己的內心太嘈雜了嗎？那些樹枝，那些花朵，那些磚牆，那些水槽，那些椅子，那些人語；就像他們批評他孤獨的外表，他不是很寂寞嗎？所謂人間的生活，他什麼也沒有，人們所擁有的一切他都缺乏。這樣，他是太豐富了，關於每一天的記載，夜的印象，使他沒有一刻感到可以冷靜下來。至於他的姓名……因爲他不與他人面對面交談，他本身已經由多舌多問的童年蛻變成一個啞默者。但是他能聽，譬如微風吹來的時候，他也能感覺。今夜風從北方的山谷吹到盆地來，他只穿著一件單薄襯衫長褲，月剛升上來不久，如世俗的眼光，像一彎古斧般的月。由於月光的殊異，它使山和四周的房舍都成爲沉重的黑色，大地與天空明白對比著。由這樣的景色，他獲得了一種別致的感想。

「責毆一個小孩子不是這樣的態度。」

兩個身材肥胖的姐妹中的一位對男的一位說道。她們坐在房舍前面的木椅上。距離那裡的一排樹不遠，附近又有一部推車，一個背靠著，另一個傾斜著身體。

「這會給人一個怎樣的想法呢？」

「他是父親，他有權，他或許也是愛他。」

「當我們還是小孩子的時候，我們不曾夢想到會面臨今天所遭遇到的窘狀，任由一個小孩子在門旁啼哭。」

「我說他是父親，他有權。」

「我也不曾夢想到，從今起要提防你背叛我的旨意。」

「我說過他是父親，他有權。」

他的嘴浮出笑紋來，當他從那一排樹下輕輕的走過後，背著她們眨動那雙眼睛。他用一隻手去觸壓推車的冰冷的鋁板，然後很快的收回來。這個動作總是代表出那小丑式的喜悅。雖然有時他會一直把手掌按在鋁板上，讓那冰冷燙著他。他加快了半步向前踱去，而讓那聲音戛然終止：我說過他是父親，他有權。

「晚安，老熊。」

但他從來不曾這樣恭敬地向那位退伍的老兵說。對於這位老兵，他連一張有手靠的沙發椅都沒有。他永遠讓他懷恨著，當他走過時，他原坐在椅裡便挺直了上身緊張起來。他曾被人烙印，便再也恢復不過來自身的尊嚴。要是有人捉弄他喚一聲立正，他也會從椅裡迅捷地站起來。可是那樣不是已經過分？不需要耍什麼戲法折磨他。讓他留點剩餘的小尊嚴去與他的狗交談。但是他甚至連叫他的狗的名都沒法暢順，僅僅只有兩個音節的字也要拆開來重複數次。慶幸地，此時他看不到自己在月光投射下的臉孔，那是彷彿照片上有坑坎的月球的表皮。對於這樣的一個人，要是他言語，他何吝對他彎腰叩頭說晚安呢？他實在不能說，他說了會觸怒他；因為他一生都是愚蠢，他知道這一點。

現在他把頭抬起來，經過了老熊就必要左轉再走，抬頭是為了看月光，無論如何他不能因科學的證實而對他動搖了感觸，月光不僅對他，對萬物都有難以描摹的溫柔之感。當它未上升之前這一帶的天空有鴿群在飛翔，現在那些環飛的鳥們止息了，蓋著牠們靈動的眼珠夢著一切。他總是微笑著的：當他想到那些如語言般印在他腦中的拍翅聲音，他同時笑所有能動的生物，因為他們必須結群，排斥異己，這是個體懦弱不道德的顯示，把生存看成神聖，當他們營生的時候，看似聰明，其實至為無聊，他們雖能嬉戲，其實內心悲哀。有一次他極力想救一個溺水者，他努力再努力著，後來才知道她早已死去多時，他回來嘔吐了一夜，回味那沒有彈性的而且滑動的嘴唇，現在還有嘔吐的欲念。

他非常熟識現在輪到誰了，因為他已經傾聽到一種類似圓鍬拌水泥的聲音。在他那靈敏無比的聽覺裡，任何微響都會擴大成巨聲。他用眼角偷偷地睨視她，然而帶著一絲笑意，雖然他的內心已經轉化為嚴肅和顫動。那位老而瘦的姑娘正在水槽邊刷牙，相信她也一樣一面刷牙齒，一面盯視著漸漸走近來的他。可是他和她之間永遠不再互相在五碼之內靠近了。自從那一次，她以非常激動的表情突然對他說：「太遲了，一切都太晚了，」說後眼眶便溼了起來。他轉了彎，否則再踏步便要去碰撞水槽的磚石。他的頭壓得非常低，他想不出他曾那一點開罪了她。他想他那忠貞、誠懇、樸實的、至惡的一面被覺察著了，除了這一些品性本身必須招惹的命運般最重的懲罰外，再也沒有什麼是他獲罪於她的地方了。他因爲那些組成他的原素而被她看不起是當然之事了。這種萬千世代的扭曲的愛戀是永不斷絕，永不被校正，永遠的被過去所破壞，被現在所阻隔，被未來所支配，永遠不能走進眞愛和和平。

他由泥沙的地面踏入水泥地面上，這是一塊被用來做球場用的平坦的四方形水泥地，月光升比先前更高了，他似乎處在最明顯的地方，而且是一個唯一移動的物體。他的影子緊緊地依隨著他，追隨他的移動而左而右，而長而短。沒有再比這種影像看起來更高尙、更孤單、更可憐了。但是他與他們之間的聯繫，以及和他們共組了一個世界，他是深信不疑的，只要他聽到他們的聲音傳到他的耳朵，況且他是異常靈敏的。他靠他們活著，靠他們產生思維，靠他們證明他是存在的，雖然這一切不能產生美感。突然他停住了，再走數步，又停住了去細辨，他試著放慢腳步拖著行走，拖著他的拖板鞋，他疑惑爲什麼他聽到的會是一種他的拖步在牆壁上的巨大共鳴，而其他的一切都不知不覺中消失了呢？他慢慢地抬起頭來，審視前方高聳的房舍，黑漆一片，什麼也沒有。但是他察覺一個惡作劇的形體隱躲在黑暗中仔細地觀察著他。他左右觀望，他們都風化消失了，除了座椅和水槽依然存在。水槽的頂面上放置兩盆小花木，他若有所思地對它們注視良久。這是怎麼一回事，他們去了那裡？為何他還在這裡，和月光和大地一樣地沒有改變？而現在只要他停步便寂靜無邊，走步便只聽到牆垣傳來的巨大回響，彷彿那個惡作劇的傢伙故意模仿他的節拍用著薄板拍打牆壁。這使他勃然大怒。

「那是誰？」

什麼也沒有。他喚不出任何東西。但他因這一衝動，彷佛死去的陶以皮恢復了自言自語：

「當Plutarch的時代，神壇前懲罰斯巴達兒童一事又再實行起來了，而以病態的誇張之辭掩飾……此觀於孔子之人文主義所遭之命運，便極為清楚。它由人性之研究，淪而為虛文的體系，在行政界中，凡事必求有先例，已經成為傳統了。一個偉大的現代西方民族，為所謂『現代』之精神病引入於無可補救之崩潰中，又墮入於輓歷史途轍之陷阱內而不能自拔，故遂於想像中之過去，以為有榮耀的蠻道足以自豪，而又倒行逆施了。在較早之時，有盧騷所倡的『返於自然』及對於『高尚的野蠻』之推崇。絕技所在，便是將已死之語文，使其重生，復流行於世。但是，但是……如果他想一味復古，而不考慮，則老是向前的生活衝動，必會將他脆弱的計劃碎成片片。如果他以能行於現在為主，而將重振過去之幻想置於從屬的地位，則他的復古主義，就會是假的。無論他取那一辦法，發其用盡氣力之時，則將見及，他拿未來派人的玩意兒來耍，未免要得太不高明了。他拚命想與時代乖舛的事使之成為永久，而事實上則是打開了大門，於是無情的革新，在門外窺伺已久，想得到一個機會衝進來的，至此乃可如願以償了。」

銀幣

現在，他步上山坡，看見她高高地坐在屋前的石階上，抱著赤裸著的雙膝，沉浴在陽光裡。這時她有一張對一切都願接納的恬靜的臉，她的心一定是非常的空虛，正在等待著。這時最令人不能相信的是她的年齡，因爲她懂得微笑，且投出勾魅的目光。她學會單單眨一雙眼睛，有時左眼，有時右眼。但是他知道，這一切由她那裡顯示的舉動並不代表什麼。即使她的眞情在平凡的時刻最易流露，他也不接受。一切都在改變，因爲她並不自由，她的眞情也不屬於她，她受一個既高且大的主人的掌握。因此情感總是在一種互不守信且不負責任的玩笑中流逝。

那陽光在午後對她特別恩寵，她已經睡足了午睡，對午餐做著滿足的回味。她裸露著雙臂讓陽光將它們染成棕色，變成像蛇一樣懶惰、恬美和神秘。她的雙腳幾乎是醜的，但她無所謂，因爲山高的關係，他認爲那是美。她是否有點狡猾，帶著貪圖享受的姿態？那是她的特徵，她的頸子在左邊的地方有一塊粉紅色的疤痕。她一定是她死去的祖母的化身。有一次她說：僵化不是和平，它是人性的損失，失敗的經驗和儒弱的心志；它那呆板的莊重總是被誤信是一種和平。

他走近她，心存餽贈。她幾乎是了解般地盯著他步上山坡。他的手伸進衣袋裡，偶然夾起一枚陌生的銀幣，他感覺它太輕太小而又讓它落在袋裡。

有時她不是她那午後陽光下的模樣，她已成爲一個完全的婦人般巨大，屬於一種過去令人憐惜的典型，她的臉蒼白和憂鬱，內心充滿苦悶和憂慮。她匆匆地走出後院的柵門。

他坐在牆垣上細辨著銀幣裡浮凸的異國文字

liberty

in

God we trust

此時已迫近黃昏，她把火爐生起，炊煙從屋頂上的煙囪上升，他望著，然後帶著炊煙的印象回家。

眼

端午節那天中午，我從家裡的廚房跑出來。我永遠切記無論行走到那裡，要離開家的時候都必須避免走大圳溝那條巷。這一條巷是到街上任何一處的捷徑，小孩子是禁止行走的，我當然嚴守這條戒律因爲我天生十分膽怯。我甚至連站在溝邊的膽量都沒有。這條圳溝是我所見最美的所在，它巨大光滑，經常有很大的水勢流走著，在那急湍的水流裡各色各樣的東西都有。有時它在某一段落被堆積的東西 阻塞著，像水壩一樣形成一個大湖。那水發出黑黝黝的光澤，浮出死去的小雞半個黃色的身體。牠的腳朝上頭部朝下，好像牠在跟誰做遊戲。我沒有從此端跳到彼端的勇氣，是否我有這種能力但我不敢嘗試。那些在溝裡流走和浮沉的東西樣樣吸引著我使我產生害怕。要是我跌進溝裡我便會像一隻死貓或像一片被漂下的葉子一樣爲水帶走。我單獨緊緊地靠著一堵高牆行走，眼睛注意地瞟著那條大溝。這條巷無論在何時陽光總射不進來，兩旁的高牆所投下的暗影使巷裡呈現一片陰涼。人們喜歡在這一條巷行走是因爲它的涼快。大人不會掉進溝裡是因爲他們的漠視，而小孩子的害怕顯然是來自大人恐嚇的灌輸。當我第一步轉進巷裡時，我懷著驚恐萬狀的心情。今天在溝裡的漂流物非常的繁富。魚鰓連著紫紅色的肚腸，以及從高牆下暗溝流出來的白米飯。一粒粒的白米飯流經溝邊黑色的綠苔，然後沉進帶著青光的黑水裡，像生命的流走一樣美麗動人。我駐足片刻便又前行。我恐懼漸漸消失了，我曾經在某一次被灌入了這種危險的恐嚇至現在又由我的心中退散開去，我帶著新鮮的記憶，踏上另一條大街的廊道，我開始奔跑，我相信我不會再臨近那條大溝，由於它的嚴肅的容貌雖然我不再害怕可是我永遠不願。人們漠視它的存在，在它的邊緣行走感覺無所謂，這是無知地加深他們生活的陰暗。在所有各類各色的情感中他們只有選擇「掩飾」一途。那天中午我懷著興奮的心情奔跑著。我身負一項使命要去通知天賜，我已忘記我是否知道路途，或我曾經被攜帶著到過那裡，或者我也忘記了我是否已經在出發前問過了我的母親確實的地點。我的熱忱的視網開向所有我未知的所在，我憑著天生的勇氣奔向我的前程，我終於到達那所辦公的大屋子，我從大門走進去，直奔內室的一間大廳，天賜站在一張大桌的後面與幾個人談話。至此我的熱忱才暫時被那場面阻止。

墓場

除非你是離開了，否則我不相信你會不在那裡。思想與行爲的不能一致，恐怕是懦夫一貫的特徵罷。二十三日我負氣從家裡出走北往，再度撲空，深覺上蒼彷若有意安排如此作弄。抵達北鎮已是什後時辰，走近校門，空氣中散佈一種窒死的石灰的氣味，門房會客室空洞著可能是一般尋常的現象。我像往日一樣輕步走近高聳在眼前的一排校舍，踏上石階，左右望著公佈欄的玻璃窗，那些佈告紙垂掉著，白亮的圖釘搖搖欲墜，我想，午前或昨夜，一定有過狂烈的風掃過此地。我充滿自信，再爬上一層樓梯抵達三樓，教室像驚恐般空空洞洞，所有的學生，彷彿爲了躲避空襲而伏臥在桌椅之下。嘿，別作戲了，如此來搬弄一個不值得的人，請停止這樣的戲嘲罷。我來只不過是爲了拜訪一位久別的知己，與他談談而已。我不知道爲什麼你們會預做安排，眞使我太不明瞭這是什麼意思。但是不是，那些屋子的的確確沒有一個人，好像是戰爭後倖免於難的屋舍，人們還沒有從躲避的遠處奔回的模樣。我開始注意我的皮鞋在水泥地面的響聲，我前後眺望著，沒有人，什麼能動的東西都沒有，噢，上蒼，我終於明瞭，我又撲空了，又一次新的經驗，是先所未有的遭遇。我的手扶在水泥的柵牆，直望著地面那塊方形的球場，那些青年，活潑而純潔的青年那裡去了，還有他們的年輕力壯的教師也那裡去了？如果沒有他們，我的存在算是什麼意義呢？我的姿容能用一而有涵義的字來形容嗎？我知道我有名字，可是沒有人叫我。你是他們全體之中的一個，我既然看不到他們，當然也尋不到你。但是，他們是突然消失的，僅僅是爲了避我，我這樣想著，只要我離開他們會再回來。

來罷，爸爸給你說個故事

當他們從旅舍走出來，朝汽車站走時，她抱著剛出生不久的嬰孩，走在他的後面。車站前面的空氣顯得荒漠，風滾動乾草和樹葉。那條唯一從此山谷到城鎮的山道，因為氣候不良看起來很險惡。他向距離一百公尺山道轉彎處瞥望一眼，那裡堆積著山崩的砂石，狹窄的車道因此隆高著，交通已阻塞了數天。一條匯集山澗的河流在數十公尺險峻崖下，有一座巨大的鐵索橋把兩座山的道路連綴了起來。他向車站的那一位婦人詢問了一下。一連好幾天車子都沒有過來。可是他們卻不能在此逗留太久，孩子在發燒，必須到城鎮找醫生。走路是不可能的，路程不止百里。而且天候斷斷續續地下著雨。那個婦人打電話，然後告訴他，車子已出發在中途。於是他叫她進到屋裡，坐下來等候。

這是一間附設賣車票的山產店，此地因為有溫泉，所以吸引了一些旅客。他瀏覽著那些排列著的和吊掛著的物品，然後眼睛停在玻璃櫃上堆疊著的領巾。

「我想我需要一條那樣的領巾。」他對她說。

「你什麼也不需要。」她望著他。「你不需要它，你的身上從來沒有什麼飾物。」

「它可以擋風沙。」

「雖然是這麼說，我不相信你會在脖子圍著領巾。」

「它們看起來很美麗。」

他站起來走到玻璃櫃前面，一條一條地翻看著那些粗鯰織的領巾。他轉過身來展示給她看。

「這領巾其實是一塊長形番巾。」他臉上堆滿了笑容。

「是的。」她的眼睛注意地觀察他的表情，然後黯淡地微露笑容。

「我希望我們身邊有一塊這樣的東西。」

「隨便你。」

他終於撿選了一條，她坐在那沙發裡似乎有點異樣，抬頭望著門外灰色的天幕和鬱綠的群山，她開始若有所思地凝視著。他把那條領巾隨便圈在自己的脖子，回到座位來。

「看著。」

「是的，很好看，」她心裡充滿了悔意，不應該隨便答應他。「你在城鎮，圍它是不配的。」

「這也可以當紀念品。」

「我們並不是旅客。」

「我再警告妳一次，別再提這件事。」

「我說過，我們最好要這樣看待自己。」他又說。

「怎麼樣也不能。我們不是出來遊玩的旅客。」

「但我們像旅客一樣的花錢。」

「心裡總覺得不是滋味。」

「我知道，我們最好那樣看待自己。」

他有些惱怒，她沉默下來，重又把視線移到戶外的景色。

「從開始到現在，有多久？」他有點慚愧地說道。

「七個月。」她並沒有看他。

「不，我們第一次在一起，」他的眼睛望著她懷抱裡的嬰孩。

「十一個月。」

「當我們在城鎮，我一定去找一個工作，我們便可以永遠安頓下來。」

「誰在追趕著你，你要東奔西逃地。」

他聲音低沉地說道：「自己。」

她銳利地觀察對方那個低俯著一面思索一面說話的可愛頭顱。

「你應該明白，這是一個島，不是廣濶的土地，你無論到那裡，感覺是一樣的。」

「我對你保證，我們會安頓下來。」

「我不是在責備你。」

「我已經有點感覺了。」

「我們也有不少的樂趣。」

他沉默地思索著。

「以前我有一個愛人。」她緩緩地說著：「他現在還等候著我，我對他說我只是去幾個月我還會回來，假如我現在轉回去……」他靜靜地聽著，姿容像一尊塑石般僵硬和蒼白。「他忠實且勤奮，但我確認和你在一起有一種怪異的感覺，覺得生命不長遠，人會死亡，而山川猶在。」

這時，走進幾個高山族的獵人，手提著已經切開的赤紅的獸肉。他們銳利的目光先對她望望，再對他望望。他們對那個婦人咕嚕地說著。他們把獸肉留下來便走了。

「抱著他，」她把嬰孩遞過來給他。

當他的雙手接住嬰孩的一刻，突然仰望到她臉上一股奇異的神色。

「你抱著他，我出去走一走。」

她整理了一下縐亂的衣裳，挺著身軀以堅決的步伐快速地踏出屋外。他疑惑地望著她那瘦小的背影，一會兒便從他的眼界消失。他低下頭來望著沉睡中自若的嬰孩面孔。電話響了起來，嬰孩自睡眠中醒來。

「汽車越不過來了。」那個婦人對他喚著。

他抬頭越過玻璃櫃望那個婦人。

「汽車像昨午一樣從中途站轉回去了。」

「那些阻塞還沒有清除掉嗎？」

「大概是的。」那個婦人把頭轉開。

他想這時毋庸急著去喚她回來給嬰孩餵乳。他們又得再停留一夜，然後第二天午後再來等候。

「來罷，爸爸給你說個故事。」他對懷裡咿啊的嬰孩說。那個婦人從玻璃櫃後面斜瞥他一眼。臉上浮出非常輕卑的神情。「看著，」他指著牆上吊掛的一隻羌獸的頭顱。牠張著嘴露出牙齒，牠們似乎不情願，尤其其中的一隻，牠在哭泣。「有一天，牠在原野上馳騁，尋食和覓偶，獵人躲在樹後。當牠在樹幹間穿過，獵人從背後舉起長槍，然後瞄準放了一彈，牠應聲倒下，仰望天空，獵人跑來剝下牠的皮，砍牠的頭，然後吊掛在牆上拍售。」

「他聽不懂的，」那個婦人插嘴說。

「將來他會懂的。」

「那時一切都過去了。」

「過去的又會再來。」

「他餓了。」

「是的，我們去找媽媽。」

當他走到門口，他看到一部小巧的紅色計程車，輾過山彎的那堆砂石，急奔到他的眼前來。那部小汽車轉彎後停住，他看清楚裡面坐著四個人，那位司機探頭出來對他喚著說：

「你要到城鎮去嗎？我們還有一個空位。」

「是的，但我們有兩個人。」

「你和那嬰孩？」

「還有他的母親。」

「那是三個人。」

「不錯。」

「我想可以擠一擠。」

「我必須去叫她回來。」

「快一點。」

「她就在附近散步。」

「我們不能等候太久。」

他抱著嬰孩跑開了。一刻鐘後他急亂地走回來。

「怎麼樣？」那位司機說。

「我一時找不到她，我不明白她到那裡去了。」

「喂，她不會回來了。」那個屋子裡的婦女現在倚憑在門口對他說。

「爲什麼？」他轉過身來盯著她。

「我彷彿瞥到她和一群高山族獵人走了。」

「你怎麼決定？我們要走了。」那司機又說。

「你們走罷。」他說。

車子發動走了。

「你毋須等她了，她走了，不會回來了，這樣的事我看得很多了。」那婦人說。

他又對那浮腫而驕橫的臉孔怒視一眼，然後跑著追喊那部開走的車子。那部小巧的車子在二十碼外停住了，司機從車窗探出頭來回望著他。

海灣

距離港口數十里遠有一個海灣，一條鐵道路經那裡繞著岸沿。那兩端海岬延伸出去的地方都各有一個村落，漁舟在白天裡置在沙岸上。那海灣弧度陷進來的地方，有岩石和一段沙灘，每天海水輕柔地拍著那小沙灘，浪潮也帶著捲滾的動作排向岩石，使那岩石上的隙縫叢生著短小的海草和刺銳的牡蠣。午後，陽光將臨海的山丘的陰影投在這靜寂的海灣，那些暗影無聲地伸展和擴大，由沙灘染進那深藍的海水，又漸漸地遮蓋了岩石的一部分。在那裡游泳了一下午的二個男人中的一個，兩手攀住岩石把身體自水裡支撐起來。他站在岩石上，用手拂掉臉部的水珠，他看起來並不強壯也不高大。他的身體的下部穿著一件藍色的泳褲，全身赤裸的部分已經爲陽光曬成紅棕的色澤。他自水裡起來後，深吸了幾口氣，再轉向深海的方向，然後立定採取一種魚躍的動作，重新鑽進水裡。幾秒鐘後，他的頭先鑽出水面出來吸氣，然後再看到紅得發黑的肩胛，他在水裡轉身，又朝岸岩泳來。在深水處慢慢拍游的另一位，看不出他的身材，但是兩隻像鍊條般細瘦有力的手臂，卻緩緩地輪流舉起越過頭部拍打著海水向前移動。從那速度不快的泳姿看來，他的性格像是富有耐性和沉著。他呼氣的時候頭部側轉過一邊，可以看見他的一隻眼睛，這時，他已向岸沿泳來。他像他的同伴以兩臂支撐起身體，爬上岩石。他爬上來便坐在那裡休息，深深地呼吸著，胸部激烈地起伏。他也用手掃掉臉上的水珠。他睜眼看著那個躍下水後重又泳回來的同伴。在岩石上的這一位身體像剛在水中拍打的那二隻細硬的手臂，肌肉都結成一塊一塊的硬肉，而使身體看起來非常的瘦小。他坐著轉動他的頭，看看太陽然後看看四周和遠處，周圍看起來像無生息似地荒漠。他站起來脫下他身穿的一條黑色短布褲子，將它擰乾再鬆開，他舉步走到岩石沒被水潮淹到的部分，把褲子平鋪在那乾熱的岩石上，而在那個地方太陽投下的暗影還未伸展過來。那個泳回來的人雙手攀牢岩石，僅露出他的頭顱在水面上，他靜靜地望著赤裸裸走回來的同伴。他像一個慣於蹲坐而使膝蓋彎曲的人猿一樣行走。但人畢竟是人而猿畢竟是猿，沒有綜合的說法。人由猿演進只是一種價值的比喻不是事實。如果人是猿演進而來，如果猿又是鯨演進而來，那麼鯨也是人的祖先。鯨是猿，猿是人，那麼鯨也是人。

人也是狗
有些人的面貌像狗
人也是豬
有些人的面貌像豬
人也是蛇
人也是虎
人也是魚

人要是不單純的話，活著不知是什麼滋味。人活著沒有自尊的話，便與一般動物無異。因此，人最好是人，讓猿最好也是猿，不要混合。他從水裡爬上岩石，和他赤裸裸的同伴坐在岩石上休息。他們互相交談著，臀部覺得海水非常適服。漸漸地海水在退落，岩石的面積擴大了起來，他們坐在那裡像變小了似地，但他們還是坐在那裡交談……。

詩

五年集自序

對於友人曾經說過寫詩是一樁豪邁舒情的事，於我不知能否做同樣的性情而言？但就生活而言詩是自古而今不變的道理罷。

民國五十四（一九六五）年晚秋離開海邊的小學校奔到臺北城後，寄居在木柵二姐夫劉大燈家處，陽光西斜時常獨自沿溝子溪散步。詩，倒影，狹路三首約寫於翌年小陽春雨時節。

後來遷出木柵，先在信義路巷內，後在通化街租一間臥室，某日天黑前意外窺見窗外漫空中盤旋的蝙蝠有感，寫成日暮的蝙蝠一首，黃昏則是路經市內公園時坐於樹下石凳草成。偶爾回到木柵二姐夫處小住二、三日時寫出周末之夜，及對基隆生活的回憶凝就了雨霧時節。那時，雷、簡、胡三友遇周末偶到雨港來訪，我住在省立醫院對街樓上。一日簡、胡二君相偕前來，正適我闌尾炎割除後第五日，由醫院搬回居所，當夜以兩隻烤雞數瓶酒飲至天明。城堡一首無疑是在皮鞋店伴有妻的注視下寫成，是我在礦區的小學校生活三年的回憶。每展這詩，無限感傷和悲懷繫於心中；第一次認爲很美好的愛情竟莫名其妙地結束在那裡，至今除了自責自譴外，不明是否有其他外因，只待來日由她親自告訴我。

欲想飽餐一頓，我就轉回木柵二姐夫處；飲食對我，唯二姐親手最合我胃。新聞一首是在那裡的暫留中速成。

白色康乃馨和爵士樂一首摘自散文冬來花園中一節，美麗一首也寫於斯時。美麗是我憶及在關子嶺服役期間的大部感觸。

在昨夜我們，在咖啡室聊坐譜成。那時與文季友人初交遊，憶及在服役中的假日回到出生地通霄的愛情遭遇。小夜曲最初僅前面的數行，在礦區記在紙片上，後來追思彼處的生活而擴展成三個完整段落。

嫉妒和打聹二首來自簡君說出的眞實故事。

夾在嫉妒和打鬪的冬日，是我對文季停刊後的懷念。武昌街明星咖啡店是當時文季友人聚會之地；記得姚教授曾有這樣的話：「你們珍惜這一刻啊，要是散去，不可能再有今日聚集的規模。」如今已應驗其卓灼的先知。

隨冬日後寫下春天沒有一首，是思維的聯繫。那年新生戲院焚燒，情景觸人；和尚王海龍犯姦殺伏法；娛樂界初展姿眉；越南戰況慘烈；臺灣試種蘋果成功，皆是不可拭掉的現實世界。

自通化街搬出後，住蘭雅農舍，又遷出蘭雅，住進延平北路。晨曦時分，友朋常帶醉搖搖晃晃地行走在田間小徑，到石牌搭火車回家。懷拙在此之間誕生於一所私立婦產科醫院，母子均安，雷、簡二君來賀，贈錢四百，特念永銘。似應否認人窮無友的說法。後雷君戀愛成熟，奔回高雄與慧美小姐成婚，男才女貌最適他們夫婦兩人。

失業多年了，生活依然無處歸依，窘困之狀使我悔不當初貿然離職。考進廣告公司企劃，上班三日就作罷。到經濟日報當會議速寫，好景卻不長。爲咖啡室的僕役一月，領薪九百，是經歷上的一個嚴肅笑料。一日與文季友人參加中國文化學院學生的一次演講會，共推雷君駁斥時下文學使命感的僞善面。事前曾與雷君談到使命感的自發性，必須要有眞實的生活體驗，及對文史的眞確認識。這與世紀末國人倡明哲自保，實底下是個人趨勢好利的僞哲學不相謀合。生命只有一個，在同時空中容兼出世入世之格，令人反感。微學則談出世，居優又談入世，唯此輩才有這種了不起的說法。繼承傳統不是銜名掛牌，只有不斷改革創新一途。處世立身個有異趣，無硬性標準。執法公正，崇尚自由尊重別人，發揮個性，才有存在可言。我想東方的文學，此時還是不脫支持社會的公義的主流。

罷職咖啡室後，租居承德路的六蓆榻榻米，懷拙寄臺大托兒所，寫現在只剩下空漠。爲申請教職，被有關機關搬弄四處奔走。又有藉某名譽前來索價八仟者，是一位戴眼鏡牧師自稱和另位黑膚漢子，說先付半數事成再付半數，眼可見到已是赤貧，何來大錢八仟，貪饞混蛋之極致，使我不勝怒吼，揮動正在作畫的彩筆下逐客令。爲生活與妻齟齬。寫十四行。爲出文集又被仙人掌愚弄了一番。胡君一年兵役滿自金門歸來，贈我高粱美酒數瓶，又與他海外歸來的同窗共赴淡水暢飲。寫告密者。再搬到天母住，時在民國五十七年夏末。

一日與妻吵架，避居在簡君破舊的宿舍內三四日，寫牙痛。回憶在咖啡室當職，譜成在黑色沙龍。當時有一位詩人，知我名爲七君，不明何故，每夜均前來挑言侮辱，不可理喻之極。有一次民間節慶，攜眷回木柵二姐夫處塡飽肚腸，寫這是不能。小書此時竟誕生到這不適舒的世界來了。是喜又是憂。

由於不辱於賄賂，謀教職始終無望，遂離臺北；捨城市走高山。一年後輾轉而回到本籍的通霄來，時在民國五十九（一九七〇）年青年節，抵家門時，日落黃昏春雨飄落，心身皆感困頓。是年九月末復職事成，感謝綿雲隙縫之青天，派於鄉下小學校，生活始定下來。第二年値夜一首譜成。幸雄君偶來通霄敘飲。離城後與朋友均斷音訊，知道我回家，相偕前來探望，紛亂的情緒不能言盡。

就在這工作之餘，整理此集。詩不計好與壞，只求意達，且最能寓言五年之間我的愚昧之嘲的黯淡生涯。

對於友人曾經說過寫詩是一樁豪邁舒情的事，於我不知能否做同樣的性情而言？但就生活而言詩是自古而今不變的道理罷。是之爲序。

七等生

民國六十一（一九七二）年仲夏

於通霄舊屋

詩

晌午
坦途中
我不能殘酷地越過
有權擁有一支
紅黃白三色傘
白色鑲著黑袖邊的襯衣
綠色百褶君
適足紅軟鞋
握著淋漓冰棒
沾涼朱唇
的
女跛者
有時
我曾繞路

也不讓她查覺
我內心的
卑劣

但佔有
且蹂躪
起伏在
黑色中的誘惑
那是當然的

倒影

黑木舟的
掌槳者撒網者的
火爐和鍋
蠟燭和杯盤
睡蓆和岸上
他們的女人

構成一群
逃闖
的
魚

狹路

綠色郵車
掛著擴音器的三輪
（唱歌宣傳電影片）
運什貨的鐵牛
兩個頭戴布包笠帽的婦人
肩挑蔬菜籃
我和你
停在那裡
祈望日落前
變成一隻鳥
回家

日暮的蝙蝠

窗幕拉開
沒有水平線
有急行的黑物
交織著視覺

它衝入畫面
再折回去
亮麗的藍空
原無一礙物

天空彷彿藏有詭險
懼慮不平的飛行
雖無音響傳來
視覺深深被烙印著

東方削瘦的廣衆
抬起頭來睹注
日色漸晦中盲的蝙蝠
意義曖昧的穿掠到底爲什麼

長時候守
無射入
無遙涯飛去的

一隻

它們棲息在不見的四周
輪番失射，截角
冷傲滑翔，頓翅譖跛
在這口黃框戲台

經書上記載
神秘不詳的鬼物

選擇暖和的春天
來撕裂這窗框世界
不堪黑斧騷擾
放下簾幕遮蓋
再度展開
稍待黑夜

黃昏

你是一棵有細細的葉子的樹
所掌頂的橙色天空
你是口中咬嚼燒餅滿足地
在公園徑上散步的腳
你是聆聽五點三十分
電台流行歌曲的木椅
你是急行回家的汽車
你是勤奮不休的網球手

以及網外停步的男女
你是閃閃不已的城市霓虹燈
你是靜靜失去效用的屋後日規儀
你是幾片在午後落下來
靜息的綴縮枯葉
你是更加溫柔的
少女的美眼
你是饑餓的肚腸
你是看得見的家
你是我那眞我的形態
你是跛者痛苦的感覺
你是浪人的哀曲
你是赴宴的衣裳
你是群狗急遽尋覓的
晚餐

你是我痠麻的手臂
是我悽慘的晚年景色
啊黃昏，你再一次爲生命閉幕
永遠扮著背景這個角色
你是我的眼睛望得見的
眞實之夢
你是我最懼怕的死亡
你是陣陣徐來的涼風

週末之夜

從午後誕生
眺望變色的天幕
準備爲蟠祭
獻上我的肉體
那包縛著海馬克西服
潔白的綢襯衫

東京來的花領帶
德國皮鞋
袖釦閃亮
如華德氏卡通的狼
踏出巢居和他習慣的睡眠
已十分整齊
充滿價值
如摟引著
磁的細長花瓶
走進粵菜館
走出粵菜館
走進戲院
走出戲院
走進咖啡室
走出咖啡室
走進公園

走出公園
把假愛扮成眞愛的你
不是這世界唯一的人
想獨自霸佔
衆人所喜愛的

或者你本不容易
接受勸告
當然誰不相信
明天是
星期天

不要認眞
回家去睡覺
可是這蟠祭
是你供奉的
就得依然下手

宰了你

雨霧時節

雨霧時節
百花殘落著
懷孕四月的死嬰
佝僂墜落
記不得有誰
坐於病室床邊
削一只蘋果
使黃昏準時降臨
時間顯示意義
炎夏已至
晨陽普照階臺
懶得起床刷洗
陰戶充盈著屬於

合法的男人的精液
誰在後房獨臥
沉默，萎縮和哀傷
像寄生蟲
不敢前來

雨霧時節
百花殘落著
懷孕四月的死嬰
佝僂墜落
記得去年有誰
坐於病室床邊
削一只蘋果
使黃昏準時降臨
時間顯示意義

城堡

石屋疊砌在山坡
褐色來自西陽
在朵雲和晴朗的秋空下
幻想一座王子城

曾是希望之物
像夢中的鑽石
但喜悅，快樂和志願
在攀高的腳步移近時
轉變醜陋而降冷
任何對它觀望的
都與環繞它的群山
構成若是地球
月亮和太陽的關係
使牆垣在小徑的望遠中

時有盈蝕

黃昏的煙梟，不規的窗
對那群疲倦、沉默
無望的淘金者後裔
產生雙重的饑餓
粗石、頹牆、瓦礫和垃圾
令遊客寄居者
由文明中退縮
燈盞模仿鑽石之光
夜晚容易因愛情說謊
有一個時辰
這山城景色
專屬於憂鬱和幻想的男人
可是，那金色輪廓下
彌漫的藍霧
出現在冬季的清晨

任何時候站在
守護者山畔
都感覺到空際繞盪著
宗教諧樂的微塵
心中充滿懷念的靜謐
但在歸路石階
遇到的是綠苔石牆
漆黑的屋頂
頹敗和冷溼
守候在窄巷角落
陽臺柵下
鼓樂隊走過
死者的軀體抬過
送行人走過

新聞

通往堤岸的
主要道路上
派系的糾葛
並非沒有

教授和徵來的未婚妻
栽了的扶桑花和千里香
放入修政主義模子裡
獲得橫掃性的勝利

平臥在甬道上，一輛汽車
被相當程度的損壞
現在很明白，有些地方
委實別具一格

十三歲以
優異的成績
考入天然式
獸檻

一不願道出身分的過來人
沒有人去理睬已經半年多了
一條街範圍內房屋的玻璃
不再是革命的聖地

母大蟲擅長的
蕭邦夜曲
涉嫌強姦
妨害自由

發行人
毗鄰

憤怒的
群衆

慈聖宮前公有土坡地
一設計新穎的高級花園住宅
警衛森嚴
謹此敬告

非暴力運動份子的
女郎被面摑
我也相信那不能
視爲誡正

成功的因素之一
投資率低於百分之六
高於百分之八時
以喜劇收場

最有辯才最受尊敬的發言人，在美國眠床

枱燈之旁絕跡

老牌打字機罷工

戰鬥轟炸機

已供應

清明節

市場需要

俱樂部

軟禁

掌中戲中

討厭的人

舞弊和受賄

架起路障

在現代畫拍賣場中
互望了一眼

誣控傷殘兒童的議會
原是無法辨識
周遭世界的
間諜小說迷

美麗

你是他
一定痛恨
有人用腳
踩踏你

人
不比
蛇

美麗

白色康乃馨和爵士樂

冬季的
晌午
似感覺中
夏季的
初晨

廳堂泥面放映
庭前葡萄架上
兩片菱形的枝葉
影子的光幕
如蜘蛛網般
薄薄的
瘦瘦的

東海的
花園主人
外出去
寄信

爵士樂繚繞著
一朵孤寂的白色康乃馨
即興般地
魔惑著的

在昨夜我們

在昨夜我們
涉水抵達彼岸
以摟抱和顫怖把守
一間茅草小屋
一條河靜靜地環繞
竹林以及堤岸

都曾警覺
入夜沙使
背脊冰冷
我確曾步入森林
首次感覺
網狀的纏繞
一層窒息之濃霧
似自襯你之海洋上升
雙睛變得盲漠
一個蛇之肌膚
輾過，且漸漸地
在我視界擴展成
浩瀚沉重之天空
壓倒我在
衆樹中央

此後你成爲
不可撫觸，彷彿
那悲憤之惡毒
對我不可饒恕
甚至，不能再對
另一個女人的
娓娓聲音網織
夜的眞體

小夜曲

心愛的，你要來
就趁著這黑夜
木屐聲萬不可驚動
屋子裡睡覺的人
不要裝著小偷般
躲躲藏藏
踏進幽會的屋宇

也要大方
誰人不知你爲愛情
啊心愛的，趁著這黑夜
你來

心愛的，我們逃走
就趁著這黑夜
爲何你的臉今晚
像颱風前的天空
誰抓傷你的頰
撕碎襯衫
把髮上的花結取去
在你純潔的心上
踩踏
啊心愛的，趁著這黑夜
我們逃走

心愛的，再見
就趁著還黑暗
我必須趕快回到
他的身旁
我們還會相見在
一個沒有月光的晚上
愛情需要
容忍和勇敢
誰人不知你為愛情
啊心愛的，趁著還黑暗
再見

嫉妒

時令步入冬季
每天上午他們
帶至一間木造房屋
聽講政治課程

其中的一根樑柱
築有一巢燕窩
禮服修整
黑白相間之
一對燕子親密地在
那裡厮守
我不知道
爲什麼所有的
春天由南方來
秋天歸飛南方
唯獨這一對懶怠
不願鼓翅離開
牠們伶巧可愛的
頭顱伸出又縮入
流轉著圓珠猜疑
他們光著頭部靜坐在
那裡讀書

空氣中自由劃著
銀痕的華爾滋
灰色在交錯
歡欣天眞而又冒險
首先有一位
輕怯地抛帽
然後有兩個
照做，幻想飛燕
來碰

這樣一天
一天抛擲者
越來越多
居然不約而同鼓起
菌菇之嘩然
整個室內沒有
不冒出彷彿爲

下凡的天使歡呼
拋上帽子

越飛越快已經
不再輕鬆
折來射去酷似
逃竄的飛機
不知什麼緣故對於
干涉一對自由的燕子
如此興致勃勃
空中之滾帽
此升彼落
呼聲中之盆雨
剎那間有一聲
合唱之嘆息
空間成爲無限
遼濶和靜寂

其中一隻斜斜地
斜斜地墜落
而去

冬日

臺北有一間麵包店
二樓午後生意興隆
供應熱咖啡冰紅茶
火腿蛋炒飯
人們喜歡那裡
典雅的色調
西班牙民歌
偶然也應和時尚
播幾首尊·貝絲
迷人的憂鬱民謠
男孩子事業家打扮
年輕少女穿著流行的

網線絲襪
迷你裙和酒杯跟
其實白天太光亮
何必在太陽下盛裝
一簇衣著隨便的
異國人聚集角落
圍著方桌看起來
更純樸
更合理
更沉著
後門外隔著一道
石泥矮柵
冬日的陽光非常的
溫煦可愛
盤飛的鴿群閃耀
腋下的白色

粗糙紅磚牆
天線和黑色的屋頂
煙囪冒著濃烈的灰煙
不定的風向
距室內餐桌不遠
那塊踏來踏去的
塑膠墊一隻貼地的
蟑螂折傷了翅膀
從早晨至午後在
那個地方

他們來了
在三樓這一間常見
他們傲岸的蹤影
啜咖啡談現代文學
咬煙斗學白俄吃
黑麵包

有一本文學季刊
拿起來嚴肅正派
但銷路少
這樣熱鬧
雖然志氣都被
一網打盡
心中不免憐憫
喟嘆一個獨坐者的
孤寂可是合群
又有多少樂趣

突然整座樓
空空洞洞沒有音樂
沒有語聲和
迷失的一代
沒有幸福的一代
一位面朝後門靜坐的

男子桌上斜放一本
詹姆斯的碧盧冤孽
似乎與書中那位
韓普郡來的女孩
同樣患了性變態
到底是人們把他撇下
還是他背叛了他們
一陣柔風把半邊門
緩緩地帶上
輕輕地叩一響
透過紗簾
外面已灰暗

打鬪

有一條河
河床寬廣
絕壁兩岸

山像蛇腹
蜿蜒天空
一條潺流經過
幽深而靜寂
一部挖土機
許久前即停於彼
未來還要長久留駐
未曾目睹馬達發動
似壞心眼的
大怪獸

在水邊沙地
他們坐於小木櫈
列隊齊整朝望
河水和岸上山顛
從來就沒有
教官來教他們

每天太陽光
強烈地照耀
開始時他們
欣表歡喜
自由抽煙
大聲論說女人
嚴如一群小蟻
圍在彼聚
日復一日熱興
逐漸地弱減
僅僅朝望河水和
岸上山巔
據說靜靜的河流
屢次地吞沒人
連屍體都難尋
他們變得僵硬

嘴唇乾枯
呼吸滯遲
手臂痲痺
彎捲的煙灰
無聲地下墜

這種靜默像
瘟疫一個
傳播一個
坐著不能
感情濃縮語聲
有一天
終止任誰
也不吐出
一個字僅僅
朝望河水和
岸上山巔

春天沒有

春天沒有
希望雨季
睡蓆孵出白蝨
市場昂貴的青菜
四處高樓皆火燒
春天痲疹長在
幼孩兒嫩白皮膚上
後腦勺墊冰袋
保齡球館擠滿了
華僑和商人太太
凡有理想皆有人
打擊掉
有一種人在春天
習慣咖啡室

閒聊在家中
誘姦女傭
春天也許令人
嚮往有錢
愁悶的搬運伕
蹲門檻
不出戶的娼妓
分有貴賤假如
萬物皆蠢動
那是不幸
惡僧死刑
喂，縣市長的
選情何如議員都是
十幾年前舊人
春天拒絕
所有的不善

友情患胃和
十二指腸瘻瘍
黃昏後散步
娛樂巷愧遇事業
發達的老同鄉
春天是人類的
死亡和腐朽
本鄉土地長著
酸蘋果
世界有激烈的
沼澤戰鬥
櫻花開在遙遠的山上
沒有知更鳥
也少有陽光

現在只剩下空漠

現在只剩下空漠

鞏固合法的親情
生活回到秩序
照舊若無其事
去餐館進電影院
親親孩子的臉
時間最能證明
最能辨識
憂鬱的眼神
最能驅走願望
推倒誓言的碑石

三月天氣
變得暖和
垃圾清出來把窒悶
從吊燈的地下室
趕出一個懦夫
在散步無慾又無目的

就是有意遇到
也需裝得像
普通友人
認識不久
僅僅共事一家
人壽保險公司

假如要在二月
談愛要在乎
天氣和環境
那整個月份
不輟的雨水
淋漓不乾淨
每一時刻都有可能
打電話來查詢
是否守住櫃臺
不能攜手不敢親吻

只能流淚水其實
女人都不貞
感情單純永恆
被判死刑情人
放逐更遠

十四行

想像力豐富的季節
已經是四月
午前的氣溫
佯著變更
請問百合回來否
哦原來工廠催迫
女工加夜班
告訴他煤氣用完
前二小時打電話
呼煤氣公司

大概這條巷
又在挖坑
戴貨的汽車
駛不進入

告密者

有件事還是說出來
妹妹抱回的白毛小狗
大概水土不合
長著瘰癧全身發臭
兩年中不親密地
共同生活
昨天誤吃
鄰居的鼠藥
回天國
　　漂亮的女人
　　是告密者

漂亮的女人
是告密者

我有一位哥哥
愛做白日夢
日夜盼望出版
詩集一本沒有錢
沒有出版商問津
星期日溜進公司打字
星期一我被叫去詢問
上司恐嚇我
把稿子沒收
漂亮的女人
是告密者
漂亮的女人
是告密者

姊姊是個窮人婦
初嫁時曾遭婆娘凌辱
有位好心人送她
一張舊彈簧床她想
轉售爲孩子買衣裳
一位拖車伕把它
拉出巷幹伊娘
他拖走了
沒回轉
漂亮的女人
是告密者
漂亮的女人
是告密者

牙痛

屋內陰影多
燈罩破洞

屋外汽車聲
沙塵由窗入
黑色燈頭
靜靜垂下
將悲憤冷藏
把好的留下
次等的結標籤
貼郵票
由航空寄給
美國愛俄華
文學教授
安格爾

天花板是
抽象畫
炎夏已至
舊棉襖捲袖子

棕色照片蒙沙塵
牙膏擠掉
電插頭鬆掉了

晌午出去
深夜回來
如是一隻狼
除了吃
沒原則
星期六
不上課

在黑色沙龍

在黑色少龍
最年輕的女孩
探索眞理和愛情
臉上露出對

誘惑拒絕對
誠摯微笑
銜煙隻吐煙霧
胸膛容積的氣體
剛由家庭學校吸入
在黑色沙龍
薄薄的衣衫隱約
白色黎果的影子
長黑髮
藍彩的眼眶
大睫毛
灰色油彩
在黑色沙龍
從他的頭頂說起
留分頭抹重油
穿西裝結領帶

學名士派
披風衣
把黑色雨傘
掌拐杖
在黑色沙龍
未見他穿過
中國裝有一首
懷鄉病的詩在
開頭引用宋詞
以壯悲憤他
愛國家愛民族
已到發瘋地步

這是不能

這是不能
避免生活形式
干涉忠貞本質

誰能否認凡事
皆由一隻
白毛矮腳狗的
失蹤引起
諸多事件
都注定要
發生在晚上
例外很少只要
男人同時
都是電匠紛擾
已經解決一半

希望某些事
應有回轉可能
她告訴庭上控他
誘姦十四次
凡所說的不是

等於事實曾經
發生了什麼
請在此地注意
趣味問題丈夫
不能再忍受
現在不動手
是不可以購用
一部嬰兒車
推上幼稚園

值夜

(一)

吃過晚飯，走出家門，
夜等著我步入。是一個
怎樣的夜？我無權計意；
我喜愛的亦無從選取。
此時正值冬季，春節

剛過後，它顯出陰暗
不高興的氣象；難以置信
歷書如此誌記？我走向
它深邃險惡的地域：
在這村落中，颳掃著
帶沙的冷風，巨樹排成黑牆，
空曠裡似有樣像。我將
如一具冰冷的僵屍，
孤獨地睡著；睜開眼睛
且諦聽一切靜動。
但我不能明瞭爲何
將渾沌無疆的巨物
交給一個渺小的男子？
看管它，且與它爲伴；
而它靜靜地冷視如主人，
無動於我膽怯的哀吟。
它規律地遵循分秒的律令，

我在它逍然的幻變中，
飽嘗各種虛驚。它將我
全體摟在懷裡，任由我
蠢動扭曲；它沉默如無，
而我心中存有異象的盼望。

(二)

如此歷經萬年，
它恆如此對待吾們。
這現象諭示著何事：
能否展露眞理的考驗；
或指一項徹骨的侮辱？
愚凡者永不自知，
永遠對它的凌虐默認，
甚或以讚美乞求寬恕，
在面對它時孤單無助。

誰能證明這關係應如此？
如若它反來看守我，
景象當否依然如故？
但我心應會開朗，
我會在廊下高唱。
我注視它如它之視我；
我將直搗它的深奧，
伸展雙臂——
儘情將它環抱。

如若這夜與我是一項職責，
它就是個柔弱無能的孩子。
我爲它看守星群，
勿使它們走失道軌；
我將記錄竊竊飄過的雲彩，
我將感覺氣溫和風向，
它的淚滴……

用一個容器計量。
但在我與它融合之刻，
近旁斜臥著一個——
祂烱烱的目光審視，
會隨時站起來奔幾步；
祂發出霹靂的控戒，
以及長聲的憐憫；
祂以削瘦優美的軀身，
看守世界雙方的俱存。

五年集後記

當稿子交給印刷廠排字後，有一日我由工作的學校回家，晚飯後由於心中一直惦念著一個女子的影子，逐躺在床上，孤獨地處在黑漆之中。我想著：今後也許再也寫不出這些富於靈思的詩來了，它們的面目十足地顯示過去那段時間的意義。一個人如何去辨識時間，如不以科學家的冷靜觀點，而以一個追逐生活的凡夫而言，他的存在完全是殊異於其他人的一件事實，當他內心裡充滿了孤獨、寂寞、敗喪且愚蠢的感覺時。常有人追問我生活在過去某一時刻的行徑，要我做某種解釋，我往往是目瞪口呆，不明到底有何事是在那時發生；就是對方反能向我詳述那些細節，我依然無以記憶，造成別人對我的失望。時間已過，無處尋覓它的踪跡，像這樣的情境使我不敢去預測未來所必然也如此發生的事。在天國如遇這般詢及我在地上的生存，我可能會對一切加以否認。

雖然個人不能與天地同生同休，可是詩文、寓言小說的寫作會使我不致產生如上的那種尷尬的場面。譬如以七等生爲名，當然眞名（父賜的）不是這樣，是爲了配稱於寫作發表之用。首先寫作是爲要保全自我的記憶且一併對世界的記錄，把我與本來是混在一起的世界試圖分開來，所以筆名對於我，是我對生活中普遍的一切要加以抗辯，尤其在我生活的環境裡，他們幾乎是集體地朝向某種虛假的價值的時候。

在最早我並不能以現在回顧的清醒瞭解這般清楚，在那時，我想是任憑我的本質的反射而做了那種意識的決定。這個集子的詩寫成，我想完全也是這麼一回事罷。那些靈思再不會到來，就是那些語句的選擇和組成，也將不會再度以這等模樣出現。有人會對以往的事加以卑視甚或躲避，像出生貧窮的人對貧窮的憎恨，可是命運長期對我如此酷責的今日，我將愛惜它們，成爲出版的眞正理由，它們的存在是使我確信那個時間的意義。我這樣說，當然是準備遠遠地避去一切可能的某種對它不利的批評。

批評不能奪去我在那時的一切思維的存在，更不能否絕我在那時的生活。批評的世俗使命無法與個人的生活眞實去做比較。有種學說認爲宗教來自死亡，宗教強調個人的存在，那麼一種自選的存活應也是來自同樣的逼迫罷。人在死後才確認自己的價值已經太晚，尤其對寫作者是種嘲弄和無意義的事。寫作者只有在此刻確認和思維。死亡可能就是代表絕對的消失，因此不是思維就沒有眞正的存有。寫作者和藝術家要在此刻對自我加以確認，不能狂想死後爲人讚揚。

個人所思所爲實在不足以去和世界的萬物比價。我以我所顯露的殊異之性去與一切其他的殊異之性諧合共存，而不是爲了一個整體的世界喪失我的個性。世界的完整靠個別力的協調，而不是以少數人的意志爲世界的意志。一個個人是何其渺小，如果沒有賦予自由和生存權，極其容易爲自私的集團所吞噬。可是誰來維護生存的權益呢？歷史不是充滿了蹂躪和奴役的事實嗎？不論是一個民族對待另一個民族，或一個個人對待另一個個人，至今情形依然。

假使有人要問我，「喂，老七，你的想法不譫就是一種憂傷嗎？」我會說是的。這原本是來自憂傷的一種想法。憂傷對一個凡夫而言是來自他生活的事實。但是生活很難以某種實情來代表。人是想依照自己的想法來做事，可是宇宙世界又是依照它的規律在進行著，人對宇宙世界所知有限，便養成依賴和順其自然的性情，當有這樣的藉口時，無疑的，只有助長慾望的伸張了，一個理性的世界便遲遲而不能產生。參照歷史，使我不能對現在的人類抱持太大的希望，一個要遲至更久才能到達的理念，不會在最近就完成。對於不能品嘗成果的人們而言，總是厭言不已，我也是其中的一個。可是事實是如此，就只有盡力而爲了。

棕膚少女

我僅想到我是在繞著圈子。然後遠處打羽球中的一對男子歇息了，黑暗中由那裡衝出一輛腳踏車，當它從我的身旁道路駛過時，我看見一位少女興趣勃勃地坐在上面。就是她，許多時日以來勾惑我的內心產生愛慾的棕膚少女，看見她的各種步姿會引起我痛苦的小精靈。她約有十五歲，像路上的棕櫚或南方的椰王樹幼苗一樣充滿青春的氣息，像玫瑰花蕊；那張棕色的面孔，充滿著毋須知的坦誠，以及健康在她的身軀發出來的喜悅。她決非我們常見的纖白嬌弱，大眼睛的洋娃少女，令人憐惜；她幾乎和這美麗而芬香的土壤連在一起，與這永恆的大地息息相關，吸引著我，牽迫我向她傾倒。

我喜愛她仍是我正欠缺著，而她正擁有的「坦誠」、「健康」與「色質」，這些構成一種魅惑的青春的和諧引誘我。如今，我充滿著這類的貧脊，以致從她的身軀所呈露在空際的，在太陽光下，在月光中，都使我渴慕得瘋狂。從她之處，反映著我的蒼白和衰萎，我哀痛祈求的便是擁有她。

她不知再從那裡轉回來了，比第一次的速度更快，在薄明中我因存著濃厚的愛心而仍然熟視到她的一切。我開始像一個失戀者一樣墜入了垂頭沉思的憂鬱境地，我的腳步顯露著遲滯和軟弱。然後，我便聽到背後一串頑皮的男童慣作的，模仿歌唱家的吹哨聲，聲音顯得滑稽、零碎而自由，我回眸探尋，正是她又從黑漆中衝出來，依然自得地吹奏著，這時，我再不能控制自己了，這棕膚少女使我的心在瘋狂的悸動後隨著她的消失而窒息。

這是我的不幸遭遇，因爲追求「愛人」而繼續存活。你一定不相信，以爲這種現象十分普遍，即使那種棕膚少女也遍地皆是。可是，我必須說，那是不相同的，我不能違背心靈對你做了欺騙；同在噴水池附近，那個長成大人但行動言語猶如他的姪女們的青年，也騎著一部腳踏車，可是他的模樣充滿了誇飾而不眞實，碩大而不健康，像一位欺騎瘦驢的商賈，令人作嘔憤怒。不是我存著成見，對這個世界誹謗和嘲笑，不是我記仇說他的壞話，雖然這個人常領導著那群無知的小童子們，指著我嘲罵爲神經病者，且在道路上常要故意把他的腳踏車撞向我，你知道我不是那樣；你最多也同意他們說我神經過敏而已。

兩個月亮

我因親睹包圍我的周遭，呈現著相同的兩個月亮而心亂意惑；我坐在噴水池的周邊，一面等候——一面歇息沉思，我就是在眼前這偌大的黑水晶裡睹視到它——這是一個能為一顆細石的投擊而碎潰的，且片刻能夠像魔術一樣收集顫抖的破片完成靜止和完整的月球。這虛幻的金盤，被它的四周的幽默襯得更加晶潔明亮，更為嬌美和誘惑。它的美甚至帶著罪惡勾引著迷亂的愛者為了探詰舉足試探那地獄的入口；它剝奪了那天空本體的光彩，使人們都朝它讚嘆。

開始時，我為這收穫而欣喜，可是那並非眞實。我因我的誤辨而悔悟，我為那皎潔的幻影而羞慚。我試著去注視眞實；抬頭凝注那如生命一樣浮懸在淡藍的天空的月亮；首先，它產生著對眼的刺耀，它的光芒如純金，隨即像愛人的眸光，深入軀中的肺腑，然後，感覺它的輕微移動，猶如我心的躍動。這時，我的視界因幻想展佈於整個夜的天空，因它的浩瀚而震撼。它不是虛幻，且因它的確切眞實而令我感到我此時的存在。

從此，我不容易隨便俯視而相信那個水晶之幻影，這是一種心理的產物，像在日常中迷失，被牽引，只因我們不曾認識眞實而誤認它為眞實。

諷刺鬧劇或感傷寫實

——七等生短篇小說〈結婚〉之探討

廖淑芳

在七等生大多數充滿了個人心象，晦澀理念的小說內容中，〈結婚〉一篇在表面上是一篇較具鮮明主題的作品，例如最先矚目七等生作品的臺灣文壇先進葉石濤，便曾論及〈結婚〉一篇〈具有濃烈鄉土色彩與鮮明主題〉（註1），但事實上諸如〈放生鼠〉、〈精神病患〉、《沙河悲歌》、〈結婚〉等最早被批評界接受的幾篇小說的意涵，並不如其表面所顯示得那麼明朗，因此論評家稍一不察，就難免誤下針砭，例如金沙寒先生論斷葉石濤所謂的「〈結婚〉是一篇上乘的鬧劇，七等生用嘲弄、諷刺的筆觸挖苦本省社會的愚昧風俗」為失察之議（註2）此論本來具備相當的辯證性，因為〈結婚〉一篇的嘲諷筆調究竟是否足以構成其嘲諷主題，頗值深議。但他認為七等生如果有嘲諷意味的話，顯然指的是男女主角的母親——罔市、金妹，及女主角的祖母三人，然見諸其描述文字中卻又不盡然，因此欲推翻葉石濤歸此篇為諷刺鬧劇的說法下不足以服人。因為〈結婚〉全篇的嘲諷筆調不止落在金妹、罔市等人身上。還包括警長潘森、媒婆阿里，甚至男女主角雲郎、美霞及整個楊鎮身上，而作者為了製造「笑謔式寫實」的嘲諷效果，甚至不惜在美霞自殺時鋪陳一場類似嘉年華會的慶典場面，同時加上不斷出現的「跳舞」的重要意象，都堪稱是架構全篇成為上乘鬧劇的主要關鍵之一。

然而，全文由最初攝影機式背景描寫——即代表著古老、守舊、雜亂的美霞家雜貨店寫景、毗鄰的醒目而異趣的新建農會大樓與高尚醫院，到美霞一家人脾性的描寫，已暗暗流露出敘述者對這種類似的古老小鎮的懷念與鄉愁；其次如敘事時間的選擇，放在美霞去世的三年以後，又由回顧五年前美霞健康豐滿、活潑勤勉的單純少女時寫起，也透露著回顧感傷的情緒；又如男女主角約定的蜜月旅行方式，最後是由雲郎帶著美霞的神主牌，坐火車前往的悲哀結局，這種所謂陰陽兩界的形上結合，都顯示出敘述者在鬧劇背後的哀矜或觀照，即強烈的感傷寫實意味。

同時，這篇〈結婚〉的故事大綱雖然像是古老〈梁祝〉的現代翻版，經由七等生筆下處理起來，卻迥異於傳統的處理模式，其形式本身實已暗念著強烈的反傳統訊息。如他的筆調的滑稽突梯，人物描寫的揶揄誇張，最明顯的如女主角美霞，雖具追求偉大愛情的崇高品質，卻又不惜自謔謔人，賣弄她已突起的肚腹，這種對「性」的嘲弄誇張（註3），正搔著此小鎮「封閉道德」的癢處（註4），而其對死亡輕忽嘻笑的處理也直指我們生命中的另一大禁忌。所以其取材雖通俗，但由於形式表現的取擇，卻使其作品產生了迥然不同的效果與張力。

所以，本文有意藉著對「諷刺鬧劇」與「感傷寫實」觀念的簡單探討，進而以論析〈結婚〉一文獨特的型式技巧的方式，試圖界清七等生這篇作品風格的歸屬。

據王德威「從老舍到王禎和——現代中國小說的笑謔傾向」中對「鬧劇」的定義，「鬧劇」指的是一種寫作型態，「這種型態專門揶揄傾覆各種形式和主題上的成規，攻擊預設的價值，也以誇張放肆的喜劇行動來考驗觀衆的感受，它通常強調一連串嘉年華會式狂歡的事件，其中身體的動作（如相撞、濫罵、揶揄、容貌醜化等等）暫時壓過了理智和情緒的控制（註5）」。準此，〈結婚〉一文通俗劇式的情節佈置，的確對我們預設的美學與道德假定，產生顚覆作用，以羅蘭．巴特（Roland Barthos）五種語碼讀文學法（註6），認爲整個書篇乃一「語碼網」，即一進行式的「系統」，而「閱讀」乃一語碼網的實際演出，即一種「賦予名稱」的後設語行爲而言，七等生在「結婚」一文中進行到雲郎與美霞互相立下永遠相守的誓言。並計劃到東部蜜月旅行，「死也要到那個地方走一趟」（頁24）（補充1．見註後）時，就象徵語碼言，已透露出強烈的「愛情」與「反愛情」母題；就文化語碼言，見諸文化上的「已經」，令人覺得往後可能繼續展開的是一齣類似《梁祝》故事的淒美悲劇，然而事實是整個書篇愈往後走愈走向喜劇／鬧劇的形式，無論就其主題、形式成規及美學效果言。讀者都不得不感覺到一種啼笑皆非的尷尬處境，我們一方面固然沾染了其中愛情的辛酸，卻也惑於其中等等可笑的敘述；同時我們雖然爲自己跟著情節發出的笑聲感到尷尬不已，卻也不得不承認，全篇的趣味便得自其中。

其次，就誇張揶揄的技巧言，作者刻意渲染及塑造這一群比我們常人矮小的人物形象，如一味地嘮叨，缺乏理智、技巧與幽默，無人理會的神經質女人——美霞祖母（頁17），癡呆無用、莫名其妙對美霞點點頭，便又移開眼睛，不再理人的美霞祖父（頁25），只會「無效地叫停他的女人，當沒有絲毫反應時，便捉起報紙坐在雜貨店門旁，像把守裡面的騷亂免得引起外人的窺視」的父親（頁22）。書呆模樣，只像一個不會容納煩惱的人的得智叔叔（頁25），顯出一個有教養的女流降臨於官廳所慣有的輕蔑態度，當知道潘森警長早已注意她，卻又羞澀與謙恭微笑的金妹（頁27），直截了當問美霞「雲郎曾強姦你嗎？」「否則妳爲何會懷孕」，並在美霞死後，啼笑皆非收了一筆結婚介紹費的警長潘森（頁27及37），連自己都自知是個諧戲的無趣的婚姻掮客的媒婆阿里（頁29），飽滿著看戲興奮情緒的農會上楊鎮男女（頁33～35）等等，直引文中描述的目的是要說明——可以說全篇人物都被作者嘲諷的筆調一網打盡，甚至最後美霞在醫院灌腸無效死亡，整所平時清潔靜穆的醫院，擠集而來的觀睹人潮，作者都不放棄對他們的嘲弄——「他們全都帶著一些泥沙留在醫院的地板上，留下了他們好奇的、感傷的，甚至是批評的溼溼的腳印」（頁36），這些腳印對美霞整個愛情追求的過程及結果是多麼無謂及可笑的反諷印記，而這些觀睹人潮的地位也相當於我們這些可以一遍遍重新閱讀這部「書篇」的讀者，既像一個好奇的「偷窺者」，又是具批評意見的社會尺度或文學尺度的代言人，直指文學或人生背後的荒謬本質。

而作者著墨最多、最不放過的嘲弄對象當推女主角美霞，相對於她，作者對雲郎只是恰如其分地塑造出他的平庸懦弱而已。美霞到城市裡去學到大小姐的摩登以前，作者在開頭敘述從城裡回來的黑狗教新舞步時就佈了線，雲郎認爲黑狗的女友是個太妹，美霞回答說黑狗是太保，正好相配。後來美霞也從城裡回來，一家人都高興她變得像個有教養的高尚和好看的女人，但是她還帶回來三個月的身孕，並且在婚姻受到阻攔後，開始在農會經常性舞會活動中肆意嘩笑及不停歇地自創舞步，尤其當雲郎憤而離去之後，她更像著魔一般，騷亂地展揚她的花裙，並儘量抖動那個滑稽的半圓形腹部，像要讓它從裡面滾落下來似的，這裡的描寫，不正扣合住前雲郎美霞評價的太妹形象？

值得注意的，這裡安排的跳舞場面及美霞的情事，也正符合前鬧劇定義的嘉年華式狂歡動作，目的在暫時解放了其理智和情緒的控制。對美霞而言，她是個喜劇裝佯者式的人物，在外人看來的怪誕行徑中，事實上她乃以「性禁忌」和騷亂跳舞方式的禁忌向社會文化成規正面挑戰。文中有一段重要對話是，美霞忍不住跑進雲郎臥室，雲郎擁抱著她說：「請妳不要再跳了。」美霞回答：「無論如何我要，否則我快要悶死了。」（頁33）這正是美霞這些荒謬行爲背後原因的最佳說明。

但以一個纖弱的女子（尤其她只是初中畢業的小女孩，學識及人生履歷都不夠成熟，也還不足以建構一理性道德自我省思的自覺），要挑戰整個龐大的「封閉道德」體系中的社會文化成規，究竟是太微不足道，所以她最終仍被這個以荒謬爲常態的世界徹底擊敗。

最叫人發噱的，也是全篇最高潮，是最後在農會休息室，她準備以喝農藥威嚇雲郎當衆承認愛她的描述，作者安排她把農藥藏在裙裡，像女人們偷藏著喜愛的東西，並一如平常地說話嘻笑，像心情很好的樣子，當她從裙子拿出玻璃瓶時，大家都笑出聲，她竟也傻傻地跟著笑起來，沒有人相信她的農藥是眞的，全場更在她與雲郎的對話中鼓噪著興奮熱烈的觀戲情緒，當她哀怨地喝下農藥後，雲郎捕捉嘻笑逃躲的美霞時，更像是一場滑稽的遊戲。難堪的是，美霞死在手術台上的姿勢是赤裸著下身，並高高地隆起她六個月大的肚子，這裡的處理，除了前已提的對「性禁忌」的嘲弄誇張及對「死亡」的輕忽處理的美學效果外，也點出「鬧劇」形式通常的主使者——即一既是小丑式的受害人又是喜劇式的攻擊者——所謂「搗蛋鬼」的丑角類型（註7），她的弱點在掙扎失敗的痛苦悲怨，卻又裝模作樣保持著高人一等的表面優勢，當低級滑稽劇造成眞的痛苦，以及當小丑當眞攻掠且殺傷之際，搗蛋鬼成爲作者鋪陳此一鬧劇的「代罪羔羊」。

其次，在進入「寫實」的討論以前，我們或許不免要先設問：諷刺鬧劇與感傷寫實是不是完全相對的文學形式？否則爲何定名「諷刺鬧劇或感傷寫實」？其實本文對「寫實小說」的觀念，大抵沿襲十九世紀中葉，至今仍爲多數學者習用的說法，這一說法強調小說模擬重現現實世界的功能，認爲寫實作家的特點在於能細膩觀察當代社會的衆生百態，並進而轉錄於文字，使讀者有身歷其境之感，準此，寫實作品中人物造型是否生動逼眞，景物環境是否翔實可信，均已屬老生常談的規範。而儘管我國作家與西方文學的接觸日益密切，但至少在一九五〇年以前，中國現代小說實際上仍只延續了西方十九世紀的寫實傳統，尤集中在托爾斯泰之輩爲代表的部分，這一傳統具強烈的道德批判色彩，請求「爲人生而藝術」，顯然與我國傳統「文以載道」的古訓不謀而合，基於此，近代中國作家的作品多以「感時憂國」爲寫作情懷，難怪劉紹銘要稱之爲《涕淚飄零的現代中國文學》（註8）

但事實上，這樣的「寫實」觀念是有缺失的，由於它以批評客觀、人生關連，則必有其時空文化背景的規約，也就是說，「寫實」一詞既是對現存社會文化的模擬與觀照，則必爲當時的歷史文化規約所限制，其選擇與排他性是相當明顯的，君不見中國五四新文學運動時期，將古典小說全斥爲「不寫實」的腐朽文學？再比較中共文革期間蔚爲大流的「寫實」文學與文革後的「傷痕文學」間的差異，便可知「寫實」二字爲濫用之一般。

然而即使由此一模擬的寫實層次，觀察〈結婚〉一文，此篇作品的人物與寫景，仍都具備了生動逼眞、翔實可信的要求。尤其其時空已明顯架構在臺灣光復後某時某地的小鄉鎭上。即如文中人物的定名——金妹、罔市、美霞所象徵的本省味，雲郎的日本風、阿里、潘森的西洋化，也反映出三種歷史文化相遇，衝激的文化轉型期的價値迷思，又如媒妁之言，冥婚的習俗等，都客觀模擬出一段呼之欲出的時空。

其次，如前所提，作者無論在背景選擇、敘事時間的設定或結局的安排上都透露著強烈的感傷和哀矜的觀照。所以，就其「感時」、「涕淚」的成分而言，實未多讓於其他的寫實作品。尤其値得注意的是，其嘲弄背後既隱含著深切的同情，所以其嘲弄最多的角色，亦正是作者最寄同情的人物，像美霞，當她從舞會的胡鬧回家後的描寫；她的母親金妹，鞭打美霞時的敘述等。所以，事實上，作者正是以這種鬧劇式的嘲弄和寫實式的感傷拉鋸中渲烘出全篇的強大張力，同時，由題目本身〈結婚〉所寄寓的強烈反諷，也得以窺見作者是以一種極不尋常的方式來表現他的人道主義呼聲。

所以，這不是表明鬧劇與寫實是否相對的問題，在此我們當然也不可能耗費巨大篇幅去討論二者之間觀念的變遷與涵攝，但就以上的討論看來，感傷與嘲諷的確都兼揉於此篇作品內，也可以說，鬧劇的嘲諷嘻笑並非就不寫實，「涕淚飄零」也絕非觀照人生唯一的情緒或風格，七等生此作在此提供了一更靈活的實例。

【註釋】

1.見葉石濤「論七等生的《僵局》」，收張恆豪編《火獄的自焚——七等生小說論評》，遠景，66年9月版，頁16。

2.見金沙寒〈開放道德與關閉道德的衝突與弭解——七等生短篇《結婚》之探討〉，書評書目92期，頁66。

3.在此謂美霞懷孕凸起的肚腹為「性禁忌」，乃因此即雲郎與美霞媾合的明證，而雲郎在人前又怯於面對，雲郎的怯懦與婚事的不遂，使美霞受孕的肚腹更顯出其懸而未決的矛盾本質，成為衆人諱莫如深的禁忌。

4.在此「封閉道德」，不專謂註二金沙寒先生所論的金妹、罔市等人，而直指七等生在其中篇〈隱遁者〉中所引用的柏格森倫理哲學——非人格的「關閉道德」，遠景，66年11月再版，頁39。

5.王著〈從劉顎到王禎和——中國現代寫實小說散論〉，時報，75年6月，頁151～152。

6.有關羅蘭．巴特語碼讀文學法，國內中文介紹可參古添洪《記號詩學》，東大，73年7月版，頁143～154，《巴爾特語碼讀文學法》部分，另頁287～344，《讀〈孔雀東南飛〉——巴爾特語碼讀文學法的應用》，其次周英雄、鄭樹森合編之《結構主義的理論與實踐》，黎明，69年3月版，頁163～176，鄭樹森《白先勇〈遊園驚夢〉的結構與語碼》，另如賴金男《羅蘭．巴特與結構主義的文學批評》，中外文學，三卷十一期，一九七五年四月。

7.「搗蛋鬼」是西方神話傳統中的原型角色之一，神話心理學家容格甚至將其與「母親」、「再生」、「精神」等角色或母親相提並論，合稱四大原型，如希臘神話中的赫米斯（Hermes）等，見王德威〈搗蛋鬼——兼探兩種神話理論的交鋒〉，〈從劉顎到王禎和〉，頁243～265。

8.見《涕淚飄零的現代中國文學》，遠景，69年，頁1～8。

【補充】

1.〈結婚〉原文，見遠景65年3月再版，《來到小鎮的亞茲別》，頁15～37。

——原載《新地文學》一卷五期，一九九〇年十二月。

廖淑芳：台灣彰化人，一九六二年生，現就讀清華大學中文研究所博士班，著有評論集《七等生文體研究》一書。

七等生生活與創作年表

七等生 自撰
張恆豪 增補

一九三九年 出生於臺灣（日據時代）通霄。

原名：劉武雄。父名：劉天賜，母名：詹阿金。在十位子女中排列第五。

一九四五年 臺灣光復。

一九四六年 進通霄國民小學就讀。

父親失去在鎮公所的職位，家庭陷於貧困。

一九五二年 考入省立大甲中學。

父親逝世，家庭更加窮困。

一九五五年 中學畢業，考入臺北師範藝術科。首次接觸海明威作品《老人與海》和史篤姆的《茵夢湖》。

一九五八年 因學校伙食不好，在學生餐廳用筷子敲碗，爲了好玩跳上餐桌而遭致勒令退學。兩星期後，由洪文彬教授作保復學。隨後因教材教法不及格重修一年。

讀《諸神復活》（雷翁那圖、達文西傳記），惠特曼的《草葉集》，愛不釋手，

一九五九年　在學校舉行個人畫展。

師範學校畢業。分派臺北縣瑞芳鎮九份國民小學當教師。

單車（腳踏車）環島旅行。

讀海明威作品：《戰地鐘聲》、《戰地春夢》、《旭日東昇》，以及D．H勞倫斯作品《查泰萊夫人的情人》。

一九六二年　改調萬里國民小學任教。

首次在聯合報副刊發表短篇小說，當時主編是林海音女士，在她的鼓勵下，半年間刊登〈失業．撲克．炸魷魚〉等十一篇短篇小說，以及散文〈黑眼珠與我〉、〈囂浮〉、〈狄克．平凡的女人．漁夫〉。

十月，在新竹入伍服兵役。十二月休假回通霄，長兄玉明因肺病去世。

一九六三年　在工兵輕裝備連服役，由岡山調嘉義。與東方白會晤於嘉義鐵路餐廳。

一九六四年　在頭份斗煥坪受平路機駕駛訓練。十月，在嘉義退伍，回萬里國民小學任教。

在《現代文學》雜誌發表短篇小說：〈隱遁的小角色〉、〈讚賞〉、〈綢絲綠巾〉。

一九六五年　與許玉燕小姐結婚。

十二月，辭去教職。

繼續在《現代文學》和《臺灣文藝》雜誌發表小說作品，計有〈獵槍〉等六篇。

一九六六年　在臺中東海花園楊逵家暫住數週。與尉天驄、陳映眞、施叔青相識於臺北鐵路餐廳，創辦《文學季刊》，發表〈灰色鳥〉等七篇小說。

獲第一屆「臺灣文學獎」。

一九六七年　長子懷拙出生。

發表〈我愛黑眼珠〉、〈精神病患〉等六篇小說。

獲第二屆「臺灣文學獎」。

一九六八年　認識龍思良和羅珞珈夫婦。

發表〈結婚〉等十五篇小說及詩作。

一九六九年　女兒小書出生；九月，離開臺北獨往霧社，在萬大發電廠分校任教。

發表〈木塊〉等三篇小說。

出版短篇小說集《僵局》（林白出版社，絕版。後由遠景出版事業公司出版）。

一九七〇年　攜眷回出生地通霄定居；九月，在國民小學復職任教。

發表〈巨蟹〉等七篇小說。

出版小說集《精神病患》（大林出版社，絕版。後由遠景出版事業公司出版）。

一九七一年　發表〈絲瓜布〉等七篇小說以及散文和詩。

一九七二年　發表小說〈期待白馬而顯現唐情〉。

出版小說集《巨蟹集》（新風出版社，絕版）。

自費出版詩集《五年集》（絕版）。

一九七三年　次子保羅出生。

發表小說〈聖．月芬〉、〈無葉之樹集〉等五篇。

出版小說《離城記》（晨鐘出版社，絕版）。

一九七四年　發表〈蘇君夢鳳〉等三篇小說。

撰寫長篇小說《削瘦的靈魂》，和詩〈有什麼能強過黑色〉等五首。

一九七五年　撰寫〈沙河悲歌〉、〈余索式怪誕〉等小說。

出版小說集《來到小鎮的亞茲別》（遠行出版社，絕版。後由遠景出版事業公司出版）。

一九七六年　撰寫《隱遁者》中篇小說。

出版〈大榕樹〉、〈德次郎〉、〈貓〉等小說。

出版《我愛黑眼珠》、《僵局》、《沙河悲歌》、《隱遁者》、《削瘦的靈魂》等五部小說集（遠景出版事業公司出版）。

一九七七年　接受《臺灣文藝》雜誌安排，與學者梁景峰對談——〈沙河的夢境和眞實〉。

撰寫長篇小說《城之迷》。

發表〈諾言〉等八篇小說。

出版七等生小說全集十冊（遠行出版社，絕版。後由遠景出版事業公司延續出版）。

一九七八年　撰寫《耶穌的藝術》。
發表〈散步去黑橋〉等九篇小說。
出版《散步去黑橋》小說集（遠景出版事業公司）。

一九七九年　發表〈銀波翅膀〉等三篇小說。
出版《耶穌的藝術》（洪範書店）。

一九八〇年　決定暫時停筆撰寫小說。
出版《銀波翅膀》小說集（遠景出版事業公司）。

一九八一年　研習攝影和暗房工作。
撰寫生活札記。

一九八二年　與美國華盛頓大學研究生安東尼·詹姆斯（Anthony James Demko）通信。
發表〈老婦人〉等五篇小說。

一九八三年　接到Anthony James Demko的碩士論文：〈七等生的內心世界——一個臺灣現代作家〉（The Internal world of Chi-teng Sheng, A Modern Taiwanese Writer）。
八月接受美國愛荷華大學國際作家工作坊之邀赴美，十二月底回國。
發表〈垃圾〉等小說。

一九八四年 出版《老婦人》小說集（洪範書店）。

一九八五年 澳洲學者凱文·巴略特（Kevin Bartlett）來訪，並接受他的論文：〈七等生早期短篇小說中的哲學、神學與文學理論〉（Literary Theory, Philosophy and Theology in Chi-teng Sheng's Early Short Stories）。

發表《重回沙河》生活札記（聯合文學），長篇小說《譚郎的書信》（中國時報），出版《譚郎的書信》（圓神出版社）。

小說〈結婚〉拍成電影。

獲中國時報文學推薦獎。

獲吳三連先生文藝獎。

一九八六年 出版《重回沙河》（遠景出版事業公司）。

重回沙河札記攝影展（臺北環亞畫廊）。

一九八七年 發表小說〈目孔赤〉。

一九八八年 發表《我愛黑眼珠續記》小說集（漢藝色研文化事業有限公司）。

一九八九年 自小學教師的工作退休，重握畫筆，設工作室於通霄。

接受法國巴黎大學研究生白麗詩Catherime BLAVET女士碩士論文〈QI DENG-SHENG七等生ECRIVAINCONTEMPORAIN TAIWAN AISPRESENTATION ET IRAOUCTIONS〉。

一九九〇年　六月，成功大學歷史語言研究所研究生廖淑芳的碩士論文〈七等生文體研究〉獲得通過，為國內學院裡第一篇研究七等生的碩士論文。

一九九一年　出版《兩種文體——阿平之死》（圓神出版社）。臺北東之畫廊之鄉居隨筆粉彩畫個展。

一九九二年　接受《新新聞》記者謝金蓉女士採訪，談其近來心境，即〈我不想讓人覺得我有做大事的使命感〉一文。與美國漢學家墨子刻Thomas A, metzger（HOOVER INSTITUTION, STANFORD）相會於通霄，此後，成為莫逆之交，互相通信和造訪。臺北欣賞家藝術中心邀請之「油畫與一張鉛筆素描」個展。

一九九三年　移居花蓮，設繪畫工作室。法國出版〈沙河悲歌〉法文本，Catherime BLAVET翻譯。

一九九四年　移居臺北市，在阿波羅大廈畫廊區設畫鋪子。義國威尼斯大學Elena Roggi女士的碩士論文及長篇小說〈跳出學園的圍牆〉（原名：削瘦的靈魂）義文翻譯。

一九九五年　結束畫鋪子，退居木柵溝子口。與傑出小說家阮慶岳相識。

一九九六年　發表中篇小說《思慕微微》（聯合文學）。

一九九七年　發表中篇小說〈一紙相思〉（拾穗）。

出版《思慕微微》合集（商務印書館）。
學習彈唱南管。

一九九九年　國家文化資料館（臺南市）展出七等生文稿及出版資料。

二〇〇〇年　國立成功大學研究生葉昊謹碩士論文《七等生書信體小說研究》。
〈沙河悲歌〉改編拍攝成電影（原名）（中影公司）。

二〇〇三年　七等生全集出版（遠景出版事業公司）。

編者按：一九三九年到一九八五年，爲作者自撰；一九八八年到一九九二年，爲編者增補。一九九三年到二〇〇三年再由作者補述。

遠景出版事業公司圖書目錄(八)

7忠黨報港	林行止著	240元
8癘疾初發	林行止著	240元
9如何是好	林行止著	240元
10英倫采風(四)	林行止著	160元
11終成畫餅	林行止著	240元
12本末倒置	林行止著	240元
13通縮初現	林行止著	240元
14藥石亂投	林行止著	240元
15有法無天	林行止著	240元
16墮入錢網	林行止著	240元
17內部腐爛	林行止著	240元
18千年祝願	林行止著	240元
19極度亢奮	林行止著	240元
20王牌在握	林行止著	240元
21破網急墮	林行止著	240元
22主席發火	林行止著	240元
23鬧在心上	林行止著	240元
24追你花錢	林行止著	240元
25少睡多金	林行止著	240元
26中國製造	林行止著	240元
27風雷魑魎	林行止著	240元
28拈來趣味	林行止著	240元
29通縮凝重	林行止著	240元
30五年浩劫	林行止著	240元
31如是我云	林行止著	240元
32重藍輕白	林行止著	240元
33閒讀偶拾	林行止著	240元

W傳記文庫

1魯賓斯坦自傳（二冊）	楊月蓀譯	900元
2阿嘉莎・克莉絲蒂自傳	陳紹鵬譯	480元
3亨利・魯斯傳	程之行譯	180元
4夏卡爾自傳	黃翰荻譯	240元
5雷諾瓦傳	黃翰荻譯	320元
6拿破崙傳	高語和譯	300元
7甘地傳	許章眞譯	400元
8英格麗・褒曼傳	王禎和譯	240元
9鄧肯自傳	詹宏志譯	240元
10華盛頓傳	薛絢譯	240元
11希爾頓自傳	程之行譯	180元
12回首話滄桑—聶魯達回憶錄	林光譯	390元
13回歸本源—賈西亞・馬奎斯傳	卞雙成・胡眞才譯	390元
14韋伯傳（二冊）	李永熾譯	400元
15羅素自傳（三卷）	張國禎譯	840元
16羅琳傳—哈利波特背後的天才	黃燦然譯	250元
17蘇青傳	王一心著	240元
18高斯評傳	易憲容著	240元
19王度廬評傳	徐斯年著	280元
20尼耳斯・玻爾傳	戈革譯	900元

X林語堂作品集

1生活的藝術	林語堂著	160元
2吾國與吾民	林語堂著	160元
3遠景	林語堂著	140元
4賴柏英	林語堂著	120元
5紅牡丹	林語堂著	180元
6朱門	林語堂著	180元
7風聲鶴唳	林語堂著	180元
8武則天傳	林語堂著	120元
9唐人街	林語堂著	120元
10啼笑皆非	林語堂著	120元
11京華煙雲	林語堂著	360元
12蘇東坡傳	林語堂著	180元
13逃向自由城	林語堂著	160元
14林語堂精摘	林語堂著	160元
15八十自敘	林語堂著	100元

Y倪匡科幻小說集

1老貓	倪匡著	130元
2藍血人	倪匡著	180元
3透明光	倪匡著	170元
4蜂雲	倪匡著	180元
5蠱惑	倪匡著	130元
6屍變	倪匡著	170元
7沉船	倪匡著	170元
8地圖	倪匡著	170元
9不死藥	倪匡著	170元
10支離人	倪匡著	180元
11天外金球	倪匡著	130元
12仙境	倪匡著	160元
13妖火	倪匡著	170元
14訪客	倪匡著	100元
15盡頭	倪匡著	130元
16原子空間	倪匡著	130元
17紅月亮	倪匡著	130元
18換頭記	倪匡著	100元
19環	倪匡著	130元
20鬼子	倪匡著	130元
21大廈	倪匡著	130元
22眼睛	倪匡著	120元
23迷藏	倪匡著	120元
24天書	倪匡著	130元
25玩具	倪匡著	130元
26影子	倪匡著	100元
27無名髮	倪匡著	130元
28黑靈魂	倪匡著	130元
29尋夢	倪匡著	130元
30鑽石花	倪匡著	130元
31連鎖	倪匡著	180元
32後備	倪匡著	120元
33紙猴	倪匡著	180元
34第二種人	倪匡著	130元
35盜墓	倪匡著	130元
36搜靈	倪匡著	130元
37茫點	倪匡著	130元
38神仙	倪匡著	130元
39追龍	倪匡著	130元
40洞天	倪匡著	130元
41活俑	倪匡著	130元
42犀照	倪匡著	130元
43命運	倪匡著	120元
44異寶	倪匡著	120元

Z張五常作品集

0流光幻影—張五常印象攝影集	張五常著	390元
1賣桔者言	張五常著	
2五常談教育	張五常著	
3五常談學術	張五常著	
4五常談藝術	張五常著	
5狂生傲語	張五常著	
6挑燈集	張五常著	
7憑闌集	張五常著	
8隨意集	張五常著	
9捲簾集	張五常著	
10學術上的老人與海	張五常著	
11佃農理論	張五常著	
12往日時光	張五常著	
13中國的前途	張五常著	
14再論中國	張五常著	
15三岸情懷	張五常著	
16存亡之秋	張五常著	
17離群之馬	張五常著	
18科學說需求——經濟解釋(一)	張五常著	
19供應的行爲——經濟解釋(二)	張五常著	
20制度的選擇——經濟解釋(三)	張五常著	
21偉大的黃昏	張五常著	

遠景出版事業公司圖書目錄㈦

6樂樂集1	孔在齊著	240元
7樂樂集2	孔在齊著	240元
8鄧肯自傳	詹宏志譯	280元
9魯賓斯坦自傳（二冊）	楊月蓀譯	900元
10我的兒子馬友友	馬盧雅文口述	240元
11水滸人物	黃永玉著	600元
12我的貓	丁雄泉著	600元
13笑吧！別忘了感恩	黎智英詩、丁雄泉畫	600元
14樂樂集3	孔在齊著	240元
15樂樂集4	孔在齊著	240元
16莫扎特之魂	趙鑫珊、周玉明著	450元
17貝多芬之魂	趙鑫珊著	550元
18攝影藝術散論	莊靈著	280元

T 杜斯安也夫斯基全集

1窮人	鍾文譯	160元
2死屋手記	耿濟之譯	200元
3被侮辱與被損害者	耿濟之譯	240元
4地下室手記	孟祥森譯	160元
5罪與罰	陳殿興譯	240元
6白痴	耿濟之譯	280元
7永恆的丈夫	孫慶餘譯	180元
8附魔者	孟祥森譯	480元
9少年	耿濟之譯	280元
10卡拉馬佐夫兄弟（二冊）	陳殿興譯	660元
11賭徒	孟祥森譯	180元
12淑女	鍾文譯	120元
13雙重人		
14作家日記		

U 諾貝爾文學獎文庫

1緣起、普魯東詩選	普魯東著
米赫兒	米斯特拉爾著
2羅馬史	蒙森著
3超越人力之外	班生著
大帆船	葉卻加萊著
4你往何處去	顯克維支著
5撒旦頌、基姆	卡度齊、吉卜齡著
6人生的意義與價值	奧鏗著
青鳥	海特靈克著
7尼爾斯的奇遇	拉格洛芙著
驕傲的姑娘	海才著
8織工、沉鐘	霍普特曼著
祭壇佳里	泰戈爾著
9約翰克利斯朵夫（三冊）	羅曼羅蘭著
10查理士國王的人馬	海登斯坦著
奧林帕斯之春	史比德勒著
11樂土	龐陀彼丹著
明娜	傑洛拉普著
12土地的成長	哈姆生著
13天神們口渴了	法朗士著
利害牽制	貝納勉特著
14農夫們（二冊）	雷蒙特著
15聖女貞德、母親	蕭伯納、德蕾達著
16葉慈詩選	葉慈著
創造的進化	柏格森著
17克麗絲汀的一生（二冊）	溫茜特著
18布登勃魯克家族（二冊）	湯瑪斯·曼著
19白璧德	劉易士著
卡爾菲特詩選	卡爾菲特著
20密賽特世家（三冊）	高爾斯華綏著
21鄉村、舊金山一紳士	布寧著
六個尋找作者的角色	皮藍德婁著
長夜漫漫路迢迢	奧尼爾著
22尙·巴華的一生	杜嘉德著
23大地、兒子們、分家	賽珍珠著
24聖者的悲哀	西蘭帕著
荒原	艾略特著
25玻璃珠遊戲	赫塞著
26僞幣製造者、窄門	紀德著
27西瑪蘭短篇小說集	密絲特拉兒著
柏拉特羅與我	希蒙聶茲著
28聲音與憤怒、熊	福克納著
29西洋哲學史（二冊）	羅素著
30巴拉巴	拉格維斯特著
苔蕾絲、毒蛇之結	莫里亞克著
31第二次世界大戰回憶錄	邱吉爾著
32老人與海、戰地春夢	海明威著
33獨立之子	拉克斯內斯著
34墮落、異鄉人、瘟疫	卡繆著
35齊瓦哥醫生	巴斯特納克著
36人生非夢、遠征	瓜西莫多、佩斯著
37德里納河之橋	安德里奇著
38不滿的冬天、人鼠之間	史坦貝克著
39阿息涅的國王	謝斐利士著
嘔吐、牆	沙特著
40靜靜的頓河（四冊）	蕭洛霍夫著
41訂婚記	阿格農著
伊萊	沙克絲著
42總統先生	阿斯杜里亞斯著
等待果陀	貝克特著
43雪國、古都、千羽鶴	川端康成著
44第一層地獄（二冊）	索忍尼辛著
45一般之歌	聶魯達著
九點半的彈子戲	鮑爾著
46人之樹	懷特著
47詹生短篇小說選	詹生著
馬丁遜詩選	馬丁遜著
孟德雷詩選	孟德雷
48阿奇正傳	索爾·貝婁著
亞歷山卓詩選	亞歷山卓著
49莊園	以撒·辛格著
50伊利提斯詩選	伊利提斯著
米洛舒詩選	米洛舒著
被拯救的舌頭	卡內提著
51一百年的孤寂	賈西亞·馬奎斯著
52蒼蠅王、啓蒙之旅	威廉·高定著
53塞佛特詩選	魯斯拉夫·塞佛特著
54豪華大酒店	克勞德·西蒙著
55解釋者	沃爾·索因卡著
56布洛斯基詩選	約瑟夫·布洛斯基著
57梅達格胡同	納吉布·馬富茲著
58巴斯葛·杜亞特家族	卡米羅·荷西·塞拉著
59孤獨的迷宮	奧塔維奧·帕斯著
60貴客	娜汀·葛蒂瑪著
61奧梅羅斯	德里克·瓦爾科特著
62所羅門之歌	東尼·莫里森著
63萬延元年的足球隊	大江健三郎著
64希尼詩選	席慕·希尼著
65辛波絲卡詩選	維絲拉娃·辛波絲卡著
66不付賬	達里奧·福著
67失明症漫記	若澤·薩拉馬戈著
68狗年月	君特·格拉斯著
69	
70	

《諾貝爾文學獎文庫》平裝80鉅冊，定價28,800元

V 林行止作品集

1英倫采風㈠	林行止著	160元
2原富精神	林行止著	240元
3閒讀閒筆	林行止著	240元
4英倫采風㈡	林行止著	160元
5英倫采風㈢	林行止著	160元
6破英立舊	林行止著	240元

遠景出版事業公司圖書目錄㈥

58巴斯葛．杜亞特家族	卡米羅．荷西．塞拉著	
59孤獨的迷宮	奧塔維奧．帕斯著	
60貴客	娜汀．葛蒂瑪著	
61奧梅羅斯	德里克．瓦爾科特著	
62所羅門之歌	東尼．莫里森著	
63萬延元年的足球隊	大江健三郎著	
64希尼詩選	席慕．希尼著	
65辛波絲卡詩選	維絲拉娃．辛波絲卡著	
66不付眼	達里奧．福著	
67失明症漫記	若澤．薩拉馬戈著	
68狗年月	君特．格拉斯著	
69		
70		

《諾貝爾文學獎全集》精裝80鉅冊，定價36,000元

O 上海風華

1上海老歌名典	陳鋼編著	1200元
2玫瑰玫瑰我愛你	陳鋼編著	390元
3三隻耳朵聽音樂	陳鋼著	240元
4我的媽媽周璇	周偉．常晶著	390元
5摩登上海	郭建英繪．陳子善編	280元
6雨輕輕地在城市上空落著	毛尖著	240元
7上海大風暴	蕭關鴻著	280元
8上海掌故（一）	薛理勇編著	280元
9上海掌故（二）	薛理勇編著	280元
10上海掌故（三）	薛理勇編著	280元
11海上剪影	鄭祖安著	280元
12滬瀆舊影	張偉著	280元
13歇浦伶影	張德亮著	280元
14淞南俗影	仲富蘭著	280元
15滬濱閒影	羅蘇文著	280元
16春申儷影	戴云云著	280元
17上海俗語圖說（上）	汪仲賢著	280元
18上海俗語圖說（下）	汪仲賢著	280元
19上海怪味街	童孟侯著	240元
20老上海	宗部策劃	2500元
21		
22		
23		
24		
25		
26		
27		
28		
29		
30		

P 柯賴二氏探案（賈德諾著）

1來勢洶洶	周辛南譯	180元
2招財進寶	周辛南譯	180元
3雙倍利市	周辛南譯	180元
4全神貫注	周辛南譯	180元
5財源滾滾	周辛南譯	180元
6失靈妙計	周辛南譯	180元
7面面俱到	周辛南譯	180元
8不是不報	周辛南譯	180元
9一髮千鈞	周辛南譯	180元
10因禍得福	周辛南譯	180元
11一目了然	周辛南譯	180元
12驚險萬狀	周辛南譯	180元
13一波三折	周辛南譯	180元
14馬失前蹄	周辛南譯	180元
15網開一面	周辛南譯	180元
16峰迴路轉	周辛南譯	180元
17詭計多端	周辛南譯	180元
18自求多福	周辛南譯	180元
19一誤再誤	周辛南譯	180元
20禍福無門	周辛南譯	180元

Q 阿嘉莎．克莉絲蒂探案（三毛主編）

1A.B.C謀殺案	宋碧雲譯	180元
2加勒比海島謀殺案	楊月蓀譯	180元
3東方快車謀殺案	楊月蓀譯	180元
4鏡子魔術	宋碧雲譯	180元
5魔手	張艾茜譯	180元
6第三個女郎	楊月蓀譯	180元
7諜海	陳紹鵬譯	180元
8此夜綿綿	黃文範譯	180元
9不祥的宴會	陳紹鵬譯	180元
10鐘	張伯權譯	180元
11謀殺啓事	張艾茜譯	180元
12死亡約會	李永熾譯	180元
13葬禮之後	張國禎譯	180元
14白馬酒店	張艾茜譯	180元
15褐衣男子	張國禎譯	180元
16萬靈節之死	張國禎譯	180元
17鴿群裡的貓	張國禎譯	180元
18高爾夫球場命案	宋碧雲譯	180元
19尼羅河謀殺案	林秋蘭譯	180元
20艷陽下的謀殺案	景翔譯	180元
21死灰復燃	張國禎譯	180元
22零時	張國禎譯	180元
23畸形屋	張國禎譯	180元
24四大魔頭	陳惠華譯	180元
25殺人不難	張艾茜譯	180元
26死亡終局	張國禎譯	180元
27破鏡謀殺案	鄭麗淑譯	180元
28啤酒謀殺案	張艾茜譯	180元
29七鐘面之謎	張國禎譯	180元
30年輕冒險家	邵均宜譯	180元
31底牌	宋碧雲譯	180元
32古屋疑雲	張國禎譯	180元
33復仇女神	邵均宜譯	180元
34拇指一豎	張艾茜譯	180元
35漲潮時節	張艾茜譯	180元
36空幻之屋	張國禎譯	180元
37黑麥奇案	宋碧雲譯	180元
38清潔婦命案	宋碧雲譯	180元
39柏翠門旅館之秘	張伯權譯	180元
40國際學舍謀殺案	張國禎譯	180元
41假戲成眞	張國禎譯	180元
42命運之門	李永熾譯	180元
43煙囪的秘密	陳紹鵬譯	180元
44命案目睹記	陳紹鵬譯	180元
45美索不達米亞謀殺案	陳紹鵬譯	180元
46天涯過客	孟華譯	180元
47無妄之災	張國禎譯	180元
48藍色列車	張國禎譯	180元
49沉默的證人	張國禎譯	180元
50羅傑．亞克洛伊命案	張國禎譯	180元

R 史威德作品集

1經濟門楣	史威德著	240元
2經濟家學	史威德著	240元
3投資族譜	史威德著	240元
4一脈相承	史威德著	240元
5投資漫談	史威德著	240元

S 遠景藝術叢書

1要藝術不要命	吳冠中著	240元
2梵谷傳	常濤譯	320元
3夏卡爾自傳	黃翰荻譯	240元
4雷諾瓦傳	黃翰荻譯	320元
5音樂大師與世界名曲	劉璞編著	450元

遠景出版事業公司圖書目錄(五)

7銀波翅膀	七等生著	240元
8重回沙河	七等生著	240元
9譚郎的書信	七等生著	240元
10一紙相思	七等生著	240元

L 金學研究叢書

0金庸傳	冷夏著	350元
1我看金庸小說	倪匡著	160元
2再看金庸小說	倪匡著	160元
3三看金庸小說	倪匡著	160元
4讀金庸偶得	舒國治著	160元
5四看金庸小說	倪匡著	160元
6通宵達旦讀金庸	薛興國著	160元
7漫談金庸筆下世界	楊興安著	160元
8諸子百家看金庸（第一輯）	三毛等著	160元
9談笑傲江湖	溫瑞安著	160元
10金庸的武俠世界	蘇墱基著	160元
11五看金庸小說	倪匡著	160元
12韋小寶神功	劉天賜著	160元
13情之探索與神鵰俠侶	陳沛然著	160元
14析雪山飛狐與鴛鴦刀	溫瑞安著	160元
15諸子百家看金庸（第二輯）	羅龍治等著	160元
16諸子百家看金庸（第三輯）	翁靈文等著	160元
17諸子百家看金庸（第四輯）	杜南發等著	160元
18天龍八部欣賞舉隅	溫瑞安著	160元
19話說金庸	潘國森著	160元
20續談金庸筆下世界	楊興安著	160元
21諸子百家看金庸（第五輯）	餘子等著	160元
22淺談金庸小說	丁華著	160元
23金庸小說評彈	董千里著	160元
24金庸傳說	楊莉歌著	240元
25破解金庸寓言	王海鴻 張曉燕 著	160元
26給金庸小說挑毛病（上）	閻大衛著	160元
27給金庸小說挑毛病（下）	閻大衛著	160元
28挑燈看劍話金庸	戈革著	240元
29解放金庸	餘子主編	240元
30金庸小說人物印譜	戈革著	800元

M 中國古典詩詞賞析

1青青子衿（詩經選）	林振輝選註	180元
2公無渡河（樂府詩選）	張春榮選註	180元
3世事波舟（古體詩選）	李正治選註	180元
4冰心玉壺（絕句選）	李瑞騰選註	180元
5飛鴻雪泥（律詩選）	簡錦松選註	180元
6重樓飛雪（宋詞選）	龔鵬程選註	180元
7杜鵑啼情（散曲選）	汪天成選註	180元
8相思千行（明清民歌選）	陳信元選註	180元
9秋雁邊聲（杜甫詩選）	張敬校訂	180元
10滄海曉夢（李商隱詩選）	朱梅生選註	180元
11寒月松風（五言絕句選）	鄭騫校訂	180元
12江帆千里（七言絕句選）	鄭騫校訂	180元

N 諾貝爾文學獎全集

1緣起、普魯東詩選	普魯東著
米赫兒	米斯特拉爾著
2羅馬史	蒙森著
3超越人力之外	班生著
大帆船	葉卻加萊著
4你往何處去	顯克維支著
5撒旦頌、基姆	卡度齊、吉卜齡著
6人生的意義與價值	奧鏗著
青鳥	海特靈克著
7尼爾斯的奇遇	拉格洛芙著
驕傲的姑娘	海才著
8織工、沉鐘	霍普特曼著
祭壇佳里	泰戈爾著
9約翰克利斯朵夫（三冊）	羅曼羅蘭著
10查理士國王的人馬	海登斯坦著
奧林帕斯之春	史比德勒著
11樂土	龐陀彼丹著
明娜	傑洛拉普著
12土地的成長	哈姆生著
13天神們口渴了	法朗士著
利害牽制	貝納勉特著
14農夫們（二冊）	雷蒙特著
15聖女貞德、母親	蕭伯納、德蕾達著
16葉慈詩選	葉慈著
創造的進化	柏格森著
17克麗絲汀的一生（二冊）	溫茜特著
18布登勃魯克家族（二冊）	湯瑪斯・曼著
19白璧德	劉易士著
卡爾菲特詩選	卡爾菲特著
20密賽特世家（三冊）	高爾斯華綏著
21鄉村、舊金山一紳士	布寧著
六個尋找作者的角色	皮藍德婁著
長夜漫漫路迢迢	奧尼爾著
22尚・巴華的一生	杜嘉德著
23大地、兒子們、分家	賽珍珠著
24聖者的悲哀	西蘭帕著
荒原	艾略特著
25玻璃珠遊戲	赫塞著
26偽幣製造者、窄門	紀德著
27西瑪蘭短篇小說集	密絲特拉兒著
柏拉特羅與我	希蒙聶茲著
28聲音與憤怒、熊	福克納著
29西洋哲學史（二冊）	羅素著
30巴拉巴	拉格維斯特著
苔蕾絲、毒蛇之結	莫里亞克著
31第二次世界大戰回憶錄	邱吉爾著
32老人與海、戰地春夢	海明威著
33獨立之子	拉克斯內斯著
34墮落、異鄉人、瘟疫	卡繆著
35齊瓦哥醫生	巴斯特納克著
36人生非夢、遠征	瓜西莫多、佩斯著
37德里納河之橋	安德里奇著
38不滿的冬天、人鼠之間	史坦貝克著
39阿息涅的國王	謝斐利士著
嘔吐、牆	沙特著
40靜靜的頓河（四冊）	蕭洛霍夫著
41訂婚記	阿格農著
伊萊	沙克絲著
42總統先生	阿斯杜里亞斯著
等待果陀	貝克特著
43雪國、古都、千羽鶴	川端康成著
44第一層地獄（二冊）	索忍尼辛著
45一般之歌	聶魯達著
九點半的彈子戲	鮑爾著
46人之樹	懷特著
47詹生短篇小說選	詹生著
馬丁遜詩選	馬丁遜著
孟德雷詩選	孟德雷
48阿奇正傳	索爾・貝婁著
亞歷山卓詩選	亞歷山卓著
49莊園	以撒・辛格著
50伊利提斯詩選	伊利提斯著
米洛舒詩選	米洛舒著
被拯救的舌頭	卡內提著
51一百年的孤寂	賈西亞・馬奎斯著
52蒼蠅王、啓蒙之旅	威廉・高定著
53塞佛特詩選	魯斯拉夫・塞佛特著
54豪華大酒店	克勞德・西蒙著
55解釋者	沃爾・索因卡著
56布洛斯基詩選	約瑟夫・布洛斯基著
57梅達格胡同	納吉布・馬富茲著

遠景出版事業公司圖書目錄(四)

21夢遊者的外甥女	方能訓譯	180元
22口吃的主教	魏廷朝譯	180元
23危險的富孀		
24跛腳的金絲雀		
25面具事件		
26竊貨者的鞋		
27作僞證的鸚鵡		
28上餌的釣鉤		
29受蠱的丈夫		
30空罐事件		
31溺死的鴨		
32冒失的小貓		
33掩埋的鐘		
34蚊惑	詹錫奎譯	180元
35傾斜的燭火		
36黑髮女郎	李淑華譯	180元
37黑金魚	張國禎譯	180元
38半睡半醒的妻子		
39第五個褐髮女人		
40脫衣舞孃的馬		
41懶惰的愛人		
42寂寞的女繼承人		
43猶疑的新郎		
44粗心的美女		
45變亮的手指		
46憤怒的哀悼者		
47嘲笑的大猩猩		
48猶豫的女主人		
49綠眼女人		
50消失的護士		
51逃亡的屍體	魏廷朝譯	180元
52日光浴者的日記		
53膽小的共犯		
54最後的法庭	詹錫奎譯	180元
55金百合事件		
56好運的輸家	呂惠雁譯	180元
57尖叫的女人		
58任性的人		
59日曆女郎	葉石濤譯	180元
60可怕的玩具		
61死亡圍巾		
62歌唱的裙子		
63半路埋伏的狼		
64複製的女兒		
65坐輪椅的女人	黃恆正譯	180元
66重婚的丈夫		
67頑抗的模特兒		
68淺色的礦脈		
69冰冷的手		
70繼女的祕密		
71戀愛中的伯母		
72莽撞的離婚婦人		
73虛幻的幸運		
74不安的遺產繼承人		
75困擾的受託人		
76漂亮的乞丐		
77憂心的女侍		
78選美大會的女王	詹錫奎譯	180元
79粗心的愛神		
80了不起的騙子	張艾茜譯	180元
81被圍困的女人		
82擱置的謀殺案		

H台灣文學叢書

1亞細亞的孤兒	吳濁流著	180元
2寒夜三部曲—寒夜	李喬著	320元
3寒夜三部曲—荒村	李喬著	320元
4寒夜三部曲—孤燈	李喬著	320元
5邊秋一雁聲	吳念眞著	180元
6台灣人三部曲	鍾肇政著	900元
7遠方	許達然著	160元
8濁流三部曲	鍾肇政著	900元
9魯冰花	鍾肇政著	160元
10含淚的微笑	許達然著	160元
11藍彩霞的春天	李喬著	180元
12波茨坦科長	吳濁流著	180元
13一桿秤仔	賴和等著	240元
14一群失業的人	楊守愚等著	240元
15豚	張深切等者	240元
16薄命	楊華等著	240元
17牛車	呂赫若等著	240元
18送報伕	楊逵等著	240元
19植有木瓜樹的小鎭	龍瑛宗等著	240元
20閹雞	張文環等著	240元
21亂都之戀	楊雲萍等著	240元
22廣闊的海	水蔭萍等著	240元
23森林的彼方	董祐峰等著	240元
24望鄉	張冬芳等著	240元
25市井傳奇	洪醒夫著	160元
26大地之母	李喬著	390元
27殺生	何光明著	200元
28紅塵	龍瑛宗著	240元
29泥土	吳晟著	180元
30沒有土地・那有文學	葉石濤著	240元
31文學回憶錄	葉石濤著	240元
32土	許達然著	160元

I 遠景大人物叢書

1生根・深耕	王永慶著	220元
2金庸傳	冷夏著	350元
3王永慶觀點	王永慶著	180元
4黎智英傳說	呂家明著	180元
5李嘉誠語錄	許澤惠編著	99元
6倪匡傳奇	沈西城著	180元
7辜鴻銘印象	宋炳輝編	240元
8辜鴻銘（第一卷）	鍾兆雲著	450元
9辜鴻銘（第二卷）	鍾兆雲著	450元
10辜鴻銘（第三卷）	鍾兆雲著	450元

J 歷史與思想叢書

1西洋哲學史（二冊）	羅素著	600元
2羅馬史	蒙森著	480元
3王船山哲學	曾昭旭著	380元
4奴役與自由	貝德葉夫著	280元
5群眾之反叛	奧德嘉著	180元
6生命的悲劇意識	烏納穆諾著	240元
7奧義書	林建國譯	180元
8吉拉斯談話錄	袁東等譯	180元
9中國反貪史（二冊）	王春瑜主編	900元
10現代俄國文學史	湯新楣譯	320元
11歷史的跫音	李永熾著	180元
12鄉土文學討論集	尉天驄編	550元
13末代皇帝	愛新覺羅・溥儀著	320元
14當代大陸作家風貌	潘耀明著	480元
15第二次世界大戰回憶錄	邱吉爾著	360元

K 七等生全集

1初見曙光	七等生著	240元
2我愛黑眼珠	七等生著	240元
3僵局	七等生著	240元
4離城記	七等生著	240元
5沙河悲歌	七等生著	240元
6城之迷	七等生著	240元

遠景出版事業公司圖書目錄㈢

27諸世紀（第二卷）	諾斯特拉達姆士著	180元
28諸世紀（第三卷）	諾斯特拉達姆士著	180元
29諸世紀（第四卷）	諾斯特拉達姆士著	180元
30諸世紀（第五卷）	諾斯特拉達姆士著	180元
31鑿空行—張騫傳	齊桓著	280元
32宰相劉羅鍋	胡學亮編著	280元
33都是夏娃惹的禍	陳紹鵬譯	180元
34都是亞當惹的禍	陳紹鵬譯	180元
35都是裸體惹的禍	陳紹鵬譯	180元
36文學的視野	胡菊人著	180元
37小說技巧	胡菊人著	180元
38紅樓水滸與小說藝術	胡菊人著	180元
39諾貝爾文學獎秘史	王鴻仁譯	240元
40張愛玲的書	陳子善編著	240元
41把水留給我	盧嵐著	180元
42多少英倫新事㈠	魯鳴著	240元
43多少英倫新事㈡	魯鳴著	240元
44中國經濟史㈠	葉龍編著	240元
45中國經濟史㈡	葉龍編著	240元
46歷代人物經濟故事㈠	葉龍著	240元
47歷代人物經濟故事㈡	葉龍著	240元
48歷代人物經濟故事㈢	葉龍著	240元
49太平廣記豪俠小說	楊興安著	240元
50行止・行止	駱友梅等著	240元
51天怒	陳放著	280元
52淚與屈辱	九皇著	240元
53十年浩劫	九皇著	240元
54逝者如斯夫	丁中江著	390元
55林行止作品集目錄	沈登恩編	240元
56亂世文談	胡蘭成著	240元
57石破天驚逗秋雨	金文明著	280元
58香港情懷	文灼非著	320元
59事實與偏見	黎智英著	240元
60我退休失敗了	黎智英著	240元
61我的理想是隻糯米雞	黎智英著	240元
62水清有魚	練乙錚著	240元
63說Ho—Ho的權利	練乙錚著	240元
64斷訊官司	尤英夫著	240元
65饞遊四海㈠	張建雄著	160元
66饞遊四海㈡	張建雄著	160元
67另類家書	張建雄著	160元
68說不盡的張愛玲	陳子善著	240元
69張愛玲短篇小說論集	陳炳良著	180元
70箱子裡的男人	安部公房著	120元
71饞遊四海㈢	張建雄著	160元
72六四前後（上）	丁望著	240元
73六四前後（下）	丁望著	240元
74初夜權	丁望著	240元
75蘇東波	丁望編著	240元
76前九七紀事一：矮人看戲	戴天著	240元
77前九七紀事二：人鳥哲學	戴天著	240元
78前九七紀事三：群鬼跳牆	戴天著	240元
79前九七紀事四：囉哩哩囉	戴天著	240元
80中西文學的徊想	李歐梵著	240元
81方術紀異（上）	王亭之著	280元
82方術紀異（下）	王亭之著	280元
83風眼中的經濟學	雷鼎鳴著	240元
84用經濟學做眼睛	雷鼎鳴著	240元
85紀德日記	詹宏志譯	180元
86愛與文學	宋碧雲譯	240元
87酒逢知己	楊本禮著	240元
88皇極神數奇談	阿樂著	160元
89蜀山劍俠評傳	葉洪生著	240元
90佛心流泉	孟祥森譯著	180元
91朱鎔基跨世紀挑戰	任慧文著	320元
92戰難和亦不易	胡蘭成著	280元
93藤夢花落	京梅著	280元
94大宅門（上）	郭寶昌著	280元
95大宅門（下）	郭寶昌著	280元
96如夢如煙恭王府	京梅著	280元
97餘力集	戈革著	280元
98張愛玲與胡蘭成	王一心著	240元
99一滴淚	巫寧坤著	280元
100飲水詞箋校	納蘭性德撰	280元

F 王度廬作品集

1鶴驚崑崙（上）	王度廬著	180元
2鶴驚崑崙（中）	王度廬著	180元
3鶴驚崑崙（下）	王度廬著	180元
4寶劍金釵（上）	王度廬著	180元
5寶劍金釵（中）	王度廬著	180元
6寶劍金釵（下）	王度廬著	180元
7劍氣珠光（上）	王度廬著	180元
8劍氣珠光（下）	王度廬著	180元
9臥虎藏龍（上）	王度廬著	180元
10臥虎藏龍（中）	王度廬著	180元
11臥虎藏龍（下）	王度廬著	180元
12鐵騎銀瓶（一）	王度廬著	180元
13鐵騎銀瓶（二）	王度廬著	180元
14鐵騎銀瓶（三）	王度廬著	180元
15鐵騎銀瓶（四）	王度廬著	180元
16鐵騎銀瓶（五）	王度廬著	180元
17風雨雙龍劍	王度廬著	
18龍虎鐵連環	王度廬著	
19靈魂之鎖	王度廬著	
20古城新月（上）	王度廬著	
21古城新月（中）	王度廬著	
22古城新月（下）	王度廬著	
23粉墨嬋娟	王度廬著	
24春秋戟	王度廬著	
25洛陽豪客	王度廬著	
26綉帶銀鏢	王度廬著	
27雍正與年羹堯	王度廬著	
28寶刀飛	王度廬著	
29風塵四傑	王度廬著	
30燕市俠伶	王度廬著	
31紫電青霜	王度廬著	
32金剛王寶劍	王度廬著	
33紫鳳鏢	王度廬著	
34香山俠女	王度廬著	
35落絮飄香（上）	王度廬著	
36落絮飄香（下）	王度廬著	

G 梅森探案（賈德諾著）

1大膽的誘餌	張國禎譯	180元
2倩影	鄭麗淑譯	180元
3管理員的貓	張國禎譯	180元
4滾動的骰子	張慧倩譯	180元
5暴躁的女孩	張國禎譯	180元
6長腿模特兒	張艾茜譯	180元
7蟲蛀的貂皮大衣	張國禎譯	180元
8艷鬼	施寄青譯	180元
9沉默的股東	宋碧雲譯	180元
10拘謹的被告	施寄青譯	180元
11淘氣的娃娃	張艾茜譯	180元
12放浪的少女		
13不服貼的紅髮		
14獨眼證人	張國禎譯	180元
15謹慎的風塵女子	鄭麗淑譯	180元
16蛇蠍美人案	葉石濤譯	180元
17幸運腿		
18狂吠之犬		
19怪新娘		
20義眼殺人事件		

遠景出版事業公司圖書目錄㈡

15黛絲姑娘	哈代著	180元
16山之音	川端康成著	160元
17齊瓦哥醫生	巴斯特納克著	360元
18飄（二冊）	宓西爾著	360元
19約翰·克利斯朵夫（二冊）	羅曼·羅蘭著	750元
20傲慢與偏見	珍·奧斯汀著	160元
21包法利夫人	福婁拜著	240元
22簡愛	夏綠蒂·白朗特著	180元
23雪國	川端康成著	160元
24古都	川端康成著	160元
25千羽鶴	川端康成著	160元
26華爾騰——湖濱散記	梭羅著	160元
27神曲	但丁著	240元
28紅字	霍桑著	160元
29海狼	傑克倫敦著	180元
30人性枷鎖	毛姆著	390元
31茶花女	小仲馬著	160元
32父與子	屠格涅夫著	160元
33唐吉訶德傳	塞萬提斯著	180元
34理性與感性	珍·奧斯汀著	180元
35紅與黑	斯湯達爾著	280元
36咆哮山莊	愛彌兒·白朗特著	180元
37瘟疫	卡繆著	180元
38預知死亡紀事	賈西亞·馬奎斯著	180元
39基姆	吉卜齡著	240元
40二十年後（四冊）	大仲馬著	800元
41塊肉餘生錄（二冊）	狄更斯著	400元
42附魔者	杜斯妥也夫斯基著	480元
43窄門	紀德著	160元
44大地	賽珍珠著	160元
45兒子們	賽珍珠著	160元
46復活	托爾斯泰著	180元
47分家	賽珍珠著	160元
48玻璃珠遊戲	赫塞著	240元
49天方夜譚（二冊）	佚名等著	500元
50鹿苑長春	勞玲絲著	180元
51一見鍾情	愛倫·坡著	180元
52獵人日記	屠格涅夫著	180元
53憨第德	伏爾泰著	160元
54你往何處去	顯克維支著	390元
55農夫們（二冊）	雷蒙特著	500元
56獨立之子	拉克斯內斯著	420元
57異鄉人	卡繆著	160元
58一九八四	歐威爾著	160元
59第一層地獄（二冊）	索忍尼辛著	500元
60還魂記	愛倫·坡著	180元
61娜娜	左拉著	180元
62黑貓	愛倫·坡著	180元
63鐵面人（八冊）	大仲馬著	2000元
64羅生門	芥川龍之介著	240元
65細雪	谷崎潤一郎著	360元
66浮華世界	薩克萊著	360元
67靜靜的頓河（四冊）	蕭洛霍夫著	1000元
68僞幣製造著	紀德著	180元
69鐘樓怪人	雨果著	280元
70嘔吐	沙特著	180元
71希臘左巴	卡山札基著	180元
72浮士德	歌德著	280元
73死靈魂	果戈里著	240元
74湯姆·瓊斯（二冊）	菲爾汀著	400元
75聶魯達詩集	聶魯達著	120元
76基度山恩仇記（二冊）	大仲馬著	400元
77奧德賽	荷馬著	320元
78少年維特的煩惱	歌德著	120元
79白璧德	辛克萊·劉易士著	280元
80坎特伯雷故事集	喬叟著	200元
81兒子與情人	D.H·勞倫斯著	200元
82謝利	夏綠蒂·白朗特著	480元
83明娜	傑洛拉普著	240元
84十日談（二冊）	薄伽丘著	360元
85我是貓	夏目漱石著	240元
86罪與罰	杜斯妥也夫斯基著	280元
87小婦人	阿爾柯特著	160元
88尙·巴華的一生	杜嘉德著	280元
89明暗	夏目漱石著	280元
90悲慘世界（五冊）	雨果著	900元
91酒店	左拉著	240元
92憤怒的葡萄	史坦貝克著	360元
93凱旋門	雷馬克著	240元
94雙城記	狄更斯著	240元
95白癡	杜斯妥也夫斯基著	280元
96高老頭	巴爾扎克著	160元
97人世間	阿南達·杜爾著	360元
98萬國之子	阿南達·杜爾著	360元
99足跡	阿南達·杜爾著	360元
100玻璃屋	阿南達·杜爾著	360元
101伊甸園東	史坦貝克著	280元
102迷惘	卡內提著	280元
103冰壁	井上靖著	180元
104白鯨記	梅爾維爾著	280元
105國王的人馬	羅伯特·潘·華倫著	360元
106克麗絲汀的一生（二冊）	溫茜特著	560元
107草葉集	惠特曼著	240元
108人之樹	懷特著	480元
109莊園	以撒·辛格著	280元
110里斯本之夜	雷馬克著	180元
111被拯救的舌頭	卡內提著	240元
112戰地春夢	海明威著	240元
113阿奇正傳	索爾·貝婁著	480元
114土地的成長	哈姆生著	240元
115九點半的彈子戲	鮑爾著	240元
116熊	福克納著	100元
117一位年輕藝術家的畫像	喬埃斯著	180元
118聲音與憤怒	福克納著	180元
119戰地鐘聲	海明威著	180元
120洛麗塔	納布可夫著	180元

E 遠景叢書

1預言者之歌	劉志俠譯著	300元
2兩性物語	何光明著	160元
3桃花源	陳慶隆著	180元
4溪邊往事	陳慶隆著	180元
5水鬼傳奇	陳慶隆著	180元
6結婚的條件	陳慶隆著	180元
7閒遊記饞	張建雄著	160元
8錢眼見聞	張建雄著	160元
9商海興亡	張建雄著	160元
10饞話連篇	張建雄著	160元
11一元五角車票官司	尤英夫著	160元
12請問芳名㈠	周平譯	200元
13請問芳名㈡	陳生保譯	200元
14請問芳名㈢	譚晶華譯	200元
15請問芳名㈣	莫邦富譯	200元
16縱筆	張文達著	160元
17洋相	蕭芳芳著	160元
18饞遊偶拾	張建雄著	160元
19陸鏗看兩岸	陸鏗著	280元
20點與線	松本清張著	180元
21霧之旗	松本清張著	180元
22由莎士比亞談到碧姬芭杜	陳紹鵬等譯	180元
23濟慈和芳妮的心聲	陳紹鵬等譯	180元
24現代俄國短篇小說選	高爾基等著	180元
25天仇	鄭文輝著	240元
26諸世紀（第一卷）	諾斯特拉達姆士著	180元

遠景出版事業公司圖書目錄(一)

遠景出版事業公司

A遠景文學叢書

1今生今世	胡蘭成著	280元
2山河歲月	胡蘭成著	180元
3遠見	陳若曦著	180元
4懺情書	鹿橋著	160元
5地之子	臺靜農著	180元
6人子	鹿橋著	160元
7酒徒	劉以鬯著	180元
8一九九七	劉以鬯著	180元
9建塔者	臺靜農著	180元
10小亞細亞孤燈下	高信譚著	180元
11花落蓮成	姜貴著	180元
12尹縣長	陳若曦著	180元
13邊城散記	楊文璞著	160元
14再見·黃磚路	詹錫奎著	180元
15早安·朋友	張賢亮著	180元
16李順大造屋	高曉聲著	180元
17小販世家	陸文夫著	180元
18心有靈犀的男孩	祖慰著	180元
19藍旗	陳村著	240元
20男人的一半是女人	張賢亮著	240元
21男人的風格	張賢亮著	240元
22萬蟬集	孟東籬著	180元
23電影神話	羅維明著	180元
24不寄的信	倪匡著	160元
25心中的信	倪匡著	160元
26羅曼蒂克死啦	高信譚著	180元
27大拇指小說選	也斯編	180元
28生命之愛	傑克·倫敦著	180元
29成吉思汗	董千里著	280元
30馬可波羅	董千里著	180元
31董小宛	董千里著	180元
32柔福帝姬	董千里著	180元
33唐太宗與武則天	董千里著	180元
34楊貴妃傳	井上靖著	180元
35續愛眉小札	徐志摩著	180元
36郁達夫情書	郁達夫著	180元
37郁達夫卷	王潤華編	180元
38我看衛斯理科幻	沈西城著	160元

B高陽作品集

1緹縈	高陽著	260元
2王昭君	高陽著	180元
3大將曹彬	高陽著	160元
4花魁	高陽著	140元
5正德外記	高陽著	160元
6草莽英雄（二冊）	高陽著	360元
7劉三秀	高陽著	160元
8清官冊	高陽著	140元
9清朝的皇帝（三冊）	高陽著	600元
10恩怨江湖	高陽著	140元
11李鴻章	高陽著	180元
12狀元娘子	高陽著	240元
13假官真做	高陽著	140元
14翁同龢傳	高陽著	280元
15徐老虎與白寡婦	高陽著	280元
16石破天驚	高陽著	210元
17小鳳仙	高陽著	280元
18八大胡同	高陽著	160元
19粉墨春秋（三冊）	高陽著	420元
20桐花鳳	高陽著	160元
21避情港	高陽著	120元
22紅塵	高陽著	140元
23再生香	高陽著	160元
24醉蓬萊	高陽著	160元
25玉壘浮雲	高陽著	150元
26高陽雜文	高陽著	150元
27大故事	高陽著	150元

C林行止政經短評

1身外物語	林行止著	240元
2六月飛傷	林行止著	240元
3怕死貪心	林行止著	240元
4樓台煙火	林行止著	240元
5利字當頭	林行止著	240元
6東歐變天	林行止著	240元
7求財若渴	林行止著	240元
8難定去從	林行止著	240元
9戰海蜉蝣	林行止著	240元
10理曲氣壯	林行止著	240元
11蘇聯何解	林行止著	240元
12民選好醜	林行止著	240元
13前程未卜	林行止著	240元
14賦歸風雨	林行止著	240元
15情迷失位	林行止著	240元
16沉寂待變	林行止著	240元
17到處風騷	林行止著	240元
18撩是鬥非	林行止著	240元
19排外誤港	林行止著	240元
20旺市蓄勢	林行止著	240元
21調控神州	林行止著	240元
22熱錢興風	林行止著	240元
23依樣葫蘆	林行止著	240元
24人多勢寡	林行止著	240元
25局部膨脹	林行止著	240元
26鬧酒政治	林行止著	240元
27治港牌章	林行止著	240元
28無定向風	林行止著	240元
29念在斯人	林行止著	240元
30根莖同生	林行止著	240元
31股海翻波	林行止著	240元
32劫後抖擻	林行止著	240元
33從此多事	林行止著	240元
34幹線翻新	林行止著	240元
35金殼蝸牛	林行止著	240元
36政改去馬	林行止著	240元
37衍生危機	林行止著	240元
38死撑到底	林行止著	240元
39核影幢幢	林行止著	240元
40玩法弄法	林行止著	240元
41永不回頭	林行止著	240元
42誰敢不從	林行止著	240元
43變數在前	林行止著	240元
44釣台血海	林行止著	240元
45粉墨登場	林行止著	240元

D世界文學全集

1魯拜集	奧瑪·開儼著	180元
2人間的條件（三冊）	五味川純平著	720元
3源氏物語（三冊）	紫式部著	720元
4蒼蠅王	威廉·高定著	180元
5查泰萊夫人的情人	D·H·勞倫斯著	180元
6安娜·卡列尼娜（二冊）	托爾斯泰著	400元
7戰爭與和平（四冊）	托爾斯泰著	800元
8卡拉馬佐夫兄弟（二冊）	杜斯安也夫斯基著	660元
9三劍客（三冊）	大仲馬著	600元
10一百年的孤寂	賈西亞·馬奎斯著	180元
11美麗新世界	赫胥黎著	160元
12麥田捕手	沙林傑著	160元
13大亨小傳	費滋傑羅著	160元
14夜未央	費滋傑羅著	180元

僵局

七等生全集　K③

作　　者	七等生
主　　編	張恆豪
發行人	沈登恩
出版者	遠景出版事業有限公司 郵撥：0765255—8 電話：（02）8226—9900 傳眞：（02）8226—9907 網址：http://www.vistagroup.com.tw 台北郵局7—501號信箱
香　　港 發行所	遠景（香港）出版集團 九龍旺角西洋菜街62號2樓
總代理	藍圖出版事業有限公司 台北縣板橋市中正路13號
印　　刷	加斌有限公司 台北市復興南路二段210巷30號
定　　價	新台幣240元・港幣80元
初　　版	2003年10月

行政院新聞局登記證局版台業字第0105號

ISBN 957-39-0632-5